SOY LOCO POR TI, AMÉRICA

JAVIER ARANCIBIA CONTRERAS

Soy loco por ti, América

COMPANHIA DAS LETRAS

Copyright © 2016 by Javier Arancibia Contreras

Grafia atualizada segundo o Acordo Ortográfico da Língua Portuguesa de 1990, que entrou em vigor no Brasil em 2009.

Esta obra foi selecionada pela Bolsa Biblioteca Nacional/ Funarte de Criação Literária 2012.

Capa
Rodrigo Pimenta

Foto de capa
Cortesia de PixEden.com

Preparação
Silvia Massimini Felix

Revisão
Angela das Neves
Clara Diament

Os personagens e as situações desta obra são reais apenas no universo da ficção; não se referem a pessoas e fatos concretos, e não emitem opinião sobre eles.

Dados Internacionais de Catalogação na Publicação (CIP)
(Câmara Brasileira do Livro, SP, Brasil)

Contreras, Javier Arancibia
    Soy loco por ti, América / Javier Arancibia Contreras. — 1ª ed. — São Paulo : Companhia das Letras, 2016.

    ISBN 978-85-359-2787-0

    1. Romance brasileiro I. Título.

16-05711   CDD-869.3

Índice para catálogo sistemático:
1. Romance: Literatura brasileira 869.3

[2016]
Todos os direitos desta edição reservados à
EDITORA SCHWARCZ S.A.
Rua Bandeira Paulista, 702, cj. 32
04532-002 — São Paulo — SP
Telefone: (11) 3707-3500
Fax: (11) 3707-3501
www.companhiadasletras.com.br
www.blogdacompanhia.com.br
facebook.com/companhiadasletras
instagram.com/companhiadasletras
twitter.com/ciadasletras

*Para Diego García, Santiago Lazar, Sergio Vilela e Marlon Müller,
por ajudarem a contar minha história latino-americana.*

América, não invoco o teu nome em vão.
quando sujeito ao coração a espada,
quando aguento na alma a goteira,
quando pelas janelas
um novo dia teu me penetra,
sou e estou na luz que me produz,
vivo na sombra que me determina,
durmo e desperto em tua essencial aurora:
doce como as uvas e terrível
condutor do açúcar e do castigo,
empapado em esperma de tua espécie,
amamentado em sangue de tua herança.

Pablo Neruda, trecho de *Canto general*

Sumário

PARTE 1 — A vida e a morte segundo Diego García (60-80), 11
PARTE 2 — Número 73 (70-90), 87
PARTE 3 — Paramaribo (80-00), 171
PARTE 4 — A Ridicularização (90-), 255

PARTE 1
A vida e a morte segundo Diego García
(60-80)

Eu nunca havia visto um cadáver, fosse ele resguardado, asseado, vestido de forma adequada e pronto para o derradeiro ritual a que praticamente todos são submetidos uma vez na vida; ou mesmo um corpo putrefato, despedaçado, ferido pela doença, miséria ou violência.

Se não me interesso em constatar a morte de frente, o que para meu trabalho é desnecessário, tampouco tenho curiosidade por imagens que revelem qualquer nuance de um corpo inanimado. Por mais próxima que seja da realidade, a fotografia de um morto, além da sua excentricidade, não passa de um simulacro do fim.

E para mim, o fim, apesar de matéria-prima, não interessa tanto quanto a vida.

Devo confessar que não busquei esse ofício. Na verdade, tudo começou com um erro. E isso já leva quase vinte anos, tempo em que estou casado com Ana. Um tempo tão longo quanto estranho.

De família tradicional — como a minha por parte de mãe, antes da depressão econômica e muito antes de eu nascer, caso contrário minha mãe jamais teria se casado com um bibliotecário sem muitos recursos metido a ler poesia no café da manhã —, ela teve uma educação forjada pela formalidade e rigidez, assim como eu, que não estudei nas melhores escolas, mas fui orientado à exaustão pelo didatismo deslumbrado de meu pai. Talvez por isso, ela e eu, cada um a seu modo, por meio da pressão familiar ou mesmo do medo, acabamos nos tornando prodígios em muitos aspectos e com isso já éramos diferentes da maioria, ainda que essa condição não significasse nada para nós.

Naquela época, mesmo com seus mal completados catorze anos, quando seu corpo de bailarina magricela, mas carnoso nas partes certas, começou a despontar e a me chamar a atenção, ela já era pressionada pela família a estudar carreiras sólidas e convenientes como direito ou medicina. Ana, entretanto, e ao contrário de mim, nascera com o inconformismo e a rebeldia no sangue e, à medida que se tornava mulher e se aproximava da maioridade, passou de súbito a fazer o que lhe desse na telha. Esquivava-se de compromissos sociais, abandonava cursos com frequência, dilacerava sua irretocável vida acadêmica pregressa com notas médias, dentre outras situações. Foi a partir daí, inevitavelmente, que ela se transformou num grande estorvo para sua família.

Escondido de todos, esfregando os ouvidos pelas paredes e portas, escutei essas recriminações monótonas sobre ela durante boa parte da adolescência na sala da minha casa, aquele tipo de conversa entre mães que gira em torno da mesmice, e a cada vez queria ter corrido dali, com a raiva que me dominava, ter procurado Ana e lhe falado sobre isso e, mais que tudo, também ter falado sobre tantos outros assuntos que pudessem interessar a jovens como nós. Entretanto, como quase sempre, me faltavam a coragem e a ternura necessárias para lhe dizer essas coisas todas que ficavam represadas na minha garganta como um sentimento anulado.

Talvez tenha sido por isso que ela, filha de compadres dos meus pais, e eu, mesmo que não tivéssemos nenhum laço parental de sangue, tenhamos surpreendido a meio mundo quando começamos a nos relacionar, logo depois de mais uma daquelas festas malucas e com ar de futura nostalgia no campus da universidade onde eu estudava.

Naquela noite, Ana estava tão bêbada e havia fumado tanta maconha que, pouco antes de eu ir embora sozinho, como quase sempre acontecia em ocasiões como aquela, se lançou nos meus braços com os olhos apertados, vermelhos, meio chorosos e, sem me dizer nada de convincente ou mesmo nada que eu pudesse compreender, me deu um beijo na boca com certo pudor e com tanta tristeza que fiquei muito comovido.

Eu não compreendia bem o motivo de ela ter feito aquilo, talvez fosse por causa do baseado e, constrangido, achei até engraçado seu gesto, porque, mesmo que nos conhecêssemos desde sempre e estivéssemos eternizados em fotografias de bebês e crianças nos porta-retratos espalhados por nossas casas, Ana nunca havia se manifestado, nunca tinha se aproximado de mim daquela maneira, nem sequer tinha esboçado qualquer contato mais íntimo comigo. A verdade é que ela parecia brilhar onde quer que estivesse, mesmo quando não queria, enquanto eu mais parecia um fantasma pertencente a uma dimensão paralela. Entretanto, contra todas as previsões, a coisa aconteceu.

No início de tudo, porém, me senti como parte de uma simulação, de uma meia verdade, como os relacionamentos me parecem ser antes de se tornarem relacionamentos de fato. Ainda que entre as famílias tenhamos cultivado com os anos um laço de amizade, eu tinha me afastado dela já havia algum tempo por circunstâncias acadêmicas, por seguirmos carreiras distintas, em campi diferentes, mas também, e sobretudo, porque ficava aborrecido e indignado com as histórias que ouvia sobre ela.

Ana tinha fama de amoral, era malfalada, e, apesar da pouca idade, comentava-se nas rodas de conversa que ela teria ido para a cama com a metade da universidade ou do bairro. Mesmo que eu fizesse um tremendo esforço para não acreditar em tudo o que ouvia, não conseguia deixar de me irritar com as especulações. Ainda assim, nem por um segundo hesitei em querer Ana só para mim. Sobretudo porque no fundo sempre me senti atraído por ela, desde que exibia as canelas finas em vestidos cada vez mais curtos e tinha o nariz e o alto das bochechas pintados de sardas, e eu pensava que não existia a menor possibilidade de uma mulher tão cheia de vida, estilo e vigor se interessar por um intelectual de universidade ou mesmo por um literato sem quaisquer perspectivas como eu. Era bastante provável que eu dera sorte de estar na hora certa e no lugar certo no momento de uma grande desilusão que ela nunca me contou.

No início, porém, houve certa resistência e até um constrangimento mútuo por parte das famílias, como se Ana e eu fôssemos meios-irmãos, o que era um raciocínio no mínimo absurdo. Meu pai foi o único a não se incomodar, acho até que se divertiu com a crise familiar que se instaurou, dava sorrisinhos de escárnio quando nos via juntos, apesar de me precaver numa conversa particular entre homens, como ele nominou, da má reputação de Ana, também sabida por ele e por todos da família.

Meu pai queria demonstrar seu pensamento e seu espírito libertário adquirido pelos livros, como um europeu ou mesmo um francês, como todos aqui na capital achavam que eram, quando na verdade não éramos mais do que uma mistura heterogênea de nativos indígenas e europeus renegados e fujões.

Em pouco tempo, porém, coisa de seis meses ou menos até, eu aos vinte e dois, recém-formado na Faculdade de Filosofia e Letras, e ela aos vinte e um, retomando sua carreira no balé e debutando no circuito de teatro amador da cidade, nos casamos, acompanhados por pouco mais de uma dúzia de amigos na plateia, numa igrejinha simpática em Almagro.

Apesar do frio de agosto, Ana usava um vestido branco bastante curto e ousado para os padrões cerimoniais, mas que lhe caía muito bem, e um lenço rendado da mesma cor que comprara com as amigas num dos brechós do bairro, enquanto eu me espremia no mesmo terno usado na minha formatura, à exceção do cravo vermelho na lapela. A cerimônia foi como queríamos, simples, trivial e rápida.

Depois de todos os clichês que envolvem um casamento, a chuva de arroz, os beijos e os abraços e as latas penduradas no para-choque do carro de Mirela, a amiga milionária de Ana que também nos emprestou a casa sem que os pais soubessem, sumimos por duas semanas em La Lucila.

Foi ali que tudo começou. Naquele pedaço de mundo bucólico e pouco habitado, dividimos os dias entre os passeios cinzentos e gelados à beira-mar, as inúmeras garrafas de vinho, a marijuana que eu ainda não havia experimentado e de que passei a gostar, o sexo rápido e constante da juventude, a leitura de passagens de livros que Ana trouxera na bagagem e as muitas conversas intermitentes sobre um futuro no qual nem ela nem eu gostaríamos de pensar, mas pensávamos.

Aquelas semanas pródigas em acontecimentos foram marcantes para mim. Ao me lembrar das coisas mais simples, posso dizer que naquele tempo fui um homem feliz. Foi a primeira vez na vida que fiz algo legítimo, por impulso, por uma vontade própria que inacreditavelmente ainda não sentira. Era como se eu ainda não houvesse compreendido do que se tratava a vida ou mesmo a liberdade e, ainda que tudo não tenha passado de uma faísca irracional, de um flerte juvenil com a felicidade, ainda assim é a primeira coisa que me vem à memória quando, depois de tantos anos e depois de tudo o que aconteceu conosco e com o país, enfim abro os olhos e me vejo aqui de volta. Entretanto, não quero me precipitar.

Quando retornamos do que seria uma viagem corriqueira de férias pós-formatura — pelo menos foi a desculpa que usamos — e demos a notícia às nossas famílias, todos sem exceção ficaram brancos de pavor, afinal havíamos dispensado sem cerimônias a tradição religiosa da família. Embora meu pai tenha gritado muito comigo, chamando-me de inconsequente e, pela primeira vez na vida, de burro, idiota, estúpido, ao dizer que a minha carreira promissora deveria vir sempre em primeiro lugar, os pais de Ana, apesar da ruptura inesperada, mal disfarçavam o grande alívio em atirar a responsabilidade pela filha para o colo de outro. Eles deviam esperar algo pior, como uma gravidez indesejada que, com muita insistência, tivemos que negar. Um casamento faria menos mal a ela, sobretudo com alguém que conheciam desde sempre e que parecia sério e inofensivo.

Por isso não colocaram empecilhos ao transferir para Ana um apartamento bastante razoável no centro da cidade, herança dos seus avós para quando completasse vinte e um anos. Do meu lado, eu preferia começar do zero, alugar um quarto e sala mesmo em Almagro ou em Caballito, próximo à universidade onde eu já havia conseguido um trabalho, mas Ana acabou me convencendo de que, além de economizarmos o aluguel, no seu apartamento estaríamos mais próximos de tudo o que estava acontecendo de mais importante em Buenos Aires e, consequentemente, na Argentina.

Na época eu era cético em relação àquilo que Ana alardeava sobre as mudanças que o país gradativamente sofria. Sabia que algo acontecia nos bastidores, que a juventude se movimentava, mas a verdade é que eu me acostumara às reações dramáticas que acompanhavam as crises e os golpes. Portanto, para mim, era como se tudo aquilo que estava acontecendo ao nosso redor fosse algo natural e repetitivo, como respirar.

De qualquer forma e fora esses pensamentos, foi nesse apartamento central que começamos de vez o nosso casamento, quando quase de um momento para o outro passamos a dividir o mesmo teto, a mesma cama e todo o resto. Ainda éramos muito jovens, e, antes de tudo se consolidar, Ana vivia dizendo que, se pensávamos em viver juntos, teríamos que ser o extremo oposto das nossas famílias.

Talvez tenha sido por esse motivo que inventamos um pacto nosso num daqueles dias na praia, chapados, com os sentimentos entorpecidos. As três regras eram bastante simples e ela inclusive as anotou num caderno que sempre carregava consigo, antes de soltá-las ao ar com ternura e alguma displicência.

"Nenhum de nós poderá desrespeitar o tempo do outro quando este quiser ficar a sós, seja onde e em qual situação for;

"Nenhum de nós poderá reclamar disso ou sentir ciúmes por isso, pois a liberdade será mútua;

"Nenhum de nós fará qualquer tipo de cobrança, seja material ou emocional."

Na época, essa espécie de dogma tinha algo de libertário, mas a verdade é que aquilo combinava única e tão somente com Ana. Eu não sentia essa necessidade de solidão ou de tempo para os pensamentos, pois já tinha raros amigos, além do fato de que passaria o dia todo na universidade, pensando e elaborando coisas, e tampouco estava acostumado com tanta liberdade assim, como Ana propusera.

De qualquer forma, eu não me opus a nada. Não havia em mim nenhuma pretensão de subjugar qualquer instinto, talento ou desejo dela. Ao contrário do que ela pudesse imaginar, tendo como parâmetro a minha personalidade sóbria e até meio sem graça, sempre tive uma queda por mulheres urgentes, cheias de viço artístico e tresloucadas, dessas que são capazes de levantar ou desprezar um homem apenas com o olhar. Foram essas coisas que me fizeram casar com Ana. Eu não iria de jeito nenhum contradizer quaisquer que fossem suas ideias naquele momento.

No entanto, a verdade é que não éramos como seus pais ou como os meus. Éramos jovens e pertencíamos a uma geração que parecia ter mais desapego às tradições e estava sempre em busca de mais liberdade. Já eu não conseguia ser daquela maneira por muitos motivos, mas talvez sobretudo por não ser o erudito ou o homem das artes que meu pai tanto esperava de mim, tampouco um jovem com ideais e vitalidade como tantos outros naquela época.

Eu tinha vinte e poucos anos, estava no auge da juventude, mas de alguma maneira não a compreendia. Eu era apenas um estudante aplicado que ascendera à condição de professor universitário, no máximo um apreciador da arte literária, vanguardista, curioso e metódico, sem mais pretensões além de ensinar com competência tudo aquilo que eu havia aprendido.

Apesar dos muitos elogios à minha vida acadêmica pregressa ao trabalho na universidade, foi nessa época, nos primeiros anos de casamento, com esses pensamentos intermitentes, que passei pouco a pouco a compreender que eu era de fato um homem inteligente, mas sem talento.

Ao contrário de mim, porém, com o passar do tempo eu via que Ana tinha um entusiasmo fora do comum. Havia uma efervescência no ar, o mundo estava em constante transformação e ela estava atenta a tudo o que acontecia ou que estava prestes a acontecer, pois tinha muitos amigos nesse círculo artístico. Mesmo crítico e cético à ideia das artes como algo profundo a ponto de causar mudanças significativas na vida das pessoas, vê-la assim me deixava satisfeito. Ela simplesmente parecia feliz.

Também não dava para negar que, bem ou mal, mesmo que de maneira alternada, como uma gangorra, entre os vários golpes que ocorreram no país em épocas distintas, Buenos Aires fervilhava de ideais, juventude, arte e, sobretudo, havia a recorrente esperança de que enfim se podia seguir adiante sem as interrupções costumeiras.

    Nessa fase, Ana chegou a participar de alguns grupos artísticos da cidade. De dança, que era sua especialidade e formação como bailarina, e também de teatro. Não se saiu tão bem como atriz e foi severamente criticada em duas peças que protagonizou. Alguém importante escreveu no jornal que ela tinha a voz tão esganiçada que, caso fechassem os olhos, os espectadores pensariam estar diante de uma gansa interpretando Beckett. O sujeito escreveu nada mais, nada menos: "gansa". Eu até ri com a crítica, pois já havia notado isso quando a via ensaiar trechos mais exaltados na frente do grande espelho do nosso quarto.

    Meu grande erro foi rir na frente dela, com o jornal nas mãos, abanando-me de forma estúpida, mas não foi por querer. Eu achava que tínhamos intimidade para isso. Ana ficou arrasada, pois sabia que a carreira de bailarina não duraria muitos anos e esperava seguir adiante com o teatro. Com tato, tentei amenizar, mas outra vez fiz tudo errado ao dizer que talvez não fosse o momento certo, que ela talvez devesse parar por um tempo com o grupo teatral e estudar um pouco mais. Ela me fuzilou com o olhar, teve uma crise do mais alto grau, e acho que foi a partir daquele dia que ela começou a me espezinhar por qualquer coisa que dissesse em relação à sua carreira.

    Nos espetáculos de dança, entretanto, se destacava. Mesmo com a idade um pouco avançada, Ana se tornou uma das principais bailarinas da Companhia de Balé de Buenos Aires. Ali era ela quem dava as cartas. Era uma rainha, soberana, e, na plateia ou durante os coquetéis posteriores às apresentações, eu me sentia extremamente insignificante diante dela e daquilo tudo, por muitos motivos. Por saber que eu jamais me tornaria um escritor como meu pai sonhava nas suas elucubrações estúpidas, por não possuir a paixão necessária ao trabalho que exercia na universidade, por me distanciar de propósito dos temas recorrentes daqueles encontros com os amigos de Ana ou mesmo por me identificar com coisas simples e sem nenhuma importância como ir às feiras de antiguidades e colecionar objetos inúteis como selos, moedas, maços de cigarro e rolhas de vinho.

Talvez, na verdade, me sentisse ainda mais insignificante e até cultivasse um pouco de culpa por ser, dentro do panorama de um país politizado que buscava se encontrar no mundo, um fanático não pelo futebol em si, mas por El Pincha, a única coisa que herdei do meu avô, um barbeiro italiano grosseirão e inculto que trouxera de lá dos arredores de Nápoles essa paixão exacerbada e sem limites que se consolidou com o passar dos anos em La Plata, cidade onde ele foi parar depois de semanas num navio caindo aos pedaços e onde eu nasci e fui criado.

Convivi muito pouco com ele, mas o que me lembro — ou mesmo que tenha sido uma reinvenção dessa memória, não importa — fez com que o Estudiantes de La Plata fosse algo muito importante e intrínseco a mim. Sentimento que poderia ter se perdido com o passar dos anos porque meu pai tentou contribuir para isso de todas as formas, jogando-me, junto a Gregório, meu irmão, no seu mundo particular e vanguardista de letras e cálculos e pensamentos e arte, esquecendo-se de perguntar a nossa opinião. Esquecia-se também de falar mais sobre o nosso avô, o pai dele, que morreu quando éramos crianças e sobre o qual evitava rememorar qualquer assunto do passado, pois era certo que morria de vergonha.

E, assim, desse jeito acidentado, fui escondendo do mundo, mas nunca de mim mesmo, essa paixão secreta. Por esse motivo, quando já tinha idade suficiente, passei a inventar uma série de histórias mirabolantes aos meus pais e a arquitetar planos junto aos amigos para ir ao estádio assistir às partidas de fim de semana, sempre na companhia de Gregório, outro apaixonado ferrenho, que era o homem da ação e roubava sem culpa o dinheiro da bolsa da nossa mãe para desfrutarmos juntos aquelas tardes gloriosas de domingo.

Gregório é o meu irmão mais velho, e por muitos motivos, alguns dos quais não tenho vaga ideia, hoje sei que ele me odeia. Aqueles talvez fossem os únicos momentos em que meu irmão e eu, dois *pincharratas* fanáticos, dois meninos com pouco mais de treze anos, conseguíamos esquecer tudo, nos perdoar e até mesmo nos amar. Vencendo ou perdendo, estávamos sempre juntos, e esses poucos momentos, pequenos pedaços de tempo invisíveis a todos, não poderão nunca ser tirados de mim e de Gregório.

Entretanto, apesar de tudo, o mesmo futebol que me fez passar por muitas situações de glória e de extrema felicidade também me fez protagonista de outras bastante vexatórias. Como da vez em que, reunidos na casa de Mirela, dois ou três amigos daquele grupo, em mais uma daquelas conversas de sempre, discutiam com fervor em meio aos drinques e às cigarrilhas francesas que o futebol era o câncer do povo e atrasava o país porque todos os milhões de idiotas que se preocupavam mais com quem ia vencer o torneio nacional do que com as causas importantes e urgentes continuavam a pensar exatamente da mesma maneira, década após década.

Eles falavam como se a culpa de tudo fosse do povo, dos apaixonados por suas equipes, como se não existisse governo ou como se não coubesse uma autocrítica desses pensadores arrogantes e pusilânimes. Decidi ficar calado. Desde que eu nasci escutava esse tipo de conversa. Eu não achava que a culpa fosse dos torcedores nem do futebol. Uma coisa nada tinha a ver com a outra. Mas não sentia vontade de argumentar, pois aquele ambiente não era o meu e de qualquer forma aqueles jovens que usavam cachecóis e chapéus deslumbrantes, e falavam como se estivessem diante de uma plateia de pessoas similares a eles, só entendiam o que queriam entender. Atacar o mundo, a paixão e a rotina dos outros sempre foi o caminho mais fácil para aqueles tipos.

Daí Ana surgiu com a informação. Parecia um abutre chegando à redação com seu primeiro grande furo. Ligeiramente bêbada ou insuportavelmente prepotente ou mesmo invertendo essa ordem, como quase sempre acontecia em festas como aquela, Ana capitulou minhas façanhas de torcedor fanático, primeiro a esse pequeno grupo para depois amplificá-las a quem quisesse escutar. Gesticulava, ria, puxava os outros pelo braço para que se juntassem ao espetáculo. Quando passou por mim, me dirigiu o mesmo olhar de fúria, ódio e rancor de quando a ironizei sem querer em relação ao teatro. Já havia passado um ano e eu nem me lembrava mais do fato, ao contrário de Ana, que parecia querer me humilhar como achava que eu havia feito com ela.

Sobre minha devoção futebolística, embriagado, eu havia lhe confidenciado essa minha paixão durante o tempo que passamos na praia, na nossa lua de mel. Na verdade, não foi tanto pela bebedeira que lhe falei, mas sim devido a uma espécie de jogo da verdade que fizemos, no qual perguntei apenas temas idiotas, superficiais e insignificantes, com medo de que ela se ofendesse, quando na verdade queria ter lhe perguntado sobre todas aquelas histórias que me sopravam aos ouvidos envolvendo os inúmeros homens que supostamente se esbaldaram do seu corpo acabado de menina rebelde e mimada.

Quando chegou a vez dela no jogo, tive que lhe contar o meu segredo, algo que demorei a relatar e cheguei a gaguejar — quando fico nervoso, gaguejo — no fundo por temer ser ridicularizado por ela. Ana, porém, riu muito, se esbaldou por assim dizer, como fez com os seus amigos tempos depois. Mas ali estávamos apenas os dois e até me emocionei, pois me pareceu o início da intimidade no casamento. Até eu ri, por fim.

A verdade é que a minha formalidade ao contar o segredo, adquirida pela educação austera que tive durante toda a vida, nada tinha a ver com a paixão um tanto incoerente que move o futebol. Sobretudo o futebol argentino. Mais ainda. Sobretudo a paixão que move os torcedores do Estudiantes de La Plata. Eu poderia ter revelado ser um assassino profissional, um espião político, um psicopata, ela disse às gargalhadas, que seria mais plausível que se revelar um *pincharrata*.

Contei-lhe então sobre o meu avô italiano e a negação do meu pai. E ela me disse ter gostado muito da história, mas não pensou nisso ali na casa de Mirela, quando vociferou aos berros que eu ia aos jogos com frequência e que, mesmo adulto, morria de medo de que meu pai me flagrasse porque ele também achava aquilo um atraso de vida. Contou ainda que eu roía as unhas como um menininho lunático até os dedos ficarem em carne viva ouvindo as partidas no rádio e que, como uma tradição, me enrolava da cabeça aos pés numa bandeira velha e empoeirada do time alvirrubro toda vez, e não eram muitas nos últimos tempos, que a equipe vencia um torneio, qualquer que fosse.

A realidade é que Ana se superou ali. Ela não deve ter sentido isso, mas para mim foi como uma grande traição. Ana revelou algo que lhe contei num momento de extrema intimidade e quis me desmoralizar na frente de um grupo de artistas temperamentais, afetados e bêbados que já não conseguiam entender do que tanto riam. Embora não devesse, fiquei tão constrangido com aquela situação que fui embora logo em seguida sem me despedir. Aqueles idiotas não tinham a menor ideia do que era paixão.

Entretanto, esse entusiasmo e essa prepotência de Ana cada vez mais se tornaram incomuns. Não que ela fosse extrovertida assim todo o tempo, havia dias em que se recusava inclusive a falar.

Foi uma época estranha. Com o passar dos anos, todos aqueles amigos e amigos desses mesmos amigos que nos visitavam e volta e meia passavam temporadas enclausurados no quarto de hóspedes do apartamento, escondidos de todos e de tudo, também se afastaram do nosso convívio, assim como Ana também desapareceu dos ensaios da Companhia de Balé e, logo, do grupo de teatro.

A relação que eu tinha com meu pai também foi se degradando, as coisas todas foram desaparecendo assim, de forma gradativa, a conta-gotas. Enquanto eu me dedicava ao trabalho, Ana, em vez de vivenciar aquilo que prejulgava ser sua condição no mundo, se abstraía, se isolava, se tornava uma mulher indiferente e deslocada de tudo.

Ana ainda possui um corpo impróprio para uma mulher que passou dos quarenta anos, fato que chama muito a atenção dos homens. Ainda que não seja uma idade tão avançada, é algo como a metade da vida. É também um tempo limítrofe para o corpo de uma mulher. Aos quarenta, metade delas já desistiu de manter a forma física e boa parte tenta o que jamais conseguirá. Ana talvez tenha desistido de muitas coisas ao longo da vida, mas seu corpo não.

Eu, por outro lado, embora tentasse demonstrar algum vigor físico à custa de corridas noturnas que fazia pelo bairro, transformei-me num estereótipo do homem de meia-idade devido à forma antiquada de me vestir, de falar ou mesmo pela maneira de pensar. Sou assim desde criança. Às vezes penso que já nasci envelhecido.

Sou apenas um ano mais velho que Ana, mas pareço ter dez, isso por algo que jamais tinha imaginado que aconteceria: tornei-me careca quase de um momento para o outro e fiquei com semblante de padre franciscano aos trinta anos. Pior. Ouvia a cada oportunidade provocações infantis de tom humilhante por parte da minha mulher. Quando isso acontecia em alguma reunião, confraternização ou festa, todos pareciam se divertir, como se nunca tivessem escutado aquilo na vida, mesmo que ela tivesse contado a mesma piada nos últimos anos.

De uma forma ou de outra, todos os homens carecas sofrem calados. Sobre isso, tenho uma teoria. A maioria finge que está tudo bem, que faz parte da vida. Falam em genética, em fisiologia, alguns usam chapéus ou perucas, outros assumem a calvície e raspam a cabeça com frequência, como artistas ou personagens de filmes. No entanto, a verdade é que ficar careca é mais uma das possibilidades cretinas que a vida lhe traz. É algo como perder um dedo anular, um médio ou mesmo um mindinho. Parece bobagem, a calvície não o impossibilitará de fazer nada que não faria, mas, estranhamente e para todo o sempre, tanto o dedo como o cabelo nunca mais estarão ali.

Ana estava farta do que a vida havia lhe oferecido nesses anos todos, pois suas expectativas deviam ser bastante grandes, ainda que ela não falasse muito a respeito. Com o passar do tempo, seus olhos aos poucos perderam a chama, enquanto os pés de galinha brotavam junto às olheiras fundas. Entretanto, jamais pude falar uma vírgula sequer dos seus atributos físicos, e, ao contrário do que possa aparentar, de eu ser à primeira vista um homem sem graça e desinteressante a ponto de ter conhecido apenas prostitutas por força do meu pai e uma ou outra acadêmica feiosa antes de me casar, na cama costumávamos nos dar bem.

Ana era flexível, escorregadia, quente e nem um pouco silenciosa, o que fazia sua libido dar conta do recado quase sozinha. Apesar de eu gostar de tudo o que fazíamos, ao terminarmos Ana sempre me deixava um pouco constrangido, pois logo depois do sexo, a primeira e única coisa que ela fazia era virar-se para o seu lado da cama e dormir como um homem. Roncava até, coisa que me indignava pois tenho o sono muito leve. Bastam um estalo, um ranger de porta, um vento mais áspero, umas poucas gotas de chuva, um assovio de pássaro em má hora, que lá estou eu, de olhos bem abertos e com a insônia a me deixar maluco.

Essa terrível sina ou maldição que tenho desde criança e que me fazia escutar através das paredes as lamúrias da minha mãe ou os passos tardios do meu pai durante as madrugadas ou o gemido abafado de ambos depois das recorrentes brigas, porém, me fez criar um hábito que passou gradualmente a me atormentar em vida e também em sonhos.

O fato é que nesses dias em que transávamos, depois de algum tempo, quando me certificava de que Ana adormecera em estágio profundo, eu me levantava da cama e me punha a observá-la com atenção. Ficava assim um bom tempo até que, com a destreza que adquiri através do hábito, puxava-lhe devagar o lençol, descobria seu corpo nu — pois Ana nem ao menos, nem mesmo no inverno, vestia novamente a camisola —, e ficava a observar durante um tempo incerto cada detalhe daquele corpo perfeito que se contorcia e passeava pela cama, proporcionando-me os ângulos mais obscenos da minha própria mulher. Escamoteado pela penumbra, semana após semana, podia ver-lhe os seios medianos e rijos que não desfaleciam nem com o relaxamento natural do corpo, o ventre liso e macio, as costas ossudas e musculosas, as nádegas medianas e sem marcas da velhice num recorte perfeito, a boceta camuflada por uma mata áspera de pelos negros. Muitas vezes me perguntei durante aquelas noites como havia conseguido uma mulher daquelas para mim.

Sem nenhum motivo, passei a fazer isso com certa frequência e, além da tentativa de compreensão daqueles momentos noturnos em que a insônia recorrente transforma qualquer vago sentimento num pensamento sombrio, excitava-me a vulnerabilidade dela naquela situação. Algumas vezes me masturbava em silêncio ali mesmo no quarto, em outras tinha que ir até o banheiro e me atirava debaixo de uma ducha gelada.

Eu andava obcecado pela perfeição e pela voluptuosidade de Ana, até um dia desinteressante como outro qualquer, o dia em que jantei e assisti com certa tensão ao noticiário na televisão enquanto ela lia algum dos nossos muitos livros até adormecer, o dia em que eu já estava havia quatro ou cinco horas madrugada adentro sem pregar o olho, e só então, exatamente por essa sina, doença ou mesmo maldição, percebi a mudança na sua feição, o arfar da respiração que se tornava mais agressiva, as mãos entre as pernas abrindo-a para o mundo, o sorriso rasgado na face escancarando-lhe a máscara do sono e, sobretudo, sua voz e o atenuante da maneira lânguida como a frase que foi dita ficou marcada para sempre na nossa relação: vem, Antônio, vem.

Nada além dessas três palavras. E depois ela subitamente virou de lado e voltou a dormir. A verdade é que foi apenas isso, essa curta sentença dita por Ana com o rosto contorcido de prazer naquela noite morna e corriqueira que impulsionou as suspeitas e as elucubrações perversas que me atormentam sem parar desde aquele momento terrível.

No dia seguinte, com os olhos secos e ardidos pela insônia, nada perguntei. Disse a mim mesmo: *Foi apenas um sonho, homem, tranquilize-se. Quem de nós não tem o direito de sonhar coisas além da nossa realidade?*

Passei a semana repetindo esses pensamentos, primeiro mentalmente, depois aos sussurros, logo em voz alta, escrevendo-os no primeiro pedaço de papel que encontrava para me certificar de que o pensamento saísse da subjetividade e se transformasse em algo concreto. Contudo, apesar de tentar evitar o óbvio, afinal eu sempre fora um homem racional e compreensivo, o ímpeto de descobrir se nas relações cotidianas de Ana havia um homem chamado Antônio virou-me a cabeça e foi capaz de transformar a solidez dos meus dias num lamaçal de dúvidas.

Isso, entretanto, aconteceu já faz algum tempo e Ana e eu estamos muito longe um do outro agora. Neste momento, tenho preocupações mais vitais que sentimentos íntimos como a desconfiança e a ansiedade. Por estes dias, mesmo que não tenha respostas, devo lhe escrever mais uma vez, pois sou um homem moldado pela palavra escrita. Na verdade, faz parte do meu trabalho ser uma espécie de relator, um escrivão da vida. E a coisa toda começou cedo.

Durante toda a infância fui tratado como um gênio pela minha família e correspondia às expectativas curriculares de todas as escolas onde estudei com notas altíssimas. Aprendi a ler antes dos quatro anos e tempos depois já era capaz de escrever uma redação completa. Não saberia dizer se era uma espécie de capacidade singular, algo como um gene benigno e poderoso, mas o caso é que isso talvez tenha acontecido também devido ao fato de que meu pai, todos os dias antes do jantar, surgia com um dos seus livros clássicos de capa de couro, que ele pegava no seu pequeno escritório improvisado num dos cômodos da casa, e lia pausadamente os trechos que apreciava para que eu pudesse escrevê-los no meu caderno pautado.

Ainda me lembro da imagem dele, o tempo todo de pé, circulando pela sala, com uma das mãos como que colada às costas e a outra, firme e forte, suspendendo o livro na altura do peito. Meu pai, que era um bibliotecário sem perspectivas de crescimento que não fosse ser transferido para a Biblioteca Central, lia aquelas coisas todas com uma paixão exacerbada e as interpretava como um ator de teatro, como se fosse um monólogo.

Eu, no início, me assustava com a fúria daquela boca bradando palavras que eu não tinha a menor ideia do que significavam. Logo, porém, meu pensamento passou a se fixar somente na formação textual, letra após letra, sílaba após sílaba, palavra após palavra, e acho que a partir daí a concentração se tornou uma das minhas principais virtudes. Até hoje sou capaz de escrever ou recitar trechos inteiros de obras fundamentais da literatura universal mesmo que não as tivesse lido nesse intervalo entre a infância e a vida adulta.

O que conta é que, nesses primeiros anos, minha capacidade célere de aprendizado fazia com que meu pai quase explodisse de tanto orgulho de mim. Ao contrário do meu irmão. Gregório, coitado, tinha fama de burro.

No momento dos ditados, ele também era obrigado a se sentar na mesma mesa de madeira quase negra que contrastava com o branco dos nossos cadernos. Meu irmão era apenas um ano mais velho que eu, na verdade onze meses, e ainda não havia desenvolvido as habilidades que eu possuía. Estava bem longe do meu nível, a verdade era essa. Gregório era uma criança normal, por assim dizer. Por isso mesmo seus olhos ficavam terrificados assim que nosso pai nos chamava para a sessão diária de estudo e para o ditado.

Mesmo sendo uma criança mais nova que ele, eu ficava comovido com seu nervosismo e, sempre que meu pai nos dava as costas, eu lhe exibia meu caderno para que pudesse copiá-lo. Ele até tentava, mas era praticamente impossível dentro dos poucos instantes em que isso acontecia. Vez ou outra, quando a redação era de um texto mais simplório, eu tentava mesmo escrever duas cópias. Esforçava-me, inclusive, para escrever com a caligrafia de Gregório, se é que naquela idade ele tivesse alguma.

Um dia, porém, e como não fosse inevitável, meu pai nos flagrou e seu espanto se transformou num ataque. Ele se exasperou, gritou, bufou e, por fim, segurou com firmeza a mão de Gregório no caminho para a cozinha, onde o castigou com uma surra de colher de pau. Minha mãe não gostava de assistir às surras que seu filho mais velho levava com frequência, então ia até a sala, punha uma música na vitrola, sentava na grande poltrona do canto e me abraçava no seu colo, cantarolando e escutando a voz triste daquelas cantoras de rádio enquanto eu não prestava atenção em nada que não fosse o som do grito represado, do choro que não acontecia do outro lado da parede. Talvez por isso mesmo, eu chorava por ele, e minha mãe, de quando em quando, parava a cantoria para dizer que estava tudo bem, que eu não precisava chorar porque eu fazia tudo direito.

A verdade é que o Gregório era apenas uma criança e não tinha culpa de nada, mas quem sempre pagava a conta era ele. E acho que isso, com o tempo, foi moldando uma couraça de ressentimento que se revelou numa dessas noites de estudo, quando ele me direcionou o olhar duro e disse baixinho, mas com firmeza assustadora: Não me ajude nunca mais! Eu, por não saber o que fazer e com medo de magoar meu irmão de novo, nunca mais o ajudei com as lições.

Depois desse episódio, não tivemos mais nenhuma conversa sobre aquele dia. Demorou quase dois anos até que Gregório aprendesse a ler e a escrever direito, o tempo certo de qualquer criança em qualquer família. O problema é que nessa fase eu já fazia com maestria as principais operações matemáticas.

Naquela época, Gregório já não apanhava tanto pela sua suposta ignorância, mas apenas por suas provocações. O fato é que meu pai, a partir daí, passou a ignorar a existência do meu irmão. Ao contrário de mim, que continuava sendo exaltado e lá pelos dez anos também já impressionava os amigos dele que iam me ver tocar algumas breves passagens de peças barrocas no piano, outra das paixões do meu pai.

Durante os saraus que aconteciam a cada três meses na nossa casa, um sobrado modesto, mas que exalava os ares da cultura e da educação, Gregório, segurando uma bandeja prateada com suas pequenas mãos, era obrigado a servir salgadinhos e bebidas aos convidados como um menino gentil e obediente ajudando minha mãe nas tarefas domésticas. Eram pedidos que constantemente ecoavam nos meus ouvidos e me machucavam por dentro.

"Gregório, vá buscar mais alguns canapés."

Ou:

"Gregório, não se esqueça do suco do seu irmão."

Eu queria largar aquele maldito piano e ajudar o meu irmão, mas sob o olhar do meu pai não podia fazer nada a não ser tocar uma breve sonata de Bach e receber os aplausos exagerados de todos.

Sobre meninos e futebol — Parte 1

Julián Lamas queria ter sido jogador de futebol. Desejo absolutamente natural num país como a Argentina, ainda mais em La Plata, onde quase todo garoto nasce com uma bola no pé e um clube no coração. Filho de um mecânico de automóveis e de uma costureira, herdou a paixão do pai, que também era a paixão do avô.

Aos sete anos, depois de temporadas inconstantes, quando o time amargou a vergonha de ter que disputar a segunda divisão, Julián teve a oportunidade e a grande sorte de presenciar no histórico dia 25 de setembro de 1968 o que muitos apaixonados pelo Estudiantes de La Plata morreram sem ver. Tomando emprestada a casa do rival Boca, em meio a 66 mil pessoas em La Bombonera, ele assistiu ao lado do pai o time vencer o todo-poderoso Manchester United, dos lendários Bobby Charlton e George Best, por 1 a 0, com uma cabeçada fulminante de Cogliniari depois de uma cobrança de escanteio ainda no primeiro tempo. Com esse resultado, El Pincha dava o primeiro passo para vencer o torneio intercontinental. Três semanas depois, com um empate por 1 a 1 no majestoso e mítico Old Trafford, na Inglaterra, consagrou-se com o título de campeão do mundo.

"Poletti; Malbernat, Suárez, Madero e Medina; Bilardo, Pachamé e Togneri; Ribaudo, Cogliniari e 'La Bruja' Verón", disse Julián sem hesitar catorze anos depois. "Nunca houve um dia tão feliz como aquele em La Plata. Todos pareciam ter voltado a ser crianças, como eu. Desconhecidos se abraçavam com força, as pessoas riam e choravam ao mesmo tempo. Não se sabia onde cabia tanta felicidade", continuou e revelou a camisa alvirrubra do time depois de abrir os botões do uniforme encharcado pela chuva que caía havia dias.

Julián contou também que se aventurou como tantos outros meninos da sua idade pelos campos de várzea na Liga Amadora Pibes de Oro. Aos dez anos, disputou seu primeiro torneio, quando não foi além das oitavas de final. No ano seguinte, mostrou desenvoltura e habilidade como atacante, chegando a ser artilheiro do torneio em que terminaram como terceiros colocados. Depois disso, apesar do talento evidente, teve seguidas contusões que o classificaram no meio futebolístico amador como "piernas de vidrio".

A partir daí, Julián se desiludiu e acabou por desistir aos poucos do futebol. Mesmo com alguns lampejos nos intervalos em que se recuperava fisicamente, ele nunca mais teve atuações convincentes como naquele torneio inicial e todos sabiam que o apelido que lhe fora dado pouco a pouco decretava o fim de uma futura carreira promissora. Julián, porém, como ele mesmo admitiu, de fato tinha medo de que o quebrassem de novo. Mas não estava sozinho, pois ele era apenas um entre milhares de outros garotos que todos os anos ficam pelo caminho.

Por isso, tomou outros rumos e fez um pouco de tudo na vida. Ajudou o pai na oficina e entregou encomendas na casa das clientes da mãe. No entanto, a fragilidade econômica do país, que fez a oficina mecânica do pai fechar as portas e que tornou o trabalho da mãe cada vez mais escasso, o empurrou para um destino inesperado. Aos dezoito anos, sem trabalhar havia meses, Julián foi *levado pelo pai para a Junta Militar, onde se alistou. Passou dois anos inteiros na Brigada do Exército da Região Metropolitana, de onde vinha a remuneração necessária e contada para ajudar os pais.*

No terceiro ano, ainda sem saber o motivo e acreditando que era uma boa oportunidade, foi enviado à Infantaria do Atlântico Sul. Para a família, parecia ser uma chance de crescer na carreira militar. Entretanto, um mês depois, no fim de março, as Forças Armadas enviaram uma fragata às Malvinas, e, sem nenhuma resistência por parte dos ingleses, a bandeira argentina foi hasteada. O orgulho da reconquista das ilhas tomaria conta de todo o país. As pessoas comemoravam como se tivessem vencido um Mundial. Só esqueceram de avisar Julián e os jovens das demais tropas que eles haviam sido enviados ali para resguardar as ilhas de um futuro contra-ataque.

No início, não lhe passou pela cabeça que pudesse estar envolvido numa guerra. "Ali, na base continental, nos exercitávamos como de hábito. Jogávamos futebol e comíamos churrasco. A paisagem era lindíssima. Soubemos apenas no dia da invasão pelo comando que o povo estava em festa nas ruas do país."

Demorou quase um mês para a resposta, intervalo no qual a euforia deu lugar à tensão e ao medo, sobretudo quando o navio General Belgrano *foi afundado por torpedos ingleses, causando a morte de mais de trezentos homens.*

Julián, apesar de tudo, sobreviveu por quase cinquenta dias. Entretanto, depois da invasão da baía de San Carlos pela Marinha inglesa, as batalhas terrestres se acentuaram. No último dia 28, foi enviado para a sangrenta batalha de Goose Green, quando 250 soldados mal-armados, famintos e sem estrutura para suportar o frio de dez graus abaixo de zero foram dizimados na região montanhosa.

Antes de partir para o front, beijou o escudo do time do co-

ração sob o uniforme e repetiu as palavras do seu pai. "Meu pai disse que me daria sorte. Que este seria o meu escudo." Julián tinha apenas vinte e um anos.

Sinto o corpo todo tremer depois do dia exaustivo que tivemos por aqui.

Por razões estratégicas, fomos novamente obrigados a mudar a base de posição e isso sempre é uma chateação. Eu não estou aqui como militar, porque não sou um, mas sim algo parecido com um jornalista, mesmo que eu não seja realmente.

Me mandaram aqui para fazer o que faço há quase vinte anos: obituários.

Nem mesmo Gregório, que sem assumir que me odiava, e talvez por esse ódio tenha se transformado num bem-sucedido homem de negócios, poderia imaginar tal destino para o irmão prodígio. Mas eu não sabia muito sobre Gregório nos últimos anos, muito menos o que ele achava sobre isso. Ao contrário dele, entretanto, meu pai viveria até o fim dos seus dias com esse desgosto.

Fazia alguns anos que não nos falávamos direito, menos pela distância da pequena cidade interiorana onde ele foi morar depois da morte repentina da minha mãe que pela relação monossilábica que criamos desde que larguei a carreira acadêmica e fui trabalhar no jornal.

Na verdade, tudo ficou ainda mais abalado por eu não ter ido ao velório da minha mãe. Foi uma ausência justificada e amparada pela confirmação de Ana, que nos representou, mas ele jamais me perdoou.

Passei aquele dia com febre de mais de quarenta graus, vomitava, transpirava, tinha tremores e náuseas. Nunca tinha passado por algo tão terrível. No dia seguinte, entretanto, como num passe de mágica, eu estava completamente recuperado e parecia que nada havia acontecido. Eu poderia correr uma maratona. Meu pai, que fez questão de ir à minha casa no dia seguinte ao enterro, nada disse a esse respeito, mas com os olhos inquisidores achou que eu estivesse mentindo.

A verdade é que, apesar do insólito mal-estar, eu não nutria mesmo bons sentimentos em relação à minha mãe. Eu tinha um verdadeiro rancor da sua mudez, do seu comodismo, da sua adoração e servidão pelo meu pai. Nunca consegui entender como uma mulher pode amar mais o seu homem que os seus próprios filhos.

Por tudo isso, foi uma surpresa o aparecimento de Gregório no dia do velório. Depois que havia saído de casa, em meio a uma discussão acalorada e agressões mútuas com nosso pai, ele tinha desaparecido completamente por dois ou três anos. Ninguém nunca mais ouviu falar dele em nenhum canto, e meu pai obviamente acusou essa ausência como uma das causas da doença que a minha mãe teve e que a transformou em poucos meses num esqueleto vivo.

Gregório, porém, e ao contrário de mim, esteve no enterro. E não só marcou o retorno triunfal aparentemente na melhor das formas e vestido com roupas de grife, como fez um discurso pomposo e cheio de emoção, segundo me contaram. Nunca saberei se meu pai se emocionou com aquilo, mas soube que ele não foi capaz nem de ao menos estender a mão ao Gregório, mesmo naquele momento de dor.

Foi aí, para compensar a minha ausência na despedida da minha mãe, a minha insensibilidade com a família, a minha desumanidade com o mundo, que meu pai me pediu algo que ele afirmara não ser capaz de fazer. Melhor dizendo, não foi um pedido, mas sim uma exigência. Era quase como uma retratação.

Tudo começou quando ele resolveu pagar pelo espaço do obituário do mais respeitado periódico de Buenos Aires para que pudéssemos ter as últimas palavras perpetuadas sobre a minha mãe. Contra a minha vontade, ele me convenceu a escrever o obituário, enquanto ao jornal exigiu que o texto fosse de autoria da família, o que foi aceito sem delongas. Eu queria mesmo chamá-la de songamonga, de mosca-morta, de dissimulada, de incapaz, de submissa, mas tive que lhe fazer uma grande e bela homenagem.

Até hoje me pergunto por que não resisti à ideia e não enfrentei meu pai, o que certamente teria mudado todo o resto da minha vida. Entretanto, só o que posso me lembrar daquele dia é de vê-lo chorando sozinho, num canto da sala, se apegando à folha de papel como se toda a síntese da sua mulher estivesse ali, registrada e transmutada para a eternidade.

Tempos depois, ouvi da boca de mais de um que o sr. Isidoro, o editor-chefe do jornal, também deixara escapar algumas lágrimas enquanto lia o primeiro dos milhares de obituários que eu escreveria durante anos a fio. Acredito que tenha sido por isso que ele me telefonou uma semana depois me oferecendo um emprego com remuneração maior do que eu tinha na universidade. Foi a partir daí, desse jeito torto e alheio aos meus desejos, que começou minha sina de escrever sobre os mortos.

Ana nem se posicionou a respeito, disse apenas que a decisão era exclusivamente minha, da mesma forma que ela tomava as suas em relação à sua carreira. Para o meu pai, foi uma decisão inglória e equivocada. Ele sempre teve uma queda pelo status do meio acadêmico. Adorava aquelas porcarias de saraus literários, palestras, oficinas de poesia, aquela baboseira toda. Ele só não sabia que o papel de professor de literatura na universidade me aborrecia e deixava em mim um rastro de rancor sempre que eu me levantava para ir trabalhar.

Para mim, muito mais que o dinheiro, a oportunidade de conhecer a vida de pessoas reais e comuns, mesmo que mortas, foi o que me motivou a aceitar o emprego.

Quando cheguei pela primeira vez à redação, eu não tinha nenhuma experiência com o imediatismo que o jornal naturalmente impunha aos seus profissionais. As coisas eram ágeis, decisões tinham que ser tomadas, apurações feitas, reuniões eram marcadas com pautas definidas, mas que poderiam ser modificadas a todo o instante. Existiam a rotina e o caos, este último sendo parceiro inseparável da rotina. Mas eu tinha sorte nesse quesito.

A página dos obituários era ainda uma experimentação, por isso funcionava semanalmente, em pouco espaço, e, com isso, eu tinha tempo de escrevê-los com calma, lucidez e envolvimento, mesmo que de forma passiva. Quando morria alguém de destaque, porém, a lógica se invertia e eu caía no mesmo turbilhão que todos enfrentavam.

No início, achei que seria apenas como o obituário que escrevi sobre a minha mãe, que foi bem pago e aceito pelo jornal, mas logo compreendi que não era nada daquilo. Tinha sido uma exceção financeira, algo que todo jornal fazia. Ao contrário disso, eu teria que buscar fatos do passado de pessoas que não conhecia, entendê-los, confrontá-los, racionalizá-los e avaliar o que realmente era importante em suas vidas para que fosse publicado.

Ainda que na brevidade de um quarto de página de jornal impresso, eu deveria escrever uma síntese do que fora evidente, obscuro ou extraordinário em muitas vidas separadas da minha por um abismo de experiências que nunca tive, pois, para mim, minha existência sempre fora um lugar-comum, sem graça e cercada por trivialidades.

Compreendi também, com o tempo, que obituários eram uma parte intrínseca do jornalismo, e não uma mera formalidade pós-morte, pois requeriam pesquisa e texto meticulosos, além de um extraordinário entendimento e interesse pela vida alheia. Em muitos casos, a página de obituários se transformava na última chance de uma pessoa ser retratada aos olhos dos outros com alguma dignidade depois de uma vida anônima.

Foi o que o sr. Isidoro me explicou à época. Ele queria alguém sensível e habilidoso com as palavras, uma espécie de escritor e não somente um redator de informações já coletadas. Dizia que tínhamos de ter responsabilidade, sentimento e respeito por aquelas vidas. Por isso eu deveria exorcizar o academicismo, pois um obituário não era uma minibiografia, um perfil ou um ensaio.

"Obituários são obituários, ora bolas, têm linguagem própria!"

Ele falava isso sempre emocionado e, atento, repetia esse discurso de tempos em tempos, quando me via tomar o rumo do automatismo depois de anos de trabalho.

O sr. Isidoro acreditava tanto naquilo que falava que eu passei a acreditar também. E foi logo no início de tudo que ele me convenceu da necessidade de criar uma alcunha, um pseudônimo para escrever a seção. Dizia que, para abandonar definitivamente o meio acadêmico e abstrair todo o meu passado, eu deveria assumir outra identidade, algo com um quê de personagem literário, uma assinatura original para o cronista da vida e da morte em que eu viria a me transformar com os obituários.

Falava isso de forma empolada e confusa, da mesma maneira como ficavam minhas ideias quando ele começava com tudo aquilo.

Primeiro disse:

"Tristán Alvarez".

Repliquei que não gostava muito, mas que tanto fazia para mim. Ele fez uma careta.

"Leopoldo Castro."

Balancei a cabeça.

"Fernando Valenzuela."

Aristocrático demais.

E o sr. Isidoro foi disseminando durante dias, semanas até, uma profusão de nomes, até que, enfim, soltou: Diego García. Novamente lhe disse que para mim tanto fazia, mas não fiz nenhuma careta nem gestos de total desacordo, o que ajudou. Ele coroou sua ideia:

"A vida e a morte segundo Diego García! Esse será o nome da sua coluna! Perfeito! Estupendo!"

Eu não achava tão estupendo assim, na verdade achava até meio estúpido, mas foi dessa forma, a partir desse arrebatamento do dono do jornal que, ao longo dos anos, aos olhos dos leitores que me acompanharam, acabei por me desfazer do meu próprio nome e me tornar, assim, Diego García.

No início, nos primeiros dois ou três anos, eu trabalhava tão sozinho, numa grande sala que era usada como arquivo da redação, que não fiz amigos. Eu era como um fantasma, um sujeito estranho e alheio ao dia a dia. E o lugar onde eu passei a trabalhar, uma sala que um dia fora branca, mas que se tornara cinzenta e esverdeada pelas infiltrações dos encanamentos nas paredes, era uma espécie de limbo do jornalismo, sem janelas, quente como o inferno, mesmo com o ventilador de teto que girava como se estivesse na iminência de pifar e costumeiramente parava. Eu quase me sentia inanimado como um dos arquivos metálicos que abasteciam a sala, e parecia estar em qualquer lugar irreal, como dentro de um sonho, menos numa redação de jornal, ainda que num anexo àquela loucura diária.

Aos poucos, porém, os outros acabaram descobrindo que eu era o obituarista. Quando fui contratado, o sr. Isidoro não me apresentou a ninguém, não formalizou minha entrada na equipe de redação, não fez nenhuma questão de que eu interagisse com os demais. Ele tinha uma espécie de ciúme insensato, não de mim, mas do meu trabalho. E por isso optou por me isolar dos demais, embora ele mesmo não se furtasse a me fazer visitas diárias ao arquivo da redação e ficar horas ali, conversando sobre generalidades para depois falar sobre os obituários recentes.

Eu observava ele sacar o paletó, afrouxar a gravata, arregaçar as mangas da camisa e só então aproveitava para explicar que naquele ambiente eu cozinhava como um ovo poché. Ele dava risada e limpava o suor da testa com um lenço.

"Tempos de crise, García. Tempos de crise", ele dizia e repetia com sua voz doce e singela e um par de olhos azuis aguados que pareciam compreender qualquer problema que fosse.

Demorou quase um ano, mas minha sala, antes uma verdadeira sauna turca, acabou por se transformar numa geleira austral devido ao enorme aparelho de ar condicionado novo que o sr. Isidoro mandou instalar ali. O frio era tamanho que, mesmo no verão, passei a levar sobretudos e cachecóis ao trabalho, o que causava estranheza a quem nunca ia à sala dos arquivos. Era quase como um segredo meu e do sr. Isidoro, um segredo de amigos de longa data.

O sr. Isidoro, claro, continuava indo lá todos os dias. Satisfeito, punha até o chapéu para aquecer a cabeça um tanto pelada. Enrolava-se no cachecol e às vezes aparecia usando luvas de couro, embora do lado de fora estivesse beirando os trinta graus. E desatava a falar. Não sei de onde ele tirava tanto assunto. Mas gostava mesmo de falar sobre o trabalho.

Dizia que aos poucos estávamos conseguindo atrair nosso público e que o número de correspondências sobre a seção havia triplicado no último ano, o que dava a entender a formação de uma fidelidade de leitores à seção. Ele mesmo fazia questão de ler as cartas e até de respondê-las. Explicava também que conversava periodicamente com vendedores do jornal pela cidade e que muitos deles comentavam que andava se formando um grupo de leitores que só compravam o jornal pelos obituários. Eu, por outro lado, pensava quão mórbido isso poderia ser, mas essa reflexão passava rápido, pois era anestesiada pelo entusiasmo do sr. Isidoro.

Com os anos, a seção de obituários, um antigo sonho dele, passou a crescer assustadoramente e a se tornar um tremendo sucesso. Ninguém poderia acreditar num prognóstico tão otimista. De colunas semanais, passamos para duas vezes por semana, às quartas-feiras e aos domingos e, aos poucos, depois de alguns anos, fomos nos tornando uma seção diária.

Para que isso acontecesse, o sr. Isidoro me proporcionou uma equipe, escolhida a dedo por mim. Entrevistei dezenas de pessoas. Todos aqueles rapazes e garotas, uns tipos bem estranhos por sinal, queriam ser os repórteres do obituário. A coluna tinha ganhado uma respeitabilidade assustadora. Pude escolher apenas três. Provavelmente escolhi os três mais esquisitos.

Eles não precisavam ter um pseudônimo como eu e, talvez por isso, eu os tenha apelidado internamente, somente para mim mesmo, como *El Guatón*, por motivos óbvios, *Che Boludo*, também por motivos óbvios, e *La Bruja*, por ter os cabelos desalinhados e uma gargalhada digna do apelido. Óbvio, também, portanto.

Eles eram três jovens aspirantes a escritores transmutados

em jornalistas em busca de um caminho para a sua literatura. Naquele momento, porém, não faziam nada além de obedecer aos meus pedidos. Apuravam, investigavam, entrevistavam todos e faziam tudo o que fosse necessário para que a coluna fosse inovadora, engraçada e comovente. Tudo ao mesmo tempo, se possível.

Por outro lado, havia também os leitores que inventavam suas próprias histórias e queriam publicá-las no espaço do obituário pago — a seção conquistara o espaço de uma página inteira naquele momento. Só que a invenção muitas vezes chegava a limites que beiravam o ridículo e o absurdo. Era triste perceber que aquelas pessoas queriam apenas saber se realmente teriam amigos que perderiam umas poucas horas do dia indo até o seu velório.

Portanto, tínhamos a obrigação de checar a morte no serviço funerário ou no instituto médico-legal, e eu, por me sentir comovido com aquelas histórias, pessoalmente me encarregava de telefonar à pessoa para lhe dizer, de modo sutil, que sentia muito, que achava sua atitude normal, mas que o jornalismo nos impedia de tais caprichos ampliados pela solidão.

Todos eles desligavam o telefone na minha cara antes mesmo de eu completar o meu raciocínio, por vergonha certamente, mas, quanto a mim, eu compreendia muito bem o sentimento deles. Aqueles homens sonharam um mundo que acabou com as suas aspirações. Para mim, era a ordem natural das coisas e isso não cabia na cabeça da maioria das pessoas.

O fato é que a nossa seção não estava disposta a publicar uma série de laudatórias homenagens póstumas e sim crônicas sobre a vida de pessoas que, não importava como, tinham acabado de morrer.

Como eu nunca fui muito de falar, mesmo minhas antigas aulas na universidade eram consideradas demasiado minimalistas, o que gerava a desconfiança de muitos dos meus alunos, eu deixava que o sr. Isidoro explicasse as coisas por mim toda vez que fosse necessário. Um dia, entretanto, pigarreei assustando a todos, soltei a voz e disparei a minha principal regra durante uma reunião com a equipe. Regra que se tornou uma espécie de lema para os três repórteres e, depois, para todo e qualquer obituarista que se prezasse:

"Quando o obituarista acerta a mão, pode tornar o defunto imortal."

Todos riram muito. *El Guatón* quase molhou as calças enquanto *La Bruja* ratificava seu apelido íntimo. *Che Boludo*, mais rápido que os outros, rabiscou a frase numa folha de papel e colou-a em seu escaninho na redação, o que ajudou a frase a se perpetuar, a se tornar com os anos uma quase lenda. Eles compreenderam que era exatamente isso o que fazia da nossa página um sucesso que, à revelia das expectativas, alavancava as vendas do jornal.

Nisso eu já estava com quase dez anos nos obituários, e, se não tinha o status de um repórter investigativo ou se não viajava e aproveitava as benesses da profissão como vários outros, em vez de permanecer naquela sala gelada e com as infiltrações cada vez mais evidentes que faziam o reboco ceder em muitos pontos, eu tinha criado certa aura de respeito e curiosidade sobre mim dentro do próprio jornal, e muito maior entre os profissionais da imprensa de Buenos Aires. Todos queriam saber quem de fato era Diego García.

Logo me arrumaram apelidos: o melhor deles, mas pelo qual eu não tinha lá muita simpatia, era sr. Corvo. Apelido que surgiu porque nesse período, em respeito ao grande número de leitores e devido ao enorme rol de personagens que cedo ou tarde fariam parte da nossa seção, tivemos que tomar uma providência séria para evitar falhas graves como deixar de lado uma ou outra morte que seria reclamada, caso publicada com atraso.

Portanto, decidi criar, com o aval do sr. Isidoro, uma espécie de banco de dados com os registros fundamentais tanto de personalidades inequívocas como de dezenas de personagens urbanos que nos eram trazidos tanto pela observação dos nossos repórteres nas ruas como pela vivência particular de cada um de nós e dos leitores, que nos apresentavam verdadeiras pérolas existenciais escondidas na poeira do anonimato.

Enfim passei a encontrar alguma utilidade para aqueles enormes arquivos que me faziam companhia havia alguns anos. Ao longo de meses, conseguimos elaborar um respeitável arquivo de personalidades, embora muitas, sem ter a menor ideia de que suas vidas estavam ali registradas em fichários catalogados pela inicial do nome, se recusassem a bater as botas prontamente.

Ainda que a maioria pensasse exatamente o contrário, para mim ali nunca foi a sala da morte, como ficou conhecido o lugar onde trabalhei por muitos anos, mas sim a sala onde se fazia uma ode à vida.

Enquanto eu, quase por acaso, fazia minha pequena revolução no jornalismo do país, promovendo valor e relevância jamais vistos à seção de obituários, minha vida particular seguia o caminho da normalidade de um casamento, com seus altos e baixos.

Durante todos esses anos, quando as coisas pioraram pra valer e os pais de Ana tiveram quase que suplicar para que os abrigássemos no apartamento do centro, resolvi que nos mudaríamos enfim para uma casa em Caballito, já que eu nunca estivera satisfeito de verdade naquele apartamento. Estranhamente Ana não reclamou, nunca tocou no assunto, e eu, em respeito à sua posição, também me mantive em silêncio.

Depois da mudança, às vezes, em raras oportunidades, acho que bem no início da nossa vida na casa e aproveitando o fato de que eu estava numa situação estável no trabalho havia anos, mesmo com tudo o que acontecia ao nosso redor, eu lhe falava durante o sexo que talvez, um dia, pudéssemos pensar em formar uma família, mas ela sempre se irritava com isso, repetia de várias maneiras diferentes que ainda tinha coisas a viver e interrompia o sexo, virando de lado. Quais eram essas coisas, entretanto, ela nunca falava. Eu evitava tocar no assunto, mesmo porque tinha sugerido aquilo no automatismo, apenas como mais um estágio do casamento, talvez mais por estar excitado com a mudança para a casa nova que por querer de fato me tornar pai.

Naquela época, Ana não se dedicava integralmente à dança nem ao teatro e, já passando dos trinta, não tomava um rumo. Não que tivesse de tomar um caminho definitivo, pois eu, como homem habituado a simplificar vidas através do meu trabalho, sabia que os detalhes significativos que as compõem podem surgir mais cedo ou mais tarde.

Quanto ao meu pai e ao meu irmão, mantivemos relações impessoais durante esses anos. Gregório ficou podre de rico, mas eu não tinha a mais vaga ideia de como tinha conseguido isso. Sabia que se relacionava com gente graúda do governo e que se transformara numa espécie de investidor, mas eu não tinha detalhes a respeito, pois nunca acompanhei sua evolução. Ouvia mais sobre isso nas poucas vezes em que fui visitar o meu pai no sítio afastado da cidade que ele comprou com a venda do sobrado depois da morte da minha mãe.

Meu pai tentava de todo modo disfarçar, mas gostava de falar do meu irmão. Não do mesmo jeito que falava de mim para quem quisesse ouvir quando eu era criança, mas de uma maneira que justificava seu papel de pai obtuso e cruel que fizera com que o filho o odiasse e fizesse de tudo para encontrar um lugar ao sol, embora bem distante das sombras da cultura e do intelecto que ele tanto prezava. De certa maneira, meu pai admirava Gregório por tê-lo confrontado e encontrado um caminho próprio que vencesse as convicções que ele nos fez engolir durante boa parte da vida. Nunca, porém, ele admitiria isso.

Por outro lado, eu, que sempre tinha sido a sua referência, a sua continuidade de pensamento, talvez mesmo de caráter, ele devia pensar, o decepcionara. Para meu pai, o fato de eu trocar uma vida acadêmica promissora e, ele imaginava, também literária, por um emprego como obituarista, um escrivão dos mortos, mesmo que no maior jornal da cidade e até do país, era frustrante e de uma ignorância imperdoável. Ele, porém, sentia culpa por ter me obrigado a escrever o obituário da minha mãe e de ter me empurrado para o caminho torto e alheio que eu seguia, e, talvez por isso, vendera o sobrado e se exilara voluntariamente.

Quando enfim compreendi que eu era a sua moeda de troca com a vida, que eu era o significado da sua derrota, uma injustiça para o que fora a sua existência, passei a sentir aversão ao meu pai. E, aos poucos, o que havia se tornado um hábito se diluiu e, então, deixei de visitá-lo.

Gostaria de ter dito, mas nunca tive a chance de contar a ele que o ofício que assumi e que, portanto, havia sido uma escolha importante, mesmo que por um acaso ou erro seu, como ele quis acreditar, tinha significado para mim e, mais que isso, me deixava feliz.

O que eu nunca pude esperar, porém, era que, apesar de tudo o que vinha acontecendo, uma guerra improvável acontecesse aqui, bem debaixo do nosso nariz, em plena América Latina, e que nós, os miseráveis e os alienados do fim do mundo, estivéssemos envolvidos e, não bastasse, que eu fosse enviado para o meio da batalha.

Ao sul deste mesmo país onde desde sempre sofremos a síndrome dos perdedores depois das faíscas das revoluções, tivemos que admitir uma guerra intercontinental contra quem quis nos instituir parâmetros, como se não coubesse a nós mesmos decidir sobre as coisas, e, por tudo isso, por entender a guerra como um axioma da existência, demos enfim a primeira cusparada no mundo.

Eu não pensava dessa forma. Foi algo que só consegui compreender no front, onde os pensamentos mais estranhos escapam com frequência do escafandro da mente, para bem longe dos livros de história ou das páginas dos jornais.

Entretanto, antes de tudo isso acontecer, tive que ser convencido. Ao contrário do que possa parecer, não foi uma tarefa difícil. Além do ótimo acordo financeiro e de um polpudo seguro de vida, eu teria a possibilidade, segundo o sr. Isidoro, que além de chefe era meu fã incondicional, de sentir na pele o horror e o absurdo da guerra e, com isso, escrever os melhores obituários jamais escritos.

No alto dos seus quase oitenta anos de idade, o sr. Isidoro realmente acreditava em mim. E eu, ao longo do tempo, também passei a acreditar. Ele tinha absoluta convicção de que eu havia nascido para aquilo, tanto que nunca me deixou fazer outra coisa na redação. Nunca fui repórter, copidesque, editor, articulista, cronista, nada disso. Para o sr. Isidoro, eu era e sempre seria o melhor obituarista da história do maior jornal de Buenos Aires.

Ainda me lembro do momento em que o sr. Isidoro disse com seriedade na sala de arquivos, a minha sala, onde só eu e ele estávamos presentes, que obrigatoriamente o jornal enviaria repórteres e fotógrafos, mas que a inclusão de um obituarista seria uma grande oportunidade de fazer história. Eu não sabia o que responder. Pensava em Ana. Mas pensava muito mais em Antônio, esse sujeito oculto que me atormentava cotidianamente os pensamentos e me impedia de seguir os dias de acordo com a rotina que me impus durante todo esse tempo. Pensava um pouco também no meu pai e tentava decifrar quais seriam seus pensamentos sobre essa guerra inédita nos nossos tempos e sobre o fato do seu filho estar presente para fazer aquilo que ele tanto abominava.

Meu pai sempre foi um homem de ideias libertárias e tinha,

por assim dizer, um flerte com a intelectualidade da sua época. Entretanto, nunca havia posto em prática o que dizia ou pensava e tampouco havia se exposto em momentos mais difíceis, o que, para mim, era como invalidar qualquer postura. De qualquer forma, ele certamente devia achar essa guerra bastante estúpida e, portanto, também me acharia um estúpido de entrar no rebanho tolo que seguiria para o front. Talvez tenha sido aí que eu tenha tomado a minha decisão, uma resposta coerente a partir da raiva e da desilusão.

Respondi ao sr. Isidoro que para mim tanto fazia. Ele demorou a processar, ficou parado me analisando com seus olhos claros e úmidos e tentando entender o que eu quis dizer com aquilo. Me perguntou se era um sim. Eu assenti com a cabeça. Alguma coisa, no entanto, teria que tornar meu gesto justificável, aceitável, pois nada nele havia de coerente. Para o sr. Isidoro, era uma decisão vazia de avaliações por tudo o que a guerra poderia gerar em sua decorrência. E me disse:

"Essa decisão precisa de mais reflexão, García."

Ele passou a me chamar assim desde que fundamos a seção. Nunca mais me chamou pelo nome verdadeiro. Continuou a explicar que os profissionais da imprensa internacional ficariam sediados em Buenos Aires, mas que o jornal negociava junto ao comando militar argentino a ida de dois ou três jornalistas para bases teoricamente mais seguras, na retaguarda, mas que isso não queria dizer que estaríamos livres do perigo ou das surpresas que uma guerra impõe.

Me perguntou, então, se a minha mulher concordaria com a decisão. Sem pensar muito eu disse que ela entenderia, mesmo sem saber o que exatamente se passava pela cabeça de Ana desde que nos casamos. E foi dessa forma imprecisa que fui falar com ela no mesmo dia, ao chegar do trabalho.

Comecei a conversa um pouco antes do jantar, especulando, falando por alto sobre a tomada da ilha e a repercussão que isso acarretou. Ela parecia desinteressada, e, naquele momento, pensei que eu também agia de maneira parecida e compreendi que, depois de anos de convivência, Ana e eu havíamos nos tornado muito parecidos. Expliquei que o jornal queria que eu fosse fazer a cobertura do provável confronto que poderia acarretar uma guerra. Ela parou e me olhou de um jeito diferente. Fazia tempo que não nos encarávamos com alguma urgência, com algo importante a ser dito. Afinal, não era como ir à redação e ficar por lá mais da metade do meu dia. Me perguntou se eu queria a sua opinião. Disse-lhe que já havia decidido sobre aquilo e ela retrucou que entendia, que afinal era o meu trabalho.

Ela falou aquilo e acendeu um cigarro enquanto terminava de arrumar a mesa do jantar. Seu gesto me pareceu uma pequena afronta naquele momento, mas acho mesmo que Ana tenha ficado magoada pelo fato de eu não consultá-la na decisão. Na verdade, acho até que a vi suspirar, engolir um gemido, de tal modo que foi obrigada a acender o cigarro para disfarçar a apreensão. Podia ser também que tudo aquilo tivesse apenas sido fruto da minha imaginação, pois Ana parecia ter perdido a capacidade de se emocionar havia tempos, era como se ela tivesse sido dopada e privada dos sentimentos. Na verdade, não era bem isso. Ana parecia viver num autoexílio.

É claro que logo depois fui capaz de fazer o pior dos comentários para tentar despertá-la para a situação para lá de absurda que se instaurara. Disse a ela que não se preocupasse com dinheiro, que meu salário ficaria integralmente à sua disposição, além do seguro de vida, do qual ela era a única beneficiária. Houve um silêncio confuso entre nós. Nos olhávamos e não sabíamos o que dizer. Quase vinte anos juntos resultaram nisso. Foi quando ela me questionou sobre algo que eu ainda não tinha pensado com necessária profundidade, o que me levou de volta ao meu pesadelo particular. Afinal, qual era a necessidade e com que intenção ela teria me perguntado:

"Você pode morrer?"

E, analisando essa probabilidade, imediatamente me veio à mente aquele fantasma intermitente que assombra meus dias, o Antônio sem rosto e com todos os rostos ao mesmo tempo, e, então, imaginei febrilmente durante aqueles poucos segundos que me separaram da realidade e da resposta que teria de dar a ela, o Antônio anônimo, irreconhecível como um demônio, por cima da minha mulher, dando-lhe as estocadas que merecia, Ana, a vadia que grita mais alto que mil prostitutas juntas, a cadela mentirosa que só sabe rir quando está sentindo prazer, a despudorada que me engana há quase vinte anos e não quer se revelar.

Naquele momento instável, tentei me controlar para não fazer o que qualquer homem sem o sangue de barata que eu devo ter faria, estrangulá-la até fazê-la confessar ou, no mínimo, xingá-la de todos os impropérios possíveis antes de lhe pôr no olho da rua aos pontapés, exibindo à vizinhança a devassidão dos seus atos. Não consegui, porém, fazer nada do que pensei. Apenas lhe respondi com outra pergunta:

"É uma guerra, não?"

Ana, então, de súbito, surgiu com outra indagação, maior ainda que a anterior e que eu me esquecera de pôr em pauta dentro do raciocínio lógico da minha profissão e que, por isso, me martirizou e, sobretudo, me fez temer algo que até então passava longe dos meus pensamentos.

Quem seria capaz de escrever meu próprio obituário caso eu morresse?

Pensei na minha equipe, no sr. Isidoro, em Ana, no meu pai ou mesmo em Gregório que, se deixasse o ódio de lado, talvez pudesse entender quem de fato eu havia sido ou em quem me transformara.

A pergunta que não fui capaz de responder a Ana semanas antes de partir ressoa na minha cabeça desde o dia em que desembarquei aqui, principalmente nos momentos de urgência, o que se tornou corriqueiro sobretudo quando ajudamos a carregar os pertences até os caminhões e a desmontar as tendas que se espalham por aquele início de região montanhosa. Mudamos de base periodicamente, para evitar ataques surpresa. É a estratégia do batalhão para onde fui designado em comum acordo com os militares.

Devo dizer que estou sozinho. O governo não quis aceitar repórteres, fotógrafos ou cinegrafistas na região do combate. O sr. Isidoro me deu a notícia pessoalmente na sala dos arquivos, a minha sala, a sala da morte. Disse que tentara de tudo, mas nenhum veículo de imprensa fora autorizado a se dirigir nem mesmo às proximidades do confronto que ainda não havia nem começado, mas não tardaria, pelas evidências que surgiam a cada dia. O governo preferiu ofertar a segurança da capital a ter que lidar com possíveis mortes dos profissionais da imprensa do país, o que causaria um grande desconforto diplomático. O trato previa que, caso qualquer jornalista saísse da zona de segurança e conseguisse entrar na zona de conflito, a responsabilidade seria totalmente do veículo de imprensa.

    Entretanto, foi somente depois de o sr. Isidoro falar como uma matraca sobre os protocolos do governo que finalmente contou a novidade. Antes deu um sorriso, os dentes brancos e corretos da dentadura expostos e enfileirados na boca numa felicidade extrema, como se ele estivesse me mandando fazer obituários na Polinésia. Confirmou, então, que havia conseguido minha liberação. Não sou jornalista, fotógrafo ou cinegrafista. Ou pelo menos não fui considerado como tal. As autoridades até acharam de bom-tom ter um profissional como um obituarista para registrar de forma literária e heroica as mortes que porventura ocorressem. Ainda mais pelas mãos do maior de todos os obituaristas da imprensa argentina, foi o que disseram, segundo o sr. Isidoro.

    Ele contou que somente dessa maneira conseguiu convencer o alto escalão e que precisaríamos a qualquer custo manter essa cortina de cordialidade para que pudéssemos escrever as histórias à nossa maneira, sempre fiéis às informações coletadas ou confidenciadas pelos próprios homens que acabariam por estampar a seção. Apesar de haver concordado com tudo previamente, senti um incômodo. Não era medo, porém. Acho que naquele momento o que senti foi como um rompimento, uma separação invisível da minha própria vida antes da guerra.

    Enquanto os dias avançam, o frio se torna o pior obstáculo, é como uma faca que brinca de nos arranhar a pele devagar. Faz apenas duas semanas que cheguei. Sei sobre o tempo porque sou metódico e marco cotidianamente os dias no calendário do meu caderno de anotações. Não fosse isso, se me baseasse no tempo real, o tempo da guerra, o tempo não linear que aqui se instaura, diria que estou há meses nesse front.

Quando cheguei, eu sentia que de alguma forma poderia, através do meu trabalho, tentar encontrar um pouco de satisfação. Era à primeira vista um raciocínio bastante estranho, admito, mas o fato é que a vida foi minando minha capacidade de ter interesse por outras coisas, de tal forma que a morte se tornou um subterfúgio para a minha sobrevivência.

No início, até me soltei nessas andanças pelos acampamentos e me senti bem, respirava a plenos pulmões. Aprendi, inclusive, a assobiar algumas canções tradicionais de guerra. Durante as noites, o sono vinha sem prudência, brusco como uma avalanche, e me levava para os confins da escuridão até o dia seguinte. Um sono abismal, sem sentimentos, puro, que eu não experimentava havia séculos. Em pouco tempo percebi também que o meu isolamento involuntário na sala dos arquivos da redação, a minha sala, a sala da morte do jornalismo, tomava uma proporção exatamente contrária aqui. Na guerra, estranhamente me senti mais sociável.

Grande parte dos militares, principalmente os pertencentes a escalões mais altos, me conhecia do jornal e eu jamais imaginei que a seção fosse tão lida por autoridades fardadas. Pude constatar isso em cada um dos acampamentos em que estive, no continente e nas ilhas, depois. Assim que chegava ao lugar, me transformavam numa espécie de celebridade. O ambiente era de confiança e até de felicidade nos primeiros dias. Tudo havia dado certo e todos tinham o aspecto de estar em êxtase. O país estava em festa, mesmo com uma guerra declarada. Eu nem parecia estar numa zona de conflito. Era convidado com frequência para *parrilladas* na tenda dos comandos e cheguei até a me tornar confidente de alguns tenentes e capitães. Eles acreditavam que eu era uma espécie de terapeuta da morte, um profissional entendido do assunto que poderia ouvi-los e dar conselhos. Também tive que ser apresentado aos soldados rasos, os que faziam parte da linha de frente, homens na iminência do combate e da morte, o que causou certo estranhamento.

Eu, que nunca fui de falar e sempre me esquivei de explicar as coisas, não por falta de discernimento, mas talvez por timidez, preguiça ou tédio, tive que fazê-los entender do que se tratava o meu ofício. Disse, antes de tudo, que não estava ali para mentir a eles. Que o meu trabalho dependia da morte. Que obituários de jornal são feitos a partir da morte. Mas disse também o que realmente me interessava: a vida. Por esse motivo estava ali, para ouvir quem tivesse algo importante a dizer sobre sua própria vida. Se fui claro ou não, não saberia dizer. Mas tentei ser honesto com eles. Cedo ou tarde muitos iriam morrer. E quase ninguém notaria isso.

Demorou um pouco, mas alguns deles passaram a me procurar passados alguns dias. Outros vieram em seguida, depois de terem sido estimulados pelos demais. Foi a partir daí que eu comecei efetivamente a fazer o meu trabalho. Passei a escrever obituários sobre as mais diferentes pessoas que me haviam contado suas histórias dias ou semanas antes, e, ainda que o horror se consolidasse com a chegada do inimigo e as incursões começassem a surtir efeito catastrófico para as nossas tropas, eu não sentia nem comoção nem remorso, mas, sobretudo, me sentia feliz por conhecer mais sobre a vida, mesmo quando tinha que olhar o relatório das baixas e enviar o texto final sobre muitos desses homens para o jornal.

Era como se a minha própria vida se fortalecesse a partir da morte e, com isso, apesar da guerra, ou talvez mesmo por causa dela, tenho sentido um orgulho paradoxal, e eu diria com todas as letras que estar aqui é como estar em minha própria casa. Digo isso porque minha relação com Ana ficou insustentável depois do incidente do sonho. Eu, do sono leve que possuía, passei à insônia. Ficava durante muitas noites plantado, de ouvidos bem atentos e com os olhos arregalados em busca de um sinal, de um sorriso leviano de Ana, de um suspiro mais profundo, de uma intumescência dos mamilos ou da escorregada de uma das mãos até o meio das pernas. Isso tudo fez com que eu me tornasse uma espécie de sonâmbulo durante o dia, e quando isso acontece durante algum tempo já não se consegue discernir o real do imaginário. E foi o que me levou a fazer o que fiz.

    Semanas antes de partir, telefonei à redação, menti que estava doente e faltei ao trabalho por alguns dias, coisa que nunca havia feito na vida. Com Ana, porém, eu agia naturalmente. Tomava uma ducha, vestia-me, preparava o café da manhã, folheava o jornal e fingia sair para o trabalho. Passei a espioná-la.

    Constatei, então, o que já sabia de alguma maneira. Ana estava num tal estado de sobriedade e alienação que não fazia absolutamente nada. Eu a via passar as manhãs e as tardes folheando revistas, tomando sol e fumando cigarros no quintal. Passava horas do mesmo jeito, envolta quase num estado catatônico, de melancolia. No dia seguinte, outra coisa, no entanto, chamou a minha atenção. Dentro desse mesmo ritual, Ana apareceu com um caderno a tiracolo e desatou a escrever por longas horas, sempre num fluxo contínuo, com raras pausas. Fazia muitos anos que não a via fazer isso, era algo como que perdido nas lacunas da memória, e eu pensei naquele momento que talvez não tivesse dado atenção necessária àquilo que pudesse ser, para Ana, o objeto de dedicação de uma vida.

    No instante seguinte, contudo, esmagava todo esse pensamento e imaginava Ana escrevendo longas cartas de amor a Antônio, o Antônio do sonho que me atormentava a realidade, com o texto pontuado por um vocabulário lascivo e explícito, e até chegava a ver os vincos do sorriso secreto no seu rosto e os peitos inchados pelo desejo sob o vestido que usava. Minha terna afeição por Ana logo se transformava em rancor e eu pensava em como as pessoas têm dentro de si uma vontade irremediável de complicar as coisas e de estragar tudo. Dentro do carro estacionado na parte alta da rua, a uma distância presumivelmente segura, de onde eu tinha um recorte pequeno do meu quintal, que ficava na frente da casa de muros baixos, eu chorei escandalosamente, soltei gemidos e uivos como um homem desgraçado.

Talvez por ter extravasado de forma tão intensa, acabei cochilando, mesmo debaixo daquela carcaça de metal incandescente, e mais uma vez, como acontecera nas últimas semanas, tive sonhos terríveis com Ana. Não saberia explicar direito. Era como se eu tentasse sonhar os sonhos dela e, com isso, quisesse compreender de onde vinha aquela felicidade que ela imprimiu no rosto quando falou "vem, Antônio, vem". Os sonhos eram assombrosos, explícitos e doentios e eu me atormentava dentro daquele plano onírico de horror por saber que, de alguma forma, aquelas ideias não me pertenciam, eram fruto de uma imaginação perversa que não a minha e, portanto, eu era apenas um espectador paralisado de um ato no qual não eram permitidas quaisquer intromissões.

Acordei empapado de suor nas axilas, nas mãos, na testa, na calvície, um cheiro acre esquisito tomando conta do interior do carro. Já pensava em desistir de tudo quando a vi sair pelo portão de ferro. Sobre o corpo bem-feito um vestido floral, óculos de sol cobrindo os olhos e as maçãs do rosto, bolsa pequena a tiracolo, e eu pensei por um instante se deveria realmente segui-la. Rangi os dentes. Somente o desespero é capaz de fazer um homem seguir sua própria mulher. E com essa dúvida aterrorizando meus pensamentos a ponto de me cegar, foi exatamente o que eu fiz, andando sempre uns cem metros atrás dela.

Durante o percurso que se desenhava pelas ruas do bairro, percebi homens horríveis que passavam por ela e observavam com desejo suas pernas bem delineadas ou mesmo voltavam a cabeça para observar o movimento dos quadris e o gingar das nádegas sólidas da minha mulher. Ana parecia não notar o furor que causava ao redor. Ela continuava a ser um furacão intenso, mas aquilo fazia parte de sua natureza, o que a eximia de qualquer culpa. Então, parou em frente à grande praça do bairro, voltou a caminhar, deu a volta no jardim seco e abandonado, sentou num banco de madeira comprido e pintado de verde em frente ao parquinho cercado por caixas de areia e brinquedos de metal com a pintura um tanto desgastada e ali permaneceu. Eu tremia de pavor.

Peguei você, peguei você, eu repetia em pensamento dezenas de vezes para que pudesse entender que algo realmente sério ocorreria em breve, mas Ana nem ao menos olhou as horas no relógio de pulso ou fez qualquer movimento com a cabeça, como que procurando alguém. À sua frente havia somente mães, babás e crianças que se abraçavam, conversavam, brincavam e se multiplicavam com o passar das horas, até que todos evaporassem em determinado horário, já ao anoitecer. Nessa hora, quando ficou sozinha, Ana levantou, aprumou o vestido e simplesmente foi embora fazendo exatamente o caminho de volta à nossa casa, sem mais nem menos, como se tivesse saído de uma espécie de transe.

Continuei seguindo-a ao longe com perspectivas sombrias. Finalmente, quando entrou em casa, não havia sombra de nenhum Antônio sem rosto e o alívio de ter passado um dia daqueles sem descobrir nada foi tão grande que, depois de muitos anos, parei num bar e tomei um uísque.

Nos dias seguintes não esmoreci e continuei ali no carro, naquele plantão penoso que me obriguei a cumprir como uma espécie de sentença. Ela, do mesmo jeito, intercalava a escrita do caderno, a praça, os banhos de sol, as revistas e os cigarros, um dia era uma coisa, outro dia, outra, e eu, por fim, compreendi que tudo aquilo era como um hábito para Ana, o seu cotidiano, de um jeito triste que eu não imaginava ou mesmo não queria saber.

    Foi aí, por alguns momentos, que pensei sobre a possibilidade de Ana padecer de alguma paranoia ou loucura e que talvez eu estivesse sendo um porco injusto e inconformado com a solidão imposta pelo nosso casamento. Contudo, quase ao mesmo tempo, a imagem desfigurada daquele ser chamado Antônio continuava a atormentar meus pensamentos e logo diluí essa compreensão na dúvida, questionando-me se aquilo tudo que acontecera àquela semana não seria nada mais nada menos que um ardil calculado por ela para me fazer de idiota.

Sobre meninos e futebol — Parte 2

Martin McKee queria ter sido jogador de futebol. Desejo absolutamente natural num país como a Inglaterra, ainda mais em Manchester, onde quase todo garoto nasce com uma bola no pé e um clube no coração. Filho de um corretor de imóveis e de uma dona de casa, herdou a paixão do pai, que também era a paixão do avô.

Aos sete anos, depois da retomada de boas temporadas, momento em que o time e a torcida tiveram que superar o trauma do acidente aéreo em Munique que matara oito jogadores do elenco na década anterior, Martin esteve presente no dia 16 de outubro de 1968, dia em que os torcedores apaixonados pelo Manchester United acreditaram que fariam história e seriam, pela primeira vez, campeões do mundo.

Em Old Trafford, em meio a 64 mil pessoas, Martin presenciou junto ao pai o time empatar no último minuto a partida contra o time sul-americano de que nunca tinham ouvido falar, um tal Estudiantes de La Plata, da Argentina. Com a derrota no primeiro jogo, os Red Devils, como eram conhecidos devido ao uniforme vermelho, que haviam sido campeões europeus vencendo o poderoso Benfica, de Eusébio, não só sepultaram o sonho de conquistar o mundo, como desceram ladeira abaixo nos anos que se seguiram.

Martin contou que quando criança chegou a atuar em clubes de menor expressão, inclusive em Londres. Aos dez anos, conseguiu ingressar nas categorias infantis do próprio Manchester, mas, devido ao trabalho do pai, que eventualmente precisava mudar de cidade, foi obrigado a sair. Depois disso, Martin não conseguiu manter a sequência em nenhum outro clube e acabou por desistir aos poucos do futebol.

Sem muitas opções, porque a Inglaterra também passava por uma grave crise econômica e política, ingressou nas Forças Armadas. Para a família, a carreira militar parecia ser uma boa chance na vida.

Entretanto, anos depois, as Forças Armadas argentinas enviaram uma fragata em direção a umas ilhas no fim do mundo do Atlântico Sul e, dias depois, despencaram a bandeira da Grã-Bretanha. A indignação popular na Inglaterra a respeito da perda de um território de que quase ninguém havia ouvido falar em décadas, porém, tomaria conta de todo o país. Só esqueceram de avisar Martin e os jovens das demais tropas que foram enviados às ilhas que os argentinos estavam mesmo dispostos a lutar até o fim por aqueles territórios montanhosos, improdutivos e distantes do mundo.

Demorou quase um mês para a Inglaterra responder à altura e afundar o navio General Belgrano, *matando mais de trezentos soldados argentinos. O contra-ataque também matou dezenas de ingleses. Martin sobreviveu por quase cinquenta dias. Depois da invasão da baía de San Carlos, as batalhas terrestres se acentuaram. No último dia 28, foi enviado para a sangrenta batalha de Goose Green, quando as tropas inglesas conseguiram trucidar 250 soldados argentinos mal-armados, famintos e sem estrutura para suportar o frio de mais de dez graus abaixo de zero. Apesar da esmagadora vitória, Martin foi ferido gravemente e capturado.*

Dessa forma, Martin contou parte da sua história sob efeito da morfina que o médico lhe aplicou, dizendo ser a última vez, porque faltava de tudo em Puerto Argentino e estávamos à beira da derrota e acuados.

De tão drogado, Martin riu e chorou, de uma hora pra outra, ao dizer que não conseguia lembrar a escalação do seu time de coração naquela partida. "Nunca houve um dia tão triste em Manchester. Parecia uma cidade-fantasma, abandonada. Todo mundo foi pra casa e se trancou num silêncio mortal", continuou e revelou a camisa vermelha do time, depois de abrir com dificuldade os botões do uniforme encharcado pela chuva que caía havia dias. Martin não resistiu aos ferimentos e morreu em seguida. Martin tinha apenas vinte e um anos.

Julián e Martin poderiam ter sido jogadores de futebol e não soldados. Se dependesse do desejo de ambos, seriam jogadores de futebol e não soldados. Poderiam ter se enfrentado em La Plata ou em Trafford. Poderiam inclusive ter sido companheiros e atuado juntos em qualquer clube do mundo, do pior ao melhor, não importa.

O fato é que as decisões de dois governos que não falam o mesmo idioma e vivem em lados opostos do mundo mudaram drasticamente o rumo das vidas de Julián e de Martin, que queriam ser jogadores de futebol. O mais engraçado é que uma das poucas afinidades entre esses países talvez fosse a paixão pelo futebol — quem sabe também o orgulho. Sentimentos que não foram suficientes para que Julián e Martin se encontrassem como oponentes frente a frente num campo de futebol, mas sim num campo de batalha chamado Goose Green.

Talvez Julián tenha atirado em Martin ou Martin tenha atirado em Julián. É impossível ter certeza de qualquer coisa a esse respeito. Foram muitos os mortos, e todos os que participaram da carnificina deviam ter em mente um único pensamento: matar o que aparecesse pela frente e tentar, com isso, protelar a própria morte ou, com muita sorte, sobreviver.

Se não é possível saber muito mais sobre aquilo que aconteceu nas ilhas, a única coisa da qual estou certo é que nunca mais escreverei um obituário enquanto viver. Foram muitos os fatores que determinaram isso, mas não quero me precipitar.

Depois de poucas semanas entre bases montadas em regiões montanhosas, ventos de mais de cem quilômetros por hora, temperaturas quase sempre abaixo de zero, rajadas de metralhadoras, helicópteros e caças zunindo a cada cinco minutos no nosso ouvido, além das bombas e dos torpedos que explodiam nas trincheiras das praias vindos dos cruzadores, enfim recebo uma notícia de Ana.

Quando a guerra efetivamente começou, em algumas poucas oportunidades tive acesso a radiotransmissores, telefones ou aparelhos de fax, as poucas maneiras de conseguir repassar os textos dos obituários ao meu jornal. Dentro dessa rotina, três ou quatro vezes resolvi telefonar para casa e em todas elas Ana deixou a ligação cair. Ou talvez tenha finalmente cedido ao seu desejo secreto de fugir, de recusar uma vida que desprezava antes mesmo de se casar comigo.

Por muito tempo me questionei se ela não percebera que eu a seguia naquela semana em que quase enlouqueci. À parte as dúvidas e os pensamentos tortos que me afligem mais que o que acontece ao meu redor, fico ansioso em saber o que teria feito Ana me procurar em meio à guerra.

O fax que veio do jornal e que está agora na minha mão mexe comigo e me terrifica. Identifico a letra dela, que se deu ao trabalho de ir até a redação, coisa que não havia feito uma vez sequer na vida. Não demora e penso nos cadernos. Aqueles cadernos provavelmente guardavam muitos segredos de Ana e hoje eu me amaldiçoo por nunca ter dado atenção a isso. Por muitos anos mantive minha indiferença em relação à incapacidade de Ana de se comunicar comigo e com o mundo, e agora que estou em plena guerra, onde a morte é sempre próxima, sinto a grande injustiça que cometi.

Leio a mensagem devagar, como se nas suas linhas houvesse um mal que eu não fosse capaz de compreender, muito menos de assimilar. Eu esperava tudo, menos a brevidade e a urgência do que estava escrito. Ana é misteriosa até quando escreve. Não se trata de uma carta piegas de saudade ou de desamparo, muito menos de arrependimento por qualquer coisa que seja. É simplesmente uma carta em que diz que precisa me contar algo e que, por esse motivo, precisa que eu volte. Não é um pedido formal, tampouco um desejo seu. Pico o fax em pedacinhos e tenho vontade de fazer o mesmo com Ana.

Quando saio da tenda ainda é dia, mas chove e algumas nuvens escuras cobrem o acampamento, fazendo subir às narinas o cheiro da umidade e do sal, o que me deixa meio grogue, zonzo. Logo, militares aparecem de toda a parte quando um novo lote de feridos surge do nada, trazidos na caçamba de um caminhão do Exército. Sou empurrado na direção do veículo para ajudar e quando vejo já estou ao lado da caçamba carregando o corpo de um soldado. Alguém segura seus pés e caminha com pressa de costas para mim. Eu seguro o homem pelos braços e pelos ombros e o escuto uivar de um jeito esquisito. Quando desço a cabeça, vejo seus olhos me encarando e percebo que sua boca está cheia de sangue. Ele tenta falar algo, mas eu não entendo nada enquanto observo algumas pequenas bolhas de oxigênio se formarem nos cantos da boca. Estou tão distanciado daquela situação que só depois de alguns segundos entendo que ele está se afogando no próprio sangue e está me pedindo ajuda com os olhos, pois seu corpo exausto não consegue se manifestar.

Eu não sei o que fazer, não consigo falar qualquer coisa que o tranquilize, pois estou tão assustado quanto ele, só minhas pernas obedecem, mas num ritmo que não é meu e sim do sujeito à minha frente, que nos leva diretamente para uma grande tenda improvisada onde já estão os corpos de pelo menos duas dezenas de soldados feridos.

Quando chegamos, largo o corpo no chão e em seguida me escoro numa das lonas laterais da tenda para não cair. Imediatamente um médico se aproxima do soldado e o vira de bruços, enfia a mão dentro da boca e empurra sua cabeça para ajudá-lo a expelir o sangue que trava a respiração. Não demora muito e o líquido vermelho escuro começa a brotar da boca que nem se vê, e o soldado enfim grita, um grito tão horrível de agonia e desespero que faz todos, mesmo naquele inferno provisório, desviarem a atenção. E é o que basta. O soldado precisou soltar aquele uivo sufocado para morrer.

O cheiro da morte, então, toma conta do lugar, que fede a sangue e merda dos que estão se borrando de medo e a um passo de tombar para sempre. Estou aqui para acompanhar os últimos momentos desses homens. Estou aqui para ouvi-los contar parte da sua história ou para que falem suas últimas palavras aos familiares, às namoradas, mulheres, filhos e amigos. Estou aqui para tentar compreender e relatar a vida e a morte de pessoas que não conheço. Esse é o espírito da coisa toda.

Só agora entendo o que o sr. Isidoro quis dizer sobre publicar os melhores obituários jamais escritos. Embora nada disso seja mais importante. O tiro saiu pela culatra e eu não escreverei mais uma linha sequer sobre a vida ou a morte de quem quer que seja. Me apego a essa certeza com sobressalto, pois talvez tenha compreendido agora que também irei morrer. Isso porque aqui a morte não é meramente metafísica, é sobretudo palpável. Nem sei como posso ter pensamentos como esses aqui neste inferno. Não tenho mais esse direito, pois já não sou um observador de porcaria nenhuma, não sou mais obituarista, muito menos jornalista, mas sim um soldado raso como todos. Mais que isso, sou sobretudo um homem com medo, como eles.

Escuto os soldados gritarem e o vento soprar com fúria a chuva intermitente que dura há dias e que chicoteia a lona velha, vejo membros pendurados nos soldados por fiapos de músculos, órgãos internos expulsos pelas baionetas inimigas querendo sair do corpo daqueles homens, desespero naqueles olhos de terror, rezas na boca de quem talvez nunca tenha rezado. Alguém me agarra pelo braço e pede com urgência que eu diga algumas palavras aos que estão morrendo. Não sei nem o que pensar, muito menos o que dizer.

Talvez, de alguma maneira, eu tenha enganado aquelas pessoas ao parar para escutá-las. Nas últimas semanas se tornou algo corriqueiro me confundirem com um padre, um capelão, um ouvinte de Deus, um sábio que pode dizer algo reconfortante no momento da dor. O capelão, aliás, há muito sumiu e talvez tenha ido embora ou mesmo morrido. Não há respostas para nada ali.

Naquele momento, só o que penso é que não posso decepcioná-los. Tento formular algo a dizer, mas parece que quem está morrendo sou eu e que quem precisa de palavras reconfortantes sou eu e logo me vem à mente a imagem de Ana, o sorriso dúbio, o corpo aquecido de quem pressente o prazer e a boca chamando por alguém que não eu, e, com isso, sinto o zunir no ouvido, a tontura, a dor lancinante que vem de dentro e é como se a cabeça estivesse sendo esfaqueada, só que de dentro para fora, e a sensação de queda num abismo profundo e silencioso.

O fim de uma guerra é como o início de outra.

Estou no hospital sabe-se lá há quanto tempo, mas assim que abro os olhos, de alguma forma, sei que voltei para casa. Sobretudo porque o ambiente estéril, organizado e calmo é o avesso completo do purgatório que eram as tendas médicas dos lugares por onde passei durante o conflito. O silêncio também corrobora essa certeza, pois ainda procura seu lugar dentro da minha cabeça acostumada aos estampidos, às explosões e aos gritos de pânico generalizado.

Uma enfermeira que surge pela manhã, provavelmente a coitada do primeiro turno, entra no quarto e parece se assustar quando me vê com os olhos bem abertos. Abre a boca de espanto como se visse um rato ou mesmo um monstro, e sai às pressas, provavelmente para avisar alguém.

Logo surgem dois médicos, que conversam entre si. Enquanto falam, eles me olham como se eu fosse um objeto de estudo, uma cobaia. Fazem perguntas corriqueiras.

"Qual é o seu nome? Você sabe onde está? O que você faz?"

Eu não consigo mexer um músculo facial, quanto mais responder a qualquer pergunta. Um deles, então, apanha uma pequena lanterna no bolso do jaleco e examina meus olhos, minhas orelhas e minha garganta. Tocam nos meus braços e também nas minhas pernas. O médico informa que fui vítima de um acidente vascular cerebral e que estive em coma por algum tempo. Só não conta quanto tempo esse coma durou. Diz para eu tentar falar algo, qualquer coisa, espera um pouco, mas fico quieto. Ele, então, muda de tática. Propõe que eu pisque duas vezes caso esteja entendendo o que diz. Eu compreendo com clareza de raciocínio o que ele quer, mas, sem nenhum motivo maior que uma indiferença que sinto à revelia, resolvo não piscar nenhuma vez. Os médicos se entreolham sem dizer nada e logo saem.

Espero um bom tempo e, quando me certifico de que estou de fato sozinho, eu tento falar, as palavras estão dentro de mim, mas minha boca não corresponde. Tudo o que sai não passa de um grunhido abafado, como se eu tivesse mesmo uma debilidade mental. Também tento mexer a cabeça, o que faz doer toda a região do pescoço. Nessa hora, de supetão, entra um dos médicos acompanhado por uma enfermeira.

"Calma", ele diz e, sem motivo algum, como uma desconfiança íntima, eu baixo os olhos para ver se ele usa sapatos brancos de médico, "precisamos trabalhar bastante para que tudo volte a ser como antes", ele continua.

A frase que busca confortar, porém, só provoca desgosto, impotência e raiva. Quero xingá-lo, dizer-lhe umas verdades sobre a guerra, quero cuspir na sua cara e torcer seu pescoço. Entretanto, meu corpo não consegue obedecer ao meu desejo e minha fala se mostra similar à de um macaco velho e cansado.

Durante os dias seguintes, os resultados são pífios. Do meu corpo, nenhuma resposta significativa, da minha cabeça também não conseguem nada, pois eu me recuso a corresponder aos exercícios que buscam saber se estou lúcido ou não. Pareço um velho de oitenta anos tentando atrapalhar o trabalho dos médicos, do fisioterapeuta e da psicóloga.

Ela me diz que as visitas ainda não foram liberadas para que eu tente antes me recuperar minimamente do trauma e consiga estabelecer um primeiro contato sem maiores consequências para meu bem-estar. Disse isso porque eu vivo gritando e cuspindo em qualquer um que se aproxime de mim. Também faço picardias como cagar e mijar nas roupas quando quero chamar a atenção.

Não tenho a menor ideia de quanto tempo passou desde que despertei do coma, mas o primeiro a aparecer é o último que eu achei que apareceria. Gregório surge com uma roupa dessas que os ricos usam para passear aos domingos, camisa polo branca de grife e blazer esportivo acompanhado de calça clara e confortáveis mocassins. Ele está forte e bronzeado, como se tivesse ido à praia todos os dias no último mês. Também está grisalho, mas de um jeito que esnoba saúde e poder e não a decadência inerente ao envelhecimento. Meu irmão parece o sujeito do comercial de tinta para cabelo.

Não me lembro de tê-lo visto assim, embora já faça muitos anos que não nos vemos. O ano de 1968 já passou faz tempo, e foi quando provavelmente nos abraçamos pela última vez, graças a Cogliniari. Depois fomos, por assim dizer, cada um por si, sozinhos, sobretudo porque já não nos falávamos mais. Apesar disso, de alguma forma, sabíamos que nos encontraríamos ali. Nada no mundo nos faria perder aquilo. Afinal éramos *pincharratas*!

Nas arquibancadas tomadas pelos torcedores apaixonados pelo Estudiantes de La Plata, exatamente no mesmo lugar que íamos desde crianças, nos reencontramos, saltamos juntos e cantamos como loucos e nos abraçamos muitas vezes pela última vez, mas eu estou me repetindo, repetindo os pensamentos que surgem involuntários a cada instante porque não posso deixar de me emocionar ao ver Gregório depois de tanto tempo.

Fico pensando o que passa pela cabeça dele, mas não chego a nenhuma conclusão. Meu irmão sempre teve pensamentos silenciosos. Não se revela por nada. Ele tanto pode estar pensando em me sufocar com o travesseiro quanto tentando decifrar por que deixamos de ser efetivamente irmãos, como se isso fosse possível, como se a natureza tivesse cometido um erro.

Ele me observa com bastante atenção e enfim se move. Ao girar o corpo na direção contrária a mim, no sentido da parede, ele poderia estar tentando resguardar as lágrimas, mas eu o vejo claramente quando tenta dissimular um sorriso que nasce no canto da boca. Eu o compreendo. Gregório me odeia, sempre me odiou. Ele cresceu através do ódio, se formou homem através do ódio e talvez tenha enriquecido, mesmo num país em frangalhos, através do ódio.

Como não tem certeza de que eu poderei entender o que ele dirá dali para a frente, fica parado, pensando no que fazer. Logo, ele bate com força a palma de uma mão na outra, o que faz um tremendo estalo, como se ele precisasse de um sinal qualquer para começar o que veio fazer. Gregório então diz para eu piscar duas vezes caso entenda o que ele me fala. Usa o recurso-padrão dos médicos. Deve ter sido orientado por eles, mesmo que eu ainda não me manifeste a respeito da minha sanidade mental.

Não tenho como saber, pois ainda não me puseram de frente a um espelho, mas, olhando diretamente para ele, compreendo que devo estar com uma feição distorcida, vaga, de quem não sabe a diferença entre uma uva e uma melancia. Não pisco nenhuma vez e ele repete a orientação como que para confirmar. Permaneço com os olhos abertos. Ele então começa.

Diz que os médicos lhe informaram que eu estou numa fase de adaptação depois do coma e que acham que eu ainda não compreendo completamente a situação. Gregório ri com o nariz, da mesma forma que fazia quando era criança, e comenta que tem lá suas dúvidas porque minha capacidade mental sempre foi o que eu tinha de melhor. Ele, então, abre o jogo e diz que, além do AVC, o que está atrapalhando minha evolução é o fato de eu ter ficado parado muito tempo devido ao coma. Fico bastante ansioso porque os médicos não me contaram, mas Gregório parece querer me torturar. Ele levanta quatro dedos da mão direita e me olha com aquele olhar de irmão mais velho quando quer assustar o irmão mais novo.

"Quatro anos", ele diz rápido, e eu, ainda que tenha sentido o formigamento do pânico tomar conta do meu corpo, tento não expressá-lo.

Ele me observa, tenta enxergar uma reação, e acho que isso o desaponta porque logo ele desmente a informação:

"Brincadeirinha, quatro meses", ele diz, como se quatro meses fossem o mesmo que quatro dias ou quatro horas.

Penso no tempo do coma, mas isso não me assusta mais porque de algum modo eu já me preparava para o pior. Nesse instante, é como se eu admitisse a indiferença do mundo e, portanto, aquilo me faz bem.

Gregório diz que todo mundo achou que eu fosse morrer, mas com certeza estou melhor que todos sobre os quais escrevi, e dá uma risada amarga. Enfim, conta algo importante, que a guerra acabou, mas logo complementa o raciocínio dizendo que uma guerra sempre é boa para pôr as coisas em ordem. Como se ele entendesse algo sobre guerras. Ele diz isso do lado de fora, provavelmente pensando nos seus negócios. Mas eu não me incomodo.

Estou tentando compreender Gregório, que parece intimidado de alguma forma. Tudo aquilo não lhe diz respeito. Ele não quer falar sobre o que está dizendo. É só um preâmbulo para o resto. Ele hesita da mesma forma que hesitava quando criança. Chego a ver no seu rosto a intimidação, a dor e a frustração. Meu irmão sofre calado assim como fazia durante as surras que levava na cozinha de casa. Sinto-me triste por tudo o que aconteceu com ele, mas ao mesmo tempo tento entender que a culpa de fato nunca foi minha e sim exclusivamente dos nossos pais.

Meu irmão, enfim, chega aonde quis chegar desde o início. Diz que nosso pai morreu no mês anterior, mas que antes foi obrigado a interná-lo num asilo. Conta que o Alzheimer já estava avançado, mas piorou mesmo na época em que fui à guerra sem me despedir, e eu lembro que, na época, achava que uma despedida como aquela era como se eu assinasse o contrato da minha própria morte. Só então Gregório, que talvez saiba que estou mentindo ao não piscar, desabafa.

Fala com rancor do nosso pai, que por sinal tem o mesmo nome que ele. Chama-o de velho petulante, ditador, fracassado, daí pra baixo. A saliva branca começa a surgir nos cantos da boca, exatamente como acontecia quando era adolescente e passou a discutir com ele com mais propriedade.

"Escroto, sacana, filho da puta!"

Conta que cuidou dele durante os últimos meses, que ia quase todos os dias ao asilo pago do próprio bolso, ajudava a enfermeira a dar banho nele, lia para papai os livros que ele gostava de ler exatamente do mesmo jeito de quando éramos crianças, com aquela entonação ridícula de ator de teatro de terceira categoria, enquanto papai o observava e se cagava todo naquelas fraldas de propósito, para provocá-lo.

"Dissimulado, insensível, facínora!"

Gregório continua e diz que odiava o cheiro da bosta e aquele olhar vago do velho, mas fazia questão de limpá-lo toda vez porque aquele era o momento em que ele sofria mais a humilhação.

Continua falando aos borbotões que papai chorava por ser ele, Gregório, a estar ali limpando a merda que ele fez na vida enquanto lhe dava patadas e se esforçava a todo custo para dizer algo que só depois de um tempo ele entendeu ser o meu nome. Meu irmão fala e seus olhos ficam marejados, mas não de tristeza, é o choro que vem da raiva acumulada por toda a vida.

Depois do desabafo, Gregório perde o controle e também passa a me acusar. Diz que eu nunca fiz nada, nunca me rebelei, nunca representei o papel de irmão. Não sou vítima dos impropérios de baixo calão como os que ele usou para o nosso pai, mas Gregório me atinge em cheio com a palavra que mais machuca: covarde.

Eu imediatamente pisco repetidas vezes e quero abraçar o meu irmão, mas meus braços não obedecem. Tudo o que posso fazer é abrir a boca ao máximo e tentar lhe falar, mas também não sou capaz de emitir qualquer palavra. E então a angústia me traz a lembrança da ilha e do soldado sufocado pelo próprio sangue, como se eu pudesse sentir aqui, nesse espaço e tempo distantes, uma dor que não a minha própria.

E o grito rouco que vem é tão alto e assustador que é bem um grito de como me sinto, um grito de arrependimento que quer humanizar a minha relação com Gregório mesmo que tardiamente. Mas meu irmão tem lá suas razões para ignorar qualquer manifestação que tente suprimir o passado que enfrentamos juntos, e, ainda que eu, o mestre das palavras, o gênio da família, me humilhe à sua frente justamente por não conseguir dizer nada, só o que ele faz é abrir a porta do quarto e sumir da minha vida para sempre.

As coisas pioraram muito. Já não escuto nada. Acho que estou surdo. O médico, a enfermeira e a psicóloga falam e eu não escuto nenhuma palavra. Percebi isso ao acordar no dia seguinte à visita de Gregório. Achei que pudesse ter sido algo momentâneo, algo provocado pela alta tensão da nossa conversa. Mas não. Tenho aos poucos que admitir. Perdi mais um sentido do meu corpo. Estou me transformando numa planta, num ser inanimado. Falta-me apenas deixar de enxergar e, depois, de pensar. Falta pouco, imagino.

Nesses dias recebi outras poucas visitas. O trio do obituário apareceu, os três jovens repórteres ou escritores contratados por mim. Senti imediatamente falta do sr. Isidoro. Cheguei mesmo a imaginar que ele entraria logo depois, triunfal depois da expectativa, como se os garotos fossem apenas um prelúdio para sua chegada. Entretanto, o tempo passou, o sr. Isidoro não veio, e, normalmente espirituosos, os três jovens estavam bastante constrangidos por estarem ali.

Alguém teve que tomar a iniciativa. Mesmo sem nenhuma

experiência, tentei ler os lábios deles, mas *Che Boludo* monopolizava a conversa e falava pelos cotovelos como sempre. Não compreendi uma palavra sequer. Os outros dois mal disseram algo, ficaram parados de pé, os olhos analisando os sapatos. Olhei para *El Guatón* e pensei que talvez ele pudesse ser meu sucessor. Além de ótimo escritor, tem a sensibilidade necessária para encontrar histórias onde aparentemente não há nada. Acho, inclusive, que de alguma forma ele compreendeu que estou surdo. Por isso falou algo em particular com os outros dois, se aproximou de mim e me observou com humanidade antes de tirar do bolso do paletó um jornal amassado.

Sentou-se ao lado da cama, fez-me um afago tímido no braço, abriu o jornal na nossa seção e lá estava o obituário do sr. Isidoro acompanhado de uma grande fotografia. Ocupava a página inteira. Penso hoje que é algo inédito no jornal. O pouco que consegui ler, isso porque meu jovem amigo tremia muito e também porque talvez ele ainda não acredite com toda a certeza que eu possa entender algo, me pareceu bonito e muito bem escrito. Os três são realmente muito bons. Foi uma tremenda e justa homenagem.

Entretanto, à parte de tudo, só eu sei que o sr. Isidoro morreu com a frustração de não ter conseguido de mim o obituário que tanto quis. Ele, que me suplicou durante esses últimos anos para que o escrevesse com ele ainda vivo, assim como eu fazia com tantos outros, e eu me negando, dizendo-lhe para se acalmar que ainda tinha alguns bons anos pela frente apesar dos quase oitenta, que eu ainda também havia de viver muito e não o deixaria na mão, reafirmando que só a morte é que determinava o meu ofício. Obituários escritos próximos da morte eram exceções abertas apenas para celebridades que venderiam edições inteiras e não para homens comuns, ainda que extraordinários, como o sr. Isidoro.

Da mesma forma que acontecia comigo, a vida de todos aqueles homens mortos que preenchiam nossas páginas alimentava, enchia de vibração e revigorava os dias também do meu editor, talvez o único homem a depositar em mim sua confiança sincera e incondicional, muito embora nossa amizade tenha se restringido ao respeito e à admiração mútua.

Se cometi um erro ou injustiça com o sr. Isidoro, a de não lhe fazer a despedida adequada, não saberia dizer. O que posso afirmar, contudo, e que talvez não tenha conseguido explicar direito a ele, é o fato de eu achar que um homem como o sr. Isidoro, cuja história esteve registrada diariamente durante décadas nas páginas do seu jornal, não necessariamente precisava de um obituário em especial.

Assim como eu, ainda que de forma anônima sob o pseudônimo de Diego García, o nome que me forjou uma nova vida e que me aproximou da morte, obrigando-me a viver num mundo paralelo e estranho no qual muitas vezes me sinto um corpo ausente. É como se eu fosse feito apenas de pensamentos e ideias, e não de carne e osso, e quando penso nisso até acho engraçado estar nesse limiar, nesse vácuo entre a vida e a morte, depois de tanto tempo escrevendo sobre ambas. É com pensamentos dessa espécie e com tantos outros além da minha compreensão que tenho de me acostumar, pois manter a sanidade é só o que me resta.

Não tenho a menor ideia de quanto tempo estou aqui, mas quando sair do hospital, os médicos parecem ter plena certeza de que eu viverei como um vegetal por todo o tempo que me resta, por não reagir aos estímulos mentais e aos exercícios que eles desenvolveram nos procedimentos neurológicos e físicos. Eles só não sabem que eu subvertia quase todos os exames de propósito. Fazia sempre exatamente o contrário do que eles imaginavam e não reagia a nada que não quisesse. Eu os confundia na minha brincadeira de aleijado físico e doente mental.

Quando iam embora, porém, e eu ficava só, geralmente à noite depois do jantar, em meio à escuridão, tentava repetir o exercício sozinho. Esforçava-me tanto que até consegui mexer os dedos das mãos e dos pés. Os braços eram mais difíceis, mas eu também conseguia levantá-los uns poucos centímetros. Mesmo no mundo silencioso em que vivia, eu também arriscava falar, mas, como não escutava nada, achava que continuava débil como antes, e essa com certeza era a parte mais difícil e também a mais constrangedora.

Ingenuidade da minha parte ou não, mal sei por que comecei aquilo. Talvez tenha sido desde o início, mas acho que foi depois da conversa que tive com Gregório que decidi ir até o fim nessa tolice. Conversa, na verdade, é só um modo de falar, pois não consegui emitir uma palavra sequer. Contudo, foi o grito pavoroso que soltei nesse encontro com o meu irmão que fez os médicos acreditarem, mesmo que com uma dose de esforço, na minha reação. Mas eu me inibi depois daquele dia e percebi que o silêncio seria a melhor forma de tentar compreender o que seria minha vida dali pra frente.

Daí, depois de um tempo que não consigo discernir, os médicos resolvem me dar alta, pois segundo eles não havia mais nada a se fazer por mim no hospital. Concordo com a decisão intimamente, mas então penso que a única coisa de que preciso é de uma enfermeira, embora sabe-se lá como conseguirei uma, visto que Ana nunca foi me visitar, o sr. Isidoro morreu, meus pais morreram, meu irmão me odeia e não tenho familiares próximos ou interessados em saber como estou. Como não tenho reação a nada, eles não fazem questão de me informar para onde serei levado.

Mesmo sem nada a perder, com a vida no fim, começo a sentir um ligeiro incômodo no corpo, um formigamento na nuca, uma prévia do terror que sentiria com a ajuda dos pensamentos.

Os enfermeiros me põem na parte de trás de uma ambulância um tanto sinistra e claustrofóbica e eu só posso pensar para onde me levarão, já que fui abandonado por todos. Os filhos da grande mãe vão me jogar num asilo para inválidos de guerra, penso, o que certamente não é a pior das opções. Ou mesmo na rua, ao deus-dará. Ou me darão uma injeção letal e me enterrarão como indigente nos confins do mundo. Daí, sem nada para pensar que não seja maldade e desgraça, começo a entrar em pânico e me desespero.

O enfermeiro que me acompanha, um ruivo grande de bigode espesso, escuta música num desses aparelhos japoneses modernos de fita cassete e fones enormes como devem ser suas orelhas, e dança sentado balançando o pescoço como uma cobra, enquanto eu tento falar com ele de todo jeito. As palavras que quero dizer se tornam apenas ruídos e grunhidos, ecos distorcidos dos pensamentos, e não sei se um dia conseguirei voltar a falar. Contudo, nesse exato momento, e isso acontece como se fosse um passe de mágica ou mesmo um milagre, me dou conta de que voltei a escutar o som do meu desespero. E percebo que são apenas tentativas ainda piores que as outras, mas somente isso já me traz alívio, felicidade e alguma esperança.

Vou dizer ao enfermeiro, assim que ele tirar esses malditos fones dos ouvidos e parar de se mexer como se estivesse numa discoteca móvel, que não estou morto, que, além de respirar, eu penso e falo e posso até mexer os dedos dos pés e das mãos e levantar os braços por alguns centímetros, mas antes disso uma alegria estúpida e infantil toma conta de mim e, como se nunca tivesse falado nada de inapropriado, como se tivesse sido impedido de dizer o que pensei toda a vida, como se não pudesse ter deixado um pouco para lá essa solidão desenfreada dos anos, desato a falar uma série de bobagens de todo o tipo para o ruivo. Fico uns bons minutos nisso. Quando me vejo estou rindo de tal maneira que é como se eu estivesse dopado das tristezas. Nisso, a ambulância para. E ele, depois de desligar o aparelho, olha pra mim e também ri espontaneamente, sem saber por quê. O enfermeiro deve achar engraçado ver mais um paciente enlouquecer. Dessa forma ficamos por um bom tempo, os dois rindo como idiotas.

Quando, enfim, sou posto para fora da ambulância, na cadeira de rodas, sinto o sol crispar no rosto, fecho os olhos e gosto muito. Não consigo evitar pensar no frio das ilhas e fico imaginando que se existisse um sol assim ali talvez pudéssemos ter vencido a guerra ou ter evitado a tristeza da derrota ou ao menos ter nos dado um pouco mais de conforto e dignidade na hora da morte, exatamente como sinto agora.

Imediatamente consigo reconhecer a rua, o quintal e a casa de muros baixos. O ruivo me empurra com tranquilidade, atravessa a rua, e só então, na soleira da porta, reconheço também Ana. Ao mesmo tempo, porém, me custa tentar entender aquela criança no seu colo.

Ela ainda está bonita aos quarenta e poucos anos, mas agora tem os peitos bem maiores, provavelmente inchados pelo leite materno de uma gravidez que eu nunca soube. Também tem agora os olhos um pouco mais afundados na pele arroxeada das olheiras, mas o corpo intacto de bailarina magricela continua o mesmo sob um dos vestidos florais que costuma usar.

Ana fica parada, não me vê como a um fantasma, tampouco me sorri como a um sobrevivente. Ana nunca foi adepta dos melodramas, por isso talvez não tenha se tornado uma boa atriz. Ela me olha exatamente igual ao jeito como sempre me olhou e eu acho isso bom.

Antes pensava que de alguma forma, pelos motivos mais incertos, Ana estivesse malposicionada no mundo, alijada de perspectivas ou de ilusões, o que fosse, mas agora compreendo que não, que não era ela e sim o avesso de tudo, eram o nosso mundo e o nosso tempo que estavam influenciados, destituídos de esperança, e nesse exato momento em que ela caminha até mim, se aproxima e deposita um pouco desajeitada, mas com todo o cuidado, sobre meu colo frouxo, a criança que na verdade ainda é um bebê, eu ainda sinto a angústia me arranhar o peito e me custa acreditar que essa criança possa ser o filho que nunca tivemos, ainda que os olhos azuis que me encaram sejam idênticos aos meus, assim como os meus eram idênticos aos do meu pai e os do meu pai, idênticos aos do meu avô.

Quando olho novamente para Ana, ela enfim me diz o nome da criança: Antônio.

PARTE 2
Número 73
(70-90)

Estou morto. Saí da minha casa para trabalhar num dia como todos os outros e não voltei mais. Passaram-se vinte anos desde aquele dia. Oficialmente sou um desaparecido, mas todos sabem que, naqueles tempos, ser um desaparecido era o mesmo que estar morto, ainda que eu, apesar de tudo, tenha retomado a vida aqui.

Eu me chamo William White, mas um dia também fui Santiago Lazar. Eles são a mesma pessoa, mas é como se não fossem. Não se trata de esquizofrenia ou qualquer patologia do gênero. Vou tentar me explicar, pois evidentemente estou falando de mim mesmo.

Hoje falo inglês, como Will, e não espanhol, como Santiago. Isso é fundamental para tentar entender quem eu sou ou mesmo em quem me transformei. Sobretudo porque o idioma talvez seja o primeiro sintoma de uma nostalgia que mata devagar, como veneno a conta-gotas.

Will, que fala inglês fluente, racionaliza tudo e, talvez por isso, guarde a sete chaves em algum lugar dentro de si essa mesma nostalgia carregada de tristeza que um dia esteve fortemente presente nele quando ainda era Santiago, falava espanhol e tinha acabado de chegar.

Há outras diferenças também. As pequenas diferenças. Por menos importantes que sejam, é preciso contá-las para que eu mesmo possa entender com mais clareza tudo o que tem acontecido comigo.

Por exemplo, Will é um pouco recluso, gosta muito de ficar sozinho, mas não completamente, sobretudo porque necessita de sexo com alguma urgência, muito mais que das discussões intelectuais e conversas intermináveis em encontros profissionais ou festas.

Embora vaidoso, mesmo nesses ambientes, Will costuma ser desleixado com as roupas e veste quase sempre calças e camisas largas parecidas umas com as outras e geralmente manchadas de tinta, rotas ou amarrotadas, o que dá a impressão aos que não o conhecem de fato de estar sempre vestido com as mesmas roupas, o que não é de todo mentira. Há muitos anos também mantém os cabelos na altura dos ombros, deixou crescer uma vasta barba castanha agora com partes grisalhas e, principalmente, o que é sua marca registrada, usa sempre um tapa-olho de couro negro, bonito e com bastante estilo, o que lhe dá uma aura peculiar de um artista excêntrico.

Um pouco diferente de Santiago, que usava costeletas desleixadas e cabelos também desregrados, porém muito mais curtos, na medida certa que as *chicas* gostavam, mas tinha a cara limpa e os olhos verdes bonitos e jovens como um desses atores novos da televisão ou do cinema, ainda que não fosse ator e sim, mesmo que à época ainda não soubesse, um poeta, como efetivamente Will é hoje, de maneira mais ampla e profissional, digamos.

Santiago era um desses jovens artistas que não precisaram estudar qualquer forma de arte, que descobriram o conteúdo antes da forma e muitas vezes pensavam mais em outras coisas que propriamente em poesia. Essa mesma poesia que tinha bastante público no país onde vivia, mais ainda no tempo em que vivia, apesar de Santiago ser, na época, apenas um operário comum que se utilizava de outros métodos que não os tradicionais para se expressar e vivia no anonimato de maneira bastante simples.

Por outro lado, Will hoje é mais que um poeta, é um artista vigoroso que trabalha com várias plataformas de expressão, inclusive a poesia, e faz muitas exposições dos seus trabalhos, o que o tornou bastante conhecido e respeitado no circuito cultural de muitos países e lhe possibilita viver bem.

Talvez exatamente por isso, pela estabilidade, é que Will esteja um pouco gordo, embora seu corpo ainda seja forte e rígido, resultado dos anos de boxe em que treinou amistosamente com Gustave Breton, argelino ex-campeão amador dos pesos médios e também cineasta de filmes pornôs-artísticos de baixo orçamento, que é seu amigo de longa data. Na verdade, como já há algum tempo deixou de treinar, Will está ficando com o corpo inchado de tanto uísque que toma. Gosta de beber sozinho e nisso continuam parecidos.

Santiago também gostava de beber só, mas tinha dinheiro apenas para o vinho e para a aguardente barata e ainda não tinha idade suficiente para ficar inchado. Estava sempre em forma e gostava muito de correr pelas ruas das cidades onde viveu.

Santiago começou a morrer num dia comum, no momento em que caminhava em direção ao bairro industrial na periferia da cidade que tem o mesmo nome que ele, no Chile.

Will começou a nascer algum tempo depois de muita coisa acontecer e hoje vive em Londres, na Inglaterra.

São esses muitos anos que os separam que os tornam pessoas distintas. Mesmo que Will ainda tente esquecer Santiago e, talvez, Santiago queira se reaproximar de quem hoje ele é.

*É do Sul selvagem de onde eu venho
que nascem a chuva
e o frio continental* [...]

Antes mesmo de entrar ali, uma espécie de galpão industrial com o pé-direito altíssimo, eu já havia me arrependido de ir parar naquele universo de luzes estroboscópicas, neons, gelo-seco, rock alternativo e todo o tipo de gente, vestida com todo o tipo de roupa e querendo todo o tipo de coisa. Estava numa boate, dessas da moda no Soho, chamada The Trick.

Embora não quisesse ir, fui convencido por uma dupla de editores que queria publicar um livro definitivo com toda a minha obra e por alguns outros artistas, mas principalmente pelos donos da galeria onde estava exposto o meu último trabalho. Não quis parecer arrogante, ingrato ou antissocial, por isso aceitei o convite. Contudo, sempre que sou obrigado a ir a um desses lugares de que não gosto, em geral tenho que beber o dobro do que normalmente bebo.

Sou conhecido por ser um artista temperamental, o que não é de todo verdade. Isso acontece quando as conversas giram em torno de assuntos que me desagradam e sobre os quais não gosto de falar. A verdade é que não gosto de me expor, por isso às vezes sou inconveniente e rude, ainda que no início me esforce para aceitar banalidades com meneios de cabeça e olhares distantes para os lados.

Nesse dia, depois de escutar a proposta dos editores e agendar uma reunião, a noite avançou com Max, Lucy, Cédric, Anne e mais alguns outros que eu não conhecia direito num espaço privado, no mezanino do lugar, de onde tínhamos uma visão privilegiada de todo o galpão. Ali bebíamos e falávamos sobre a repercussão da instalação que realizamos por seis meses e que foi um grande sucesso de crítica e público. Aquele era o último dia na galeria de Cédric e Anne e eles não paravam de elogiar o meu trabalho e de falar em como tudo tinha dado certo, sem imprevistos. Gosto de elogios como qualquer um, ainda mais de um casal como eles.

Cédric é um francês maluco podre de rico, bastante sensível, espontâneo e divertido que pedia drinques a cada instante, e dizia Will, você tem a verve, cara, depois de voltar do banheiro onde cheirava cocaína a noite toda. Às vezes eu também dava as minhas escapadas com Cédric pra fugir do apuro técnico de Anne que, apesar de linda e extremamente inteligente, não parava de fazer elucubrações teóricas e acadêmicas que beiravam o insuportável para explicar a minha obra, que para mim era bem mais simples e modesta. Eu apenas desenvolvia algumas ideias bastante vagas por meio da escrita, mas sempre me apropriando de outros recursos que não o papel, como o grafite, o vídeo e a fotografia. Depois montava tudo nos espaços das instalações, do jeito que eu queria.

A verdade é que eu não sou um artista de conceitos como esses idiotas da minha geração que parecem não gostar de sujar as mãos. Sou um poeta que gosta de coisas concretas, visuais, sujas e que de fato existam. Apesar disso, não tenho a menor ideia de onde estou me metendo até acabar. Para ser sincero, quando acabo também não entendo muito bem aonde cheguei, embora meu trabalho seja algo bastante palpável e volumoso.

Mesmo sem ter nenhum conceito predefinido, minha obra possui uma consistência muito equilibrada, clara até, apesar da aparente falta de ordem. Dali o público e a crítica podem entender o que bem quiserem e até procurar um sentido, como Anne, que não parava de falar enquanto eu pensava comigo mesmo que o pior tipo de artista é aquele que tem a pretensão de explicar a própria obra.

Isso me fez ir para a pista de dança com Max e Lucy, casal bastante liberal e ambos muito bonitos. Eles, que eram agentes de escritores e de outros artistas, dançavam de um jeito que fazia com que todos os outros não tivessem nada a fazer a não ser admirá-los. Eles simplesmente humilhavam todos na pista com seus passos concatenados e esquisitos. Como sempre fui um péssimo dançarino, saí rápido dali, andei até o grande balcão do bar e consegui sentar num tamborete.

Pensei em dar o fora dali o quanto antes, mas resolvi tomar uma última bebida. Isso me deu tempo de ver o sujeito na pista de dança se aproximando de Max e Lucy. Era alto, louro e parecia estar em ótima forma, apesar dos quarenta e tantos anos ou mesmo cinquenta. Tinha um bigode meio fora de moda tingido da mesma cor do cabelo e usava calça e sapatos pretos e camisa de meia manga florida e apertada, aberta no peito, exibindo os músculos e de onde se via um tufo de pelos querendo sair. Ele dançava de um jeito ridículo e deve ter entendido o recado de Max e Lucy, que adoravam uma companhia para o fim da noite.

Não demorou muito e os três vieram até o balcão do bar pegar mais bebida. Me apresentaram a ele. Dizia se chamar Rubén Morientes, era espanhol e morava fazia pouco mais de três anos em Londres devido aos negócios, sem se alongar no assunto. Max lhe disse que eu era um artista bastante conhecido e ele, depois de me olhar de cima a baixo, apenas retrucou dizendo que ele não era muito adepto das artes. Falou "adepto das artes" em espanhol, de um jeito estranho, quase esnobe, sem me olhar diretamente, depois puxou a corrente do pescoço e levou uma pequena medalha dourada à boca, o que me incomodou sem que eu soubesse o motivo.

A conversa não seguiu adiante. Cansado do ambiente e das pessoas, pensei noutras coisas. Terminei minha bebida e resolvi ir pra casa. Nessa noite dormi muito mal, o que não era incomum. Relembrei coisas de que não gosto, memórias esquecidas que vieram me visitar durante o sonho e me causaram grande angústia pela manhã, ainda que não me lembrasse de nada.

Nunca me lembro dos sonhos. As sensações quando desperto, porém, são as piores possíveis. Parece que fui jogado num liquidificador durante a noite toda ou que acabei de sair de uma luta de alguns bons rounds com Gustave. Minha cabeça e o meu corpo ficam moídos. Quando é assim, tenho que permanecer pelo menos meia hora deitado na cama e mais um tempo sentado na beira. Isso tanto para recuperar o corpo quanto para expulsar os pensamentos estrangeiros que querem vir e eu não deixo.

Quando isso acontece de maneira mais contundente, vou direto ao meu estúdio, que fica no subsolo da casa. É o meu refúgio. Chamá-lo de porão seria equivocado, remeteria a algo menor, antigo e tomado pelo pó, teias de aranhas, baús e aparelhos de décadas antes. Meu atual estúdio é muito diferente. Trata-se de um bunker da Segunda Guerra Mundial.

Depois que fui morar ali, descobri que o lugar foi planejado e construído por um rico industrial judeu que morria de medo de um iminente ataque alemão a Londres. E foi dessa maneira, pensando à frente, que ele conseguiu sobreviver aos terríveis bombardeios durante a blitz de 1941. A casa, porém, quase foi totalmente abaixo e foi reconstruída apenas nos anos setenta, em menor escala. Uma casa comum, sem o luxo e a pompa da fotografia antiga que cheguei a ver. O bunker, que não sofrera avarias graves, permaneceu ali, como depósito ou mesmo como porão. Minimizaram sua importância.

Da minha parte, fui morar ali por causa dele, do bunker, que era bastante espaçoso, e não da casa em si, que mal analisei. Demorei uma semana, mas quando finalmente consegui tirar tudo o que tinha lá dentro, e a maioria das coisas eram mobílias e objetos antigos como relógios de parede, bibelôs, espelhos, talheres, louças e lampiões, enfiei tudo dentro da casa. Toda a velharia. A minha casa, ao menos parte dela, se tornou uma memória ressuscitada dos anos vinte.

Já o bunker ficou limpo, espaçoso, e fiz questão de deixá-lo com suas próprias características. Era até bonito de ver as paredes de tijolos, as chapas de aço aparecendo em algumas partes descascadas, as arandelas dispostas pelo espaço, e a pequena estante onde ainda pousavam alguns livros. Estes eu fiz questão de deixar exatamente onde estavam. Depois, trouxe uma cadeira, uma grande mesa de trabalho, e a primeira coisa que fiz foi ler calmamente aqueles livros todos, com exceção dos escritos em iídiche.

Foi dessa forma que aquele bunker se uniu a mim, ou na verdade deve ter sido o contrário. Eu me adaptei tanto ao lugar que desde o início passava mais tempo ali que na própria casa. Compreendi assim que me mudei que era só no bunker que eu conseguia ficar imune ao mundo. E era exatamente para lá que eu estava indo quando acordei, mas, ao passar pela sala de estar para pegar um café na cozinha americana, como fazia normalmente, dei de cara com Rubén Morientes sentado no sofá da minha casa. Tinha uma pistola na mão.

A primeira coisa que ele me disse foi que não queria ter atrapalhado o meu sono agitado, por isso resolveu esperar. Talvez pensasse que eu lhe agradeceria, mas fiquei parado sem saber muito bem o que fazer a não ser observar com atenção aquela figura risível na minha frente, um homem com seus cinquenta anos vestido de forma estapafúrdia que não combinava em nada com a sobriedade da minha casa, tampouco com a arma que tinha em mãos. A pistola sim era vistosa e intimidadora. Mas, de alguma forma, não senti medo, acho que porque essa sensação para mim era recorrente e íntima.

Ele pediu que eu sentasse e eu senti um despeito na voz, o que me irritou. Olhei fixo nos seus olhos e disse para ele baixar a arma. Entretanto o sujeito apenas balançou o objeto metálico no ar como que orquestrando a minha subserviência e repetiu o que dissera antes, de forma ainda mais incisiva. Moroso e sem desviar os olhos dele, sentei na poltrona de couro preto. Ele teve que falar grosso daquela vez ao perceber que eu não era um qualquer. Fiquei de frente pra ele, a uma distância considerável de alguns metros. Minha sala é grande. Minha casa é toda grande.

Ele então perguntou quem eu era e eu rebati que havíamos sido apresentados na boate. Depois, como que para reafirmar ainda mais sua posição, disse que bastava ter ido para sua casa e ter feito alguns telefonemas para descobrir a minha identidade.

"Seria fácil, mas confesso que ando um pouco paranoico", completou o raciocínio e continuou, "talvez tenha sido um erro ter vindo direto pra cá, mas senti um zumbido aqui no ouvido e quando isso acontece sei que é o meu instinto agindo."

E seguiu, balançando a arma como se fosse uma extensão da sua mão.

"Não sei exatamente o motivo, mas acho que poderá ser uma boa oportunidade de reviver os velhos tempos, porque eu sinto que é disso que se trata…"

Disse aquilo com um brilho nos olhos e uma satisfação na voz. Depois disso tive certeza de que ele não era um assaltante ou coisa do gênero. Muito menos um desafeto das artes. Algo nele cheirava a memória. Tentei reavivá-la, olhei cada detalhe daquele homem ridículo, mas o passado me custava caro.

"Por que não baixa a arma, tomamos um café e conversamos?", tentei argumentar de forma natural, sem me afobar ou insultá-lo, "dormi muito mal e parece que temos coisas importantes a dizer."

Ele prontamente respondeu que sim.

"Temos muitas coisas para conversar, coisas que primeiro preciso identificar, mas vou deixar a arma exatamente como está", e logo aceitou o café, afirmando que estava acordado toda a noite.

Depois sinalizou com a pistola para que eu me levantasse. Ele gostava de evidenciar suas ordens com os meneios da arma. Caminhei até o balcão da cozinha americana. O café já estava na cafeteira, sempre está. Avisei a ele que estava pronto, que apenas iria aquecê-lo. Eu bebo muito café. Troquei o chá pelo café, num país onde, assim como o meu, se toma mais chá. Às vezes penso se essas pequenas coisas têm alguma relação entre si. Apertei o botão do aparelho e esperei a bebida, que preenchia metade do recipiente, esquentar.

Morientes ficou sentado o tempo todo, apontando-me a arma. Eu observava atentamente o seu rosto, como ele fazia com o meu. A diferença era que eu tinha um olho só e, além disso, era míope. Isso, porém, não me impedia de analisá-lo. Afinal, tratava-se sobretudo disto: um jogo de reconhecimento. Ou simplesmente um erro, o que seria improvável. Isso porque nós dois partilhávamos o mesmo sentimento de incômodo e aversão assim que nos vimos, ainda na boate.

Desviei o olhar e apanhei duas xícaras grandes no armário às minhas costas. Enquanto as depositava sobre o balcão, perguntei-lhe se queria um pouco de açúcar, ao que respondeu um sim. Eu sempre tomo o meu café sem açúcar, mas sabia que havia um pouco no armário debaixo da pia. Por isso me agachei e abri a portinhola, momento em que vi a grande caixa de charutos cubanos que um dia ganhei de presente. Eu já não lembrava mais que a caixa de charutos estava no armário embaixo da pia, ao lado do açúcar. Fazia muito tempo que eu não mexia ali, que tentava não remover ou reanimar as coisas do passado.

Os *habanas* já haviam acabado fazia pelo menos três anos quando deixei de fumar, depois das fortes crises de asma que tive no inverno daquele ano. Apesar disso, a caixa não estava vazia. Meu revólver estava ali dentro. Um .38, desses tradicionais, cano curto. Poderia ser uma grande coincidência, talvez fosse, mas nunca acreditei em coincidências.

Tinha o revólver havia muitos anos. Comprei a arma, primeiro como uma forma de me proteger de um inimigo invisível. Todos os que passaram pelo que eu passei devem ter a mesma sensação e talvez todos também tenham um revólver guardado em algum lugar mais secreto que numa caixa de charutos. Entretanto, como o meu inimigo invisível nunca apareceu, muitos anos depois quase cheguei a utilizá-lo contra mim mesmo. Foram duas ou três tentativas. A última delas tomando café naquele espaço da cozinha americana, nem lembrava exatamente o motivo, se é que existe um motivo claro para o suicídio que não seja um emaranhado de tristeza, amargura e um sentimento forte de impotência. Deve fazer alguns anos desde essa minha última crise. Depois entrei numa fase de trabalho contínuo e iniciei os preparativos da nova exposição, o que fez esses pensamentos sombrios adormecerem um pouco. Simplesmente esqueci da arma e da caixa de charutos.

Apanhei o recipiente com o açúcar e a caixa de charutos e os depositei sobre a pia, oculta pela altura do balcão. Demorei apenas alguns segundos para fazer isso, e, embora Morientes tenha permanecido com os olhos atentos e sentado no mesmo lugar, pude perceber o braço ainda mais esticado na minha direção e o corpo ligeiramente curvado para a frente. Além de perigoso, Morientes era também um homem desconfiado e precavido.

"Tranquilo", disse-me em espanhol e repetiu, "tranquilo, homem."

De novo o idioma.

Servi o café e abri a caixa de charutos bem devagar, ao mesmo tempo que lhe perguntei de quanto açúcar gostaria, mostrando-lhe a colher de chá cheia sobre o balcão. Isso o fez relaxar um pouco. Disse-me três, sem muita convicção. Logo, porém, coloquei o açúcar na xícara grande uma, duas, três vezes e crispei a outra mão no revólver, segurando com firmeza o punho e o gatilho. Com o polegar, alisei o cão áspero e aguardei o momento certo de acioná-lo.

Pensei em acabar com aquilo de uma vez e atirar logo em Morientes. Tinha a vantagem de ter parte do corpo protegida pelo balcão de concreto e também o elemento surpresa, mas contra isso havia vários outros fatores, mais especificamente a minha total inabilidade com armas e uma visão pela metade, menos até, considerando a miopia avançada. A minha arma também era inferior, menos precisa e tinha a enorme desvantagem de possuir menos projéteis que uma pistola tradicional em caso de um tiroteio tresloucado entre nós.

Além de tudo isso, e apesar das vestimentas estapafúrdias, ele parecia ser um homem experiente, extremamente profissional. Ninguém teria ou manusearia uma arma daquelas não fosse um profissional de gabarito, desses requisitados para cometer grandes assassinatos, e pensei que ele seria mais rápido que eu e me acertaria sem piedade o coração ou a cabeça, que deveria ser o alvo mais tradicional para um matador como ele.

Para mim, caso eu não quisesse ser submetido às incertezas daquela visita indesejada, não havia outra possibilidade senão utilizar o revólver. Só não sabia qual o momento exato para fazê-lo. Talvez para evitar que essas dúvidas me impedissem de fazer o que fiz, eu não tenha hesitado em puxar o cão para trás e apontar a arma bem na cara de Morientes apenas um instante depois de derrubar displicentemente a xícara de café do outro lado do balcão, o que o distraiu por um ou dois segundos. Foi o suficiente.

Sabia que o havia surpreendido por uma razão bastante simples: eu não estava morto. Um erro de cálculo, uma fração de tempo a mais, uma hesitação no momento de lhe apontar a arma teria sido crucial. E pelo erro que cometeu, a distração, o desvio de olho, ele percebeu que o jogo agora estava empatado. Deu uma risada, mas foi uma risada amarga, de quem sabe que poderia ter liquidado o jogo e não o fez.

Ordenei que baixasse a pistola, mas ele se negou e retrucou que estávamos em condições idênticas.

"Já é alguma coisa. Um minuto atrás eu estava morto."

Ele não gostou da observação e apenas fixou o olhar de desaprovação pelo erro que cometeu.

"O que quer comigo", perguntei com alguma raiva.

"O mesmo que você, Mr. White", respondeu Morientes, "saber quem você é ou, do seu ponto de vista, saber quem eu sou", e, depois de um tempo impreciso, completou, "acho que temos possibilidades agora."

[…] *E de sua melancolia austral*
um fio de complexidade se desgarra
dos tempos inevitáveis que ainda estão por vir […]

Quando acordei, só tive certeza de que não estava morto porque não lembrava de ter visto o túnel de luz sobre o qual todos que quase partiram costumam falar tempos depois. Foi a primeira coisa que pensei e me senti um pouco idiota por isso. Depois, tudo ali era escuridão. Colaborou com a ideia de que ainda não havia morrido o fato de eu estar com o corpo todo dolorido, uma dor bastante real, por assim dizer. Tão verdadeira quanto o sangue que tive que cuspir mais de uma vez da boca inchada porque o seu gosto ferroso me dava náuseas da mesma forma que os cheiros de suor, vômito e urina que dominavam o lugar.

 Tentei recobrar a consciência e a força que me restava do corpo, mas ainda estava um pouco zonzo, deslocado dos acontecimentos. Quando consegui me restabelecer minimamente e comecei a compreender a situação que vivia, escutei alguns gemidos e algumas vozes. Falavam muito baixo, cochichavam, não dava para entender nada do que diziam. Eu perguntei um pouco mais alto, fugindo do tom silencioso que dominava o ambiente, quem estava ali. Várias vozes se sobrepuseram, mas uma se destacou e imediatamente me mandou calar a boca com tamanha autoridade que ficaram todos quietos ali naquela escuridão pegajosa.

Foi só aí, quando a única coisa que se ouvia eram o ronco de um motor e o sacolejar de ondas batendo com toda a força na estrutura metálica, que compreendi e lembrei que estávamos no porão de um dos barcos da Marinha. Nossa rota, porém, era contrária à de três meses antes, quando fomos presos e levados à ilha. Dessa vez estávamos saindo dela. Pelo menos foi o que nos disseram antes de embarcarmos. Alguns de nós seriam soltos por falta de evidências concretas, enquanto outros iriam ser deslocados para prisões menores nas proximidades, que a ilha era para prisioneiros importantes e estratégicos e não para idiotas que liam livros e formavam opiniões revolucionárias ou subversivas na mesma medida em que se embebedavam como nós. Também foi o que nos disseram.

O que tinha a voz grave e que me mandara calar a boca instantes antes voltou a cochichar. Perguntou-me o nome. Respondi, mas ele pareceu me ignorar ou até se arrepender da pergunta, e no instante seguinte disse que dali por diante eu seria o número 73, assim como um pai autoritário que de forma soberana decide o nome do filho sem que ninguém possa retrucar. Logo perguntou também se eu estava ferido, se podia ficar de pé. Nesse instante, me levantei e estiquei os músculos das pernas e dos braços. Senti que não podia evidenciar minha fraqueza ali e por isso disse que sentia um pouco de dor, mas que estava bem. Novamente senti que a resposta não tinha tanta importância para ele.

Não entendi no início o que ele quis dizer com o número que me deu e que aparentemente era o último da série, mas sabia que as conversações entre aqueles homens já seguiam um rumo enquanto eu estivera desmaiado. Lembrei que quando fomos levados ao navio, já no convés e antes de entrarmos no porão, muitos de nós, que seguiam em fila, haviam sido agredidos aleatoriamente numa espécie de corredor polonês. Para termos uma recordação da ilha, disseram os soldados. Depois do espancamento fui atirado para baixo, o que me fez bater a cabeça e, possivelmente por isso, desmaiar. Depois de mim, ninguém falou mais nada. O homem de voz rouca continuou sempre num tom baixo.

"Somos setenta e três homens aqui, o que acham?", disse ele, que era quem fazia todas as perguntas.

Houve um burburinho. Alguém com uma voz mais jovem pediu a palavra. Falou com ansiedade e temor, mas com a convicção de que havia feito um trabalho correto. Afirmou que contara na cabeça os segundos e os minutos desde que o navio zarpara da ilha e que fazia mais de hora e meia que estavam navegando, sendo que, como todos sabiam, o porto ficava a vinte minutos da ilha.

Não o deixaram completar. Mais uma vez uma barafunda de vozes começou. Aquilo assustou de verdade muitos de nós que não queriam admitir a estranheza da situação. Logo, instaurou-se o silêncio.

"Não estão nos levando de volta", disse o homem de voz rouca que virou o nosso comandante, "já ouvimos muitas histórias a respeito, vocês sabem, histórias que, se nunca foram comprovadas, tampouco foram desmentidas..."

A reticência causou o alvoroço outra vez, um tumulto estranho, em voz baixa, sem a expressão dos sentimentos nos nossos olhos ou gestos. A escuridão era absoluta, não havia frestas, e, pelo horário dos acontecimentos, já devia ser noite. Estávamos cegos de tudo ao mesmo tempo que setenta e três cabeças distintas pensavam as piores coisas. Muitos certamente estavam com medo ou mesmo aterrorizados, o que era bastante racional. O cheiro da merda pareceu aumentar. Ninguém queria relembrar as histórias que havíamos ouvido na prisão.

Estávamos indo em direção ao alto-mar noite adentro e dali pra frente não haveria o olho do mundo sobre nós, o que acabava com qualquer esperança. Seríamos apenas mais setenta e três nomes na lista de desaparecidos. Era sobre isso que aquele homem de voz rouca queria falar. Eu só não entendia aonde ele queria chegar, mas não tardei a descobrir.

"Contei os soldados, são apenas sete", ele disse.

Alguém com um sotaque carregado do Sul, que ainda não havia falado, acrescentou que eram sete soldados com metralhadoras.

"Mesmo assim são apenas sete homens", o homem rebateu.

Todos passaram a perguntar ao mesmo tempo o que pensávamos em fazer. Estava claro, no fundo eles sabiam, mas se recusavam a acreditar que havíamos chegado àquele limite. Ao perceberem isso, alguns começaram a soluçar e a chorar baixinho e imediatamente foram ofendidos e agredidos pelos outros, numa atitude coletiva impensada. Sobretudo porque, sem que ninguém soubesse ao certo, o medo e a covardia daqueles homens poderiam alimentar o pavio do fracasso e do horror sobre todos nós.

O certo era que todos aqueles homens, escondidos naquela escuridão promíscua de indecisão, não eram líderes de coisa alguma. Não tinham um papel fundamental na história que estava sendo escrita naqueles tempos. Na verdade, não valiam grande coisa. Eram operários, estudantes e pais de família que se negavam a seguir com o rebanho, muito embora, no fundo, não tivessem feito nada de tão importante ou de grave. Caso contrário, permaneceriam na ilha, como haviam dito os soldados. Ali, sim, chegamos a cruzar com um ou outro ministro, senador ou líder estudantil que conhecíamos da televisão. Eles eram os personagens principais, nós estávamos ali por mero detalhe.

Foi então que o ronco do motor parou. Houve um rebuliço. Todos falavam ao mesmo tempo, nada se entendia. O homem de voz grave, que deveria ser o número 1 e o idealizador daquela estratégia do desespero, pedia a todos que se acalmassem e fizessem silêncio. Na verdade, pedir aquilo era algo tão impossível como tentar abstrair o medo de todos nós. Ali, naquele momento, alguém tinha que falar, caso contrário todos aceitariam sem lutar o que viesse a acontecer. O número 1 deve ter percebido isso. Falou rápido, com ênfase:

"Vamos invadir."

Dessa vez, o que foi uma surpresa pela contundência do que ele dissera, todos ficaram calados. Continuou:

"Vocês sabem que não estamos no porto, rodamos por quase duas horas, as ondas estão fortes e provavelmente estamos em alto-mar. Eles vão nos matar. Precisamos nos organizar para fazer um motim."

Alguém, desesperado, covarde ou tão somente para verificar se tinha adeptos, retrucou que os soldados poderiam ter recebido ordens para navegar a esmo devido a algum problema no porto. Alguns poucos se solidarizaram, mas ninguém no fundo acreditava naquilo. Um tom de voz mais agressivo novamente levantou o tema das metralhadoras, mas o número 1 rebateu que tínhamos dez homens para cada uma delas. Outro argumentou que com apenas uma rajada qualquer um dos soldados acabaria com dez de nós simultaneamente, o que era uma verdade. Isso sim provocou reações. Dessa vez, porém, reações diversas. Muitos a favor, muitos contra. Foi aí que finalmente abri a boca e falei alguma coisa, porque sentia que a coisa toda poderia degringolar a qualquer momento.

Eu tinha apenas vinte e três anos e também estava com medo de morrer. Eu achava que não havia feito nada de tão importante que justificasse a minha morte. Tudo o que eu fiz foi pensando exclusivamente em mim. Foi apenas uma maneira que encontrei para me posicionar diante do mundo.

Começou quando passei a grafitar sozinho pelas ruas de Santiago alguns pensamentos que me vinham à cabeça. Nunca foi algo planejado e fiz isso durante bastante tempo antes do regime e mesmo depois do 11 de setembro burlei por muitas noites o toque de recolher e me arrisquei sem saber exatamente onde estava me metendo. Meus grafites, que misturavam frases e desenhos, logo tiveram repercussão.

Hoje penso que talvez não tenha sido por acaso. Eu fazia isso havia meses e a minha assinatura já era conhecida de todos e estava marcada por todos os cantos da cidade. Apesar disso eu era um anônimo. Nunca participei de grupos de jovens radicais, partidos políticos, sindicatos ou qualquer outro tipo de associação e jamais contei a ninguém o que fazia. Até hoje não sei como me apanharam. Não foi um flagrante. Simplesmente fui abordado na rua a caminho do trabalho, que não tinha nada de relevante para a polícia. Eu trabalhava numa indústria. Era um operário, um desgarrado que morava sozinho numa pensão no centro de Santiago anos depois que deixei a casa dos meus pais, no sul do país, um Sul gelado e sombrio que me rechaçava porque lá tudo o que eu via eram barcos e bosques e montanhas e tudo aquilo me entediava e me fazia pensar em outras coisas que não fossem barcos e bosques e montanhas.

Foi por isso que decidi juntar o pouco que tinha, enfiei tudo numa mochila grande de lona e me despedi do meu pai e da minha mãe dizendo que iria viajar em direção ao norte, que viveria em outras cidades e que talvez não voltasse mais. Não houve choro ou lamentos, eu já estava com dezoito anos e precisava mudar de vida. Eles sabiam disso, e, por ainda terem quatro filhos pequenos para cuidar, meus irmãos, acabaram por aceitar minha decisão, do modo deles.

Por pouco mais de dois anos perambulei em direção ao norte, sem jamais chegar ao Norte. Também carreguei comigo o meu caderno escolar grosso e vazio do último ano em que não fui à escola para ajudar meu pai na pesca. No começo, não sabia direito o motivo de levá-lo, pensei apenas que queria fazer anotações sobre os lugares por onde iria passar, dos trabalhos que iria fazer, das mulheres que iria amar, das bebedeiras que iria tomar e das confusões em que certamente iria me meter.

Era só isso o que eu imaginava para o meu futuro e foi exatamente isso o que fiz nos muitos meses seguintes. Passei por Valdívia, Temuco, Los Angeles, Concepción, Tomé, Chillán, Talca, Curicó, Rancágua e tantas outras cidades menores, trabalhei em oficinas mecânicas, armazéns, portos, fábricas, pequenas indústrias e tantos outros trabalhos piores, amei Paola, Melina, Lili, Marcela, Liza, Clara, Francisca e tantas outras mulheres bonitas ou não, bebi vinho, cerveja, pisco, ponche de *huevo de gaviota* e de mariscos, *chupilca, cola de mono* e tantas outras bebidas das quais nem me lembro o sabor, briguei a socos e pontapés com tantos outros homens bêbados como eu, uns mais fortes, outros mais fracos, e até me meti numa briga a faca sem lembranças, que nem sei como ainda estou vivo.

Nessa época era comum eu perder a noção do tempo e do espaço quando acordava. Por um breve instante não conseguia identificar onde exatamente estava naquele momento, mas nunca esquecerei que foi no fim do inverno de 1970 que cheguei a Santiago, e, apesar do frio que eu, vindo do Sul, achava ameno, a cidade fervilhava. Aquele homem de rosto duro, bigode discreto e óculos de aros grossos, cuja imagem eu tinha visto espalhada em cartazes tantas vezes em tantas cidades, tinha envolvido tantas discussões favoráveis e contrárias a ele, havia acabado de ser eleito presidente do Chile.

Eu não tinha votado nele. Nem no outro. Eu era filho de um pescador analfabeto que havia votado em Allende em eleições anteriores mesmo sem entender o socialismo. Eu também não entendia direito. Por isso não votei em ninguém. Mas fui entendendo que o povo amava aquele homem no decorrer do meu longo trajeto pelo Chile, esse país de estranha geografia.

Entretanto, de alguma forma, todo aquele fenômeno que fez com que as pessoas fossem às ruas apoiar o governo e escutar as palavras do seu líder no rádio e na televisão e achar que um fiapo de luz havia se desgarrado da sombra dos anos tortos que o país tinha vivido não me atingia tanto assim. Eu, ainda que procurasse entender aquele sonho real, havia me acostumado a viver só e a pensar por mim mesmo.

Engraçado analisar hoje que tive de passar por tudo o que passei durante mais de dois anos, em povoados pequenos, convivendo com pessoas que jamais sairão daqueles lugares, para entender que ali, na capital do país, o norte dos meus planos seria inalcançável. Ali, na cidade que tinha o meu nome, com milhões de pessoas rodeadas por uma cordilheira imponente, me esquivei da euforia e me isolei. Foi só aí que comecei realmente a usar aquele caderno grosso da escola que abandonara. Escrevia coisas que jamais havia pensado em escrever, de forma pausada, mas constante.

Eu não tinha sido educado com livros que não os da escola, mas vivíamos num país de poetas e de pensadores e havia Parra, Pablito e Jara e todos os conheciam, até os caipiras de terras distantes como eu. Por eles e por mim, principalmente, também comecei a ter pensamentos próprios e a escrever poemas, muitos deles ruins, mas que eram meus e me fizeram seguir em frente.

Aconteceu um ano ou pouco mais depois que cheguei à cidade. Ao sair do trabalho depois do turno da meia-noite, vi um sujeito com uma lata de spray escrever coisas num muro de uma avenida importante, mas vazia àquela hora. Era uma frase de protesto como "ianques de merda, vão embora do nosso país". Alguém o esperava dentro de um carro nas proximidades, e, assim que terminou, eles me olharam, menearam a cabeça num cumprimento e partiram devagar, sem afobação. Então tive a ideia de fazer o mesmo, mas não da mesma maneira que eles. Comprei a primeira lata num mercado próximo sob o olhar desconfiado do dono, que queria vender, mas não se aborrecer com as autoridades. Menti que era para pintar minha bicicleta e ele fingiu acreditar.

Comecei pelos bairros do subúrbio, onde a vigilância nas ruas era mais exígua. Ainda que tente, não consigo me lembrar de quase nada do que escrevi no início e mesmo depois, isso porque aos poucos abandonei o caderno e passei a criar aquilo no calor da coisa. Essa era a minha proposta, embora ainda não soubesse disso. E assim fui indo, de bairro em bairro, grafitando frases e alguns desenhos por todo o canto. Eu não sabia exatamente o que pretendia com aquilo. Talvez não pretendesse nada, especialmente porque não tinha uma ideia concreta sobre o que andava produzindo e também porque nunca me considerei um escritor ou um poeta, como eram efetivamente os escritores e os poetas. Eu trabalhava duro de dia e precisava rastejar durante as noites em que tinha os surtos de grafitar.

Entretanto, poucos meses depois, um grande jornal resolveu fazer uma reportagem sobre os grafites e eu entendi que as minhas ideias ou os meus escritos estavam repercutindo de várias formas. O teor da matéria, que fora publicada num domingo, era neutro e revelava opiniões distintas. Uns gostavam, outros rechaçavam. Uns consideravam uma espécie de arte, outros, apenas baderna e subversão. Os jovens e os velhos, respectivamente. Apesar de tudo, estavam falando daquilo. Fui chamado de a voz das ruas, o poeta do socialismo, o que, no início, me fez rir muito. Os jornalistas sempre se acharam no direito de alcunhar quem quer que fosse como bem entendiam.

Depois disso, porém, tudo mudou e eu comecei a ficar ensimesmado com aquilo que passou a acontecer. Parte da juventude se apropriou de algumas das minhas frases e durante toda aquela confusão que tomou as ruas da cidade, as manifestações a favor e contrárias ao caminho que o país estava tomando, vi palavras minhas na boca de muitos deles como palavras de ordem e outras escritas em muitos cartazes. Assustei-me de verdade com aquilo. Passava em meio àqueles jovens nas passeatas e os observava sem entender o motivo de eu fazer parte daquilo sem querer. Imaginava que eles deviam achar que aquelas palavras pertenciam a pensadores ou a artistas importantes do país e não a um homem comum como eu.

Foi então que tudo aconteceu, as explosões, os aviões, os tanques, a queda do homem que era amado pelo povo. E acho que foi o vendedor da loja de tintas que me entregou, pois não havia nenhum outro motivo para me prenderem. E, também sem motivo, me enfiaram num caminhão com outros tantos, uns por cima dos outros como se fizéssemos parte de uma carneirada. E também não saberia dizer como acabei vindo parar na ilha. Ali, mais próximo das minhas origens, de onde saí para o Norte sem nunca realmente ter alcançado o norte, comecei a compreender que aquele retorno, naquelas condições, tinha algo de significativo para mim, o que só pude constatar muitos anos depois.

Passei três meses ali, e foi uma estadia no inferno. Quem se encarregou de mim, até onde eu pude saber, foi um homem só. Ele se chamava capitão Piñedo, ao menos foi o que me disse, e a primeira coisa que fez ao me ver foi pedir aos soldados que o acompanhavam que saíssem da sala. Eu estava vendado com um pano preto e algemado à cadeira. Ele me perguntou o nome, endereço, onde havia nascido, se tinha família, filhos, noiva ou namorada, com o que trabalhava, o que fazia nas horas vagas, quem eram os meus amigos, o que pensava sobre determinados temas, se estava satisfeito com o governo de Allende, uma série de perguntas às quais respondi prontamente, mentindo em alguns pontos óbvios. Depois repetiu as mesmas perguntas. E novamente mais um sem-número de vezes. Devo ter ficado mais de vinte e quatro horas respondendo às mesmas perguntas.

Compreendi que a repetição era o método inicial da tortura. Depois desse tempo, eu queria dormir, e, quando minha cabeça pendia para qualquer dos lados, exausta de escutar e de falar as mesmas coisas, jogavam-me um balde de água gelada para despertar. Isso aconteceu com tanta frequência que devo ter permanecido outras vinte e quatro horas acordado. Às vezes não escutava a voz do capitão Piñedo por alguns períodos, talvez horas, e imaginava-o dormindo ou comendo, enquanto quem tomava conta de mim, calado ou me insultando, me dava pancadas com algum bastão de madeira nas pernas e continuava com os baldes de água gelada.

Depois de um tempo, ouvia de novo sua voz e ele voltava à carga com as mesmas perguntas. Eu respondia às mesmas coisas porque achava que a incoerência seria o meu fim. A verdade é que eu era um cidadão normal, assalariado e distante de qualquer discussão importante que pudesse ter efeito sobre o país. Ao mesmo tempo, eu era uma espécie de rebelde sem vínculo, sem raízes, sem amigos, sem grupos, sem finalidades. Encontraram-nas para mim. Não foi minha culpa terem usado meus pensamentos ou minha suposta arte, melhor dizendo. Meu único erro foi ter tomado o gosto pela liberdade num país onde ela nunca havia existido de fato, sobretudo porque a liberdade pressupõe independência de pensamento.

Eu poderia jurar que estava ali sem dormir havia quatro ou cinco dias, e quando os baldes de água fria pararam de fazer efeito, partiram para o que chamavam de submarino. Enfiavam minha cabeça num tanque d'água e ali eu acordava de verdade para não morrer afogado, embora eu fosse um pescador filho de uma família de pescadores e possuísse uma boa apneia. Mesmo naquelas condições eu aguentaria ficar ao menos três minutos naquele tanque. Essa tática não foi capaz de me fazer falar, pois, mais que tudo, eu não tinha nada a dizer. Aquilo não me dizia respeito. Mesmo o Chile não me dizia muita coisa. Eu queria mesmo era chegar ao Norte, para além do deserto do Norte, e talvez ali viver ou morrer ou sair para qualquer lugar onde pudesse ter outro norte a alcançar.

Antes que me pusessem pendurado de cabeça para baixo a tomar choques elétricos e pauladas, falei exatamente isso ao capitão Piñedo. Disse que era apenas um caipira do Sul querendo atingir o Norte sem nenhuma ideia do que encontraria pela frente. Que parei em Santiago para trabalhar, comer e juntar algum dinheiro para seguir viagem. Ele me interrompeu com um tapa forte no rosto e me disse:

"Seu cachorro, filho da puta, mentiroso."

Nisso ouvi o estalar de algo que era familiar para mim e enfim me tiraram a venda. A luz mortiça que entrava forte pela janela me cegou por instantes antes que dois soldados me segurassem o corpo, mas principalmente a cabeça, e tentassem de toda maneira me abrir os olhos à força. Foi então que o capitão Piñedo surgiu pelas minhas costas e, andando de um lado para o outro como se estivesse a passear e a observar meu desespero, como se observa um cão doente com fome na rua, se aproximou de mim e só então pude ver, não tanto o seu rosto, porque algo me distraiu, mas sim a boca de lábios finos que mordia num cacoete a corrente que deixava escapar à mostra uma pequena medalha de ouro de santa Luzia. Pude reconhecer porque, enquanto minha mãe era filha de eslavos imigrantes, meu pai, apesar da ascendência espanhola, era da parte chilena da família e devoto de santa Luzia.

Naquele momento crucial da minha vida, quando tudo parecia perdido, ver aquela imagem de santa Luzia surgir à minha frente foi como me blindar de todo o mal, até mesmo quando o capitão Piñedo parou de balançar o objeto de som familiar e enfim esguichou o jato de tinta preta no meu olho direito, como muitas vezes fiz nas paredes de Santiago. Gritei muito, a química parecia entrar mesmo no meu cérebro, mas mesmo assim não temi a morte, ainda que tudo ardesse como fogo e obscurecesse uma imagem que eu jamais imaginei que voltaria a ver novamente.

[...] *Assim como o Norte necessita do Sul*
como firmamento,
o Sul, em silêncio, almeja a conquista do Norte [...]

"Santa Luzia", eu disse, enquanto as lembranças do passado que eu procurava negar voltavam à tona tanto tempo depois. Disse-lhe que meu pai era devoto de santa Luzia e isso o fez esgarçar um sorriso no rosto, pois ambos confirmávamos naquele momento que estivéramos mentindo o tempo todo e vivendo vidas que não as nossas próprias.

Não é compreensível que dois homens completamente distintos, alheios um à vida do outro, com histórias e pensamentos antagônicos, tenham sido obrigados a se encontrar por duas vezes em situações limítrofes como aquela. Também não é compreensível porque tive que me submeter a desvarios e violências, sendo que minha história era para ter sido como a história de qualquer um, cotidiana e sem heroísmos que não a sobrevivência, a formação de uma família e até a devoção a uma alegoria religiosa como os santos.

Quem sabe, se compreendesse e compactuasse com a devoção do meu pai, eu não estivesse até hoje no Sul, vivendo naturalmente junto aos barcos, aos bosques e às montanhas e chegado à velhice como ele, feliz por ter sido insignificante e, sobretudo, porque a vida é assim.

Entretanto, eu tomara a decisão de ir ao Norte e também de levar meu caderno em branco, não porque queria uma vida fora do comum e de extravagâncias, mas sobretudo porque eu precisava provar as pequenas liberdades que eu ainda não conhecia, e essas decisões simples e corriqueiras me levaram a muitas coisas extraordinárias que eu não quis conscientemente viver, mas ainda vivo.

A segunda coisa que lhe disse foi mais sensata, ainda que movida pela raiva interior que me fez esticar os músculos do corpo. Falei que bem poderia lhe dar uns tiros na cara pois meu ato estaria legalizado como legítima defesa, afinal ele havia invadido a minha casa. Nisso, ele tirou o sorriso de escárnio que estava ali desde que lhe falei da santa. E lhe disse também, sem muito discernimento, é bem verdade, que suas roupas de cafetão espanhol poderiam impressionar as putas dele, mas que eu o achava um palhaço ridículo e deslumbrado no alto da sua chegada à velhice. E continuei a provocação:

"Parece um maricas com esse bigode grosso pintado de loiro para camuflar os pelos brancos."

Eu jogava pesado, a falta de tática do ódio, a ofensa. Ele se irritou de súbito e tentou esticar ainda mais o braço na minha direção como se fosse possível alongá-lo. Controlou à sua maneira a raiva desmedida, mas estava a ponto de atirar. Eu, embora ainda não soubesse claramente, tinha outros planos que estavam começando a se formar na minha cabeça que não fosse iniciar um tiroteio fatal para ambos.

"Calma, homem, precisamos conversar... Afinal, não gostaria de saber quem eu sou mesmo, capitão Piñedo?"

Embora eu achasse que de alguma forma ele já soubesse que tínhamos nos encontrado em algum momento das nossas vidas anteriores no Chile, por isso tinha se arriscado a vir aqui, na casa de um artista renomado, com a convicção de um cão farejador, Piñedo ainda não tinha ideia de quem eu era, muito menos esperava que eu desvendasse a sua identidade primeiro. Tudo graças à santa Luzia. É engraçado como um gesto ou um cacoete revela uma pessoa para o resto da vida.

"Você não merece usar essa medalha da santa, seu bosta", eu disse, depois de respirar fundo por um bom tempo.

Ele apenas riu e me respondeu com metáforas, que se fosse assim, fácil, que se dividíssemos os homens entre bons e maus a história do mundo seria contada sem contradições.

"Pelo visto, sabe muitas coisas sobre mim, Mr. White, ou seja lá qual for o seu nome, o seu nome chileno. Em todo caso, saiba que as verdadeiras causas para as grandes mudanças da história são as circunstâncias", e sublinhou a palavra "circunstâncias" com a força da voz, como se ela pudesse ter algum efeito sobre mim.

Aquele bastardo sem nenhum caráter só podia estar de brincadeira.

"Capitão, não pense que vai me convencer de alguma coisa com essa sua retórica fajuta, de culpado fujão que vem pra Europa esquecer o passado e ser um bon-vivant por aqui, e você sabe mais do que eu que as tais circunstâncias a que se referiu", e usei o mesmo tom de voz para me referir à palavra, "são arquitetadas, fundamentadas e executadas por pulhas assassinos com credenciais maiores que as suas", disse com certa tranquilidade, e ele ficou quieto o tempo todo.

Certamente ele não devia esperar essa minha reação. Foi até a minha casa por uma desconfiança que o alertara, uma pulga atrás da orelha, uma similaridade que encontrou em mim. Talvez tenha achado que me pregaria um susto e tudo ficaria por isso mesmo.

Ou talvez achasse que pudesse se divertir um pouco como

nos velhos tempos, quando gostava de atirar baldes de água gelada no nosso corpo amarrado e nu em pleno inverno ou nos afogar em tanques por um minuto antes que a morte viesse ou nos dar pancadas com bastões de madeira e barras de ferro na nossa canela e joelhos ou nos obrigar a comer sua própria merda feita ali na nossa frente ou nos queimar a pele com cigarros e maçaricos ou aumentar a voltagem dos choques elétricos que gostava de nos aplicar nos mamilos e nos genitais ou nos arrancar as unhas das mãos e dos pés com alicates ou enfiar coisas diversas no nosso cu ou colocar ratos a nos morder a carne viva do pau ou estuprar mulheres e incentivar seus pastores-alemães e dobermanns a fazerem o mesmo ou passear de motocicleta sobre os corpos de dezenas de pessoas semimortas obrigadas a se deitar num galpão quando se ouvia, além dos gritos, o quebrar de ossos e crânios, ou mesmo atirar o conteúdo de uma lata de spray no olho de uma pessoa até que esse mesmo olho já não aguentasse tanta química e se desintegrasse, porque foi exatamente isso o que aconteceu, o olho se desintegrou, corroeu-se a ponto de, zum, sumir.

    Talvez o capitão Piñedo achasse que podia ter mais uma chance de fazer qualquer uma dessas atrocidades ali, mas não contava com a minha reação. Naquele momento, eu tinha um revólver apontado na sua direção e caso ele decidisse atirar também seria baleado umas tantas vezes. No entanto, definitivamente essa não era e nunca seria a minha principal ideia. Afinal, eu era um poeta, um artista, não um assassino. Eu deveria ter outros planos para ele. Então eu disse:

    "Diga alguma coisa, homem, defenda-se. Não é uma arma que te faz homem, ou é?"

    Ele me observava atentamente enquanto eu pensava noutras coisas do passado, mas também do futuro, nos planos para o futuro próximo caso não desembestássemos a atirar um no outro. Ele, por outro lado, devia estar pensando em cada um dos homens que mandou prender, interrogou, torturou e matou ou mandou matar, o que dá na mesma. Estava estupefato, com raiva das minhas ofensas, de eu estar apontando uma arma para ele, de ter falhado a ponto de perder o controle da situação.

O bigodudo não falava nada, só me observava com atenção, absolutamente perplexo, como que remexendo em fantasmas que estariam com ele para sempre. Ele devia ter prazer em relembrar cada uma das suas atrocidades, talvez até tivesse uma lista dos seus maiores feitos, em ordem estabelecida pelo grau de crueldade, mas deviam ser tantos os casos que lhe dava trabalho lembrá-los, agora que estava acostumado com as boates europeias e com a boa-vida que deve ter à custa do próprio governo chileno.

Esse canalha devia estar se esbaldando com as mulheres da Europa com esse disfarce grotesco de playboy espanhol e talvez tenha fornicado com Lucy ou mesmo com Max, esses meus amigos ricos e malucos que só pensam em arte e sexo, ou talvez mesmo os tenha matado, e pensar nisso me encheu de um ódio tão grande que apertei ainda mais a empunhadura do revólver e tive que me conter para não lhe dar um tiro na cara.

Ele percebeu que eu estava com meus pensamentos a me afligir o senso, por isso sorriu novamente, acionando a provocação, o escárnio. Ele é um profissional treinado, pensei. Poderia ter acabado comigo caso quisesse, mas não o faria enquanto não soubesse quem eu era de verdade.

Se pensasse com método ou pragmatismo, não demoraria muito a descobrir, pois sou como uma exceção. Não tenho feições tipicamente latinas. Sou claro de olhos claros como minha mãe e meus avós iugoslavos, e meu pai, ainda que chileno, vem de uma geração longeva de espanhóis. Talvez nem mesmo sangue indígena eu tenha, o que seria até uma falta de coerência genética no Chile, mas não tenho certeza.

Por esse motivo seria ainda mais fácil me identificar, mas

ele devia estar pensando em lideranças sindicais, estudantis, em gente graúda. Naquele momento não se lembraria dos que não pertenciam a grupos, mas pensavam por si mesmos. Eles ignoravam esse tipo de pessoa que não se organiza e não se agrupa. É como se um pensamento ou uma ideia tivesse que ter uma afirmação coletiva para se tornar efetivamente um pensamento ou uma ideia. Esquece-se da individualidade. Quem pensa por si próprio é quase um filósofo. Foi o que aconteceu comigo, a voz das ruas, o poeta do socialismo, uma piada que os jornais fizeram comigo como se eu pudesse fazer alguma frente a Parra, Pablito, Jara e todos os outros que eu não conhecia direito, mas passei a conhecer naquela temporada em Santiago.

Talvez se eu tivesse mantido tudo no caderno ou não visse o sujeito pichar algo sobre os ianques de merda, se sentisse um pouco de medo que fosse para não me arriscar nas noites da cidade, se minhas palavras não caíssem no gosto popular e, sem meu controle, não virassem palavras de apoio ao governo de Allende em manifestações de um país que estava sendo assassinado economicamente, talvez se eu não tivesse sido chamado de poeta socialista, mesmo sem saber ao certo o que era o socialismo, se fosse precavido o bastante para comprar as latas de spray em lugares diferentes, talvez por tudo isso ou por apenas uma dessas coisas eu não estivesse aqui em Londres, vivendo numa casa confortável, trabalhando num bunker da Segunda Guerra Mundial que eu adorava mais que a própria casa, expondo e publicando trabalhos em grandes capitais europeias, pensando em me matar de vez em quando sem motivos claros, talvez por tudo isso eu não tivesse que encontrar pela segunda vez na vida o homem que novamente poderia mudá-la.

Vê-lo naquele momento parecia incoerente, desprovido de lógica, porque não pertencíamos àquele lugar e talvez nem devêssemos pertencer àquele tempo. Quando cheguei a Londres, e se isso aconteceu devo tudo a Guillermo e também a Diego e Ana, que nos deram abrigo enquanto providenciávamos documentos falsos e uma passagem de ida a partir de Buenos Aires, tudo o que eu queria era esquecer aquele passado recente. Guillermo era o único que sabia que eu estava vivo. Pedi que viesse comigo, mas ele nem cogitou a possibilidade. Ia tentar voltar ao Chile pois queria lutar, mas também porque na Argentina as coisas não corriam nada bem.

Eu, por outro lado, cheguei em Londres com um endereço em mãos, pouquíssimo dinheiro e nenhuma noção do idioma. Demorei um dia inteiro só para encontrar o endereço do conhecido de Guillermo, que já não era o mesmo, o que me fez perambular pela cidade e dormir na rua durante dias antes de conseguir pagar albergues com os trabalhos esporádicos que conseguia. Fiquei meses sobrevivendo dessa forma até conseguir um emprego fixo. Logo me mudei para um galpão na periferia da cidade em que viviam mais de vinte pessoas clandestinamente. Ao fim desse primeiro ano, porém, eu já falava inglês com alguma fluência e também havia conseguido novos documentos falsos. Desde então, todos me conhecem apenas por William White.

Com a abreviatura Will.I.Am. assinei os primeiros grafites que fiz pela cidade. Por meses instiguei a curiosidade da população londrina. Minhas frases e meus desenhos se popularizaram, e minha assinatura anônima entrou no circuito de conversas dos jovens. Foi um fenômeno parecido com o que havia acontecido em Santiago, com a diferença de que, em Londres, as pessoas passaram a enxergar os grafites como arte e não como forma de protesto.

Demorou pouco mais de um ano, eu provavelmente era o anônimo mais famoso de toda a Europa, mas resolvi aparecer depois de muita insistência de um repórter do *Times*. O fato é que eu, além de mudar de nome, também queria mudar de vida. E a vida artística de Londres me aceitou.

Depois da longa entrevista que dei ao jornal, meu nome foi espalhado aos quatro ventos e logo Martha, uma das principais agentes de artistas da Europa, passou a cuidar dos meus interesses. Larguei o emprego que tinha e passei a produzir muito nessa época. Com a influência de Martha e com os amigos que fiz, em pouco tempo consegui um grande espaço no subúrbio da cidade e resolvi expandir meus textos e meus desenhos para outras plataformas além do grafite.

Os ingleses gostaram muito daquilo, chamaram aquele trabalho todo de instalações de Will.I.Am., e não muito tempo depois me tornei um artista bastante vigoroso na cidade. Dali para Berlim e Paris não demorou muito. Eu, na verdade, não conseguia acreditar como tudo aquilo acontecera tão rápido.

A partir desse reconhecimento instantâneo tive que inventar uma mitologia particular sobre as minhas origens, o que pareceu cativar ainda mais a legião de admiradores da minha obra, que não parava de crescer. Não tive que mentir muito, porém. Meus avós eram mesmo dos Bálcãs e eles eram mesmo nômades, mas eu só omiti que haviam migrado para a América do Sul. Em contrapartida, eu dizia que eles haviam perambulado por todo o norte da África e sudoeste da Ásia, parando na Índia onde minha mãe, filha única, havia conhecido um viajante inglês e engravidado. Ninguém ia questionar o nascimento de uma criança de família nômade na Índia, de paternidade inglesa desconhecida. Ao mesmo tempo, eu também evitava me expor, dar entrevistas, falar excessivamente sobre a minha vida particular e sobre o meu trabalho.

Nisso se passaram quase vinte anos, e eu poderia dizer que esse tempo todo em que vivi na Europa foi como um longo sonho bom. Mas só me dei totalmente conta disso ali: no momento em que o homem que talvez tenha sido o estopim da reviravolta que tomou conta da minha vida estava novamente à minha frente me apontando a pistola, sem a farda que era o sinônimo de sua superioridade, travestido agora de homem comum. Toda essa história que eu havia jogado no fundo de um poço memorial, e que ele me fez rememorar em alguns poucos minutos, veio à tona quando finalmente abriu a boca para dizer:

"Santiago Lazar, o poeta do socialismo, o homem por trás das pichações políticas em Santiago."

O tom era idêntico ao usado quando ele entrou pela primeira vez na sala de inquéritos que se transformara em sala de torturas, vinte anos antes. Não me assustei. Mais cedo ou mais tarde ele me identificaria. Um profissional da tortura e da morte como ele deve ter uma inteligência adestrada para marcar rostos. Isso sim era o que ele era: um animal treinado.

Ao mesmo tempo percebi também que o capitão Piñedo não era nenhuma peça-chave daquele plano nefasto de impedir o povo chileno de seguir o destino que escolheu. Como ele, deveriam existir muitos capitães. Era apenas um executor, um profissional da maldade treinado para provocar o medo e instaurá-lo na vida de dezenas ou centenas de pessoas como um pesadelo intermitente, desses de que se tem pavor antes de dormir.

Não fosse apenas um subalterno, um borra-botas, Piñedo talvez ainda estivesse no Chile, assim como seu comandante supremo, que, mesmo depois de receber um não histórico da maioria da população havia algum tempo em plebiscito, continuava a gozar de imunidade e ainda tinha nas mãos o cargo de chefe das Forças Armadas de um país em transição que não conseguia expulsar do seu corpo esse câncer congênito.

"Você foi abandonado, não é, te varreram pra debaixo do tapete, os poderosos puderam ficar, os ratos que sujaram as mãos tiveram que abandonar o barco."

Ele me olhou de novo com aquele olhar de superioridade forjada e disse:

"Abandonado não é bem o termo para quem vive cheio de privilégios em Londres, na Inglaterra, nosso país irmão aqui da Europa. Você lembra das Malvinas e do quanto eles nos são gratos por termos emprestado nossa base militar, além de tudo vivo bem, vou a bons restaurantes e sempre como putas intelectuais como a sua amiga, que só querem saber de cocaína e sexo, mas devo admitir que prefiro o calor das chilenas e o seu hálito de vinho que essas magricelas frias e viciadas de olhos fundos."

Ficamos em silêncio durante um tempo. Era constrangedor não tirar os olhos daquele homem. Novamente senti vontade de apertar o gatilho e atirar na cara daquele fascista. Ele era como um parasita que se alimentava do ambiente onde estava e, sobretudo, das pessoas que lhe chegavam às mãos.

"Mesmo assim te abandonaram porque você teve que sair do país sem nenhuma glória, pelo contrário, teve que sair como um fantasma, ou como um grande e pegajoso pedaço de bosta grudado no sapato quando não há alternativa senão jogar o sapato todo fora."

Ele riu de maneira insuportável, revelou aqueles dentes grandes horríveis debaixo do bigode e respondeu que, no fim, não éramos lá muito diferentes, que tudo dependia do ponto de vista. Que todos os que saíram pela porta dos fundos naquela época, de uma forma ou de outra, também acabaram por se tornar fantasmagorias nos países onde se meteram, que nada de efetivo foi criado ou levado adiante para impedi-los de continuar exercendo o poder e que, além de nada fazerem, muitos ainda descambaram para a depressão e para o suicídio.

"Como comandar um país se a fraqueza é a primeira coisa a se extinguir de quem pretende liderar alguma coisa?", perguntou num tom severo de militar.

Aquelas palavras me deixaram furioso. Quem conseguiu sobreviver àquele pesadelo que durou quase vinte anos e tentou de alguma forma acompanhar, se envolver ou mesmo lutar acabou se frustrando porque demorou muito tempo até que surgisse outra chance democrática para o Chile, mas sobretudo porque foi uma chance corroborada por eles, por meio do plebiscito, ainda que sob enorme pressão mundial.

Por outro lado, quem se acovardou ou simplesmente quis esquecer tudo, como eu, acabou inventando uma outra vida que, no fim das contas, sempre haveria de ser vivida com uma forte sensação de desassossego. Pelo menos foi isso que eu senti quando troquei de nome, quando troquei de país, quando troquei de vida.

No Chile, eu queria ter ido para o Norte e, no meio do caminho, me meteram num caminhão rumo à ilha. A ilha que ficava no mesmo Sul de onde eu vinha. E onde fui obrigado a tomar o navio junto a uns quantos homens que, da mesma forma que eu, só queriam viver de acordo com a normalidade e não sob circunstâncias, como dissera o meu algoz, o homem que me feriu o corpo para sempre e me deixou cicatrizes além do olho e que estava à minha frente cinicamente explanando ideias obscuras, originárias de um pensamento absurdo que tomou conta não só do Chile, mas de toda a América Latina naquelas décadas em que, paradoxalmente, se vivia um flerte com a liberdade em vários cantos do mundo.

Foi só aí, nesse exato momento, que entendi que eu não poderia combater aquilo que eu desprezava com as mesmas armas. Então só pude fazer o que fiz em seguida. Baixei meu revólver devagar e o depositei no chão.

"Se quiser me matar, vá em frente, me fará um favor. Se quiser resolver essa nossa desavença à moda antiga, como homens, como chilenos que somos, estou aqui, pronto. Se eu te vencer, farei o que eu quiser com você; se eu perder, faça o que quiser comigo. Assim é justo."

No mesmo instante, senti que o pegara de surpresa. Não colocou o sorriso insuportável entre os lábios. Ficou como que paralisado porque pus em xeque sua superioridade. Desafiei-o da mesma forma que se desafia o colega da escola, o companheiro de bar que se inflama por um motivo qualquer.

Ele deve ter pensado que passou a vida nessa posição superior, uma posição cômoda de quem pode fazer o que quer sem reações. Arrisquei muito, pois esses tipos geralmente não se importam com isso. São essencialmente covardes. E por isso são traiçoeiros. Mas ali a situação era outra, o tempo era outro, o espaço era outro, ele se viu na iminência de ser ultrajado e ridicularizado e isso deve ter mexido com seus brios, pois o que fez em seguida foi também baixar a pistola e deixá-la no chão, exatamente como eu havia feito.

[…] *São ambas partes fisiológicas de
uma terra dura, pedregosa e fria,
de onde estranhamente brotam o alimento e o fogo* […]

Por pensar que o que eu falaria não daria nenhuma possibilidade de discussão, por tudo o que aqueles homens acreditavam ou pelo menos deveriam acreditar, propus uma votação cuja decisão fosse respeitada pela minoria.

Não sei por qual motivo essa atitude passou subitamente pela minha cabeça e não pela dos outros ou pela do número 1, embora eu fosse só um jovem sem nenhuma pretensão ou mesmo ideologia política. Além disso, eu era apenas o número 73.

O fato é que a ideia foi aceita sem divergências, ainda que o nosso líder, e isso já estava estabelecido de alguma maneira desde o início, tivesse ordenado que todos ficassem de prontidão esperando pelo pior e que, caso os militares abrissem a escotilha de acesso ao porão onde estávamos antes da decisão, todos invadissem imediatamente, do jeito que fosse possível.

Todos concordaram tacitamente com isso.

Tínhamos a nosso favor o fato de o navio ser pequeno e ser usado exclusivamente para transferências curtas, como da ilha ao continente e vice-versa. Não se tratava, portanto, nem de longe de um navio-prisão. O acesso ao convés se dava por uma pequena altura, de cerca de três metros, e estranhamente a escada de acesso permanecia fixada, por onde a maioria de nós havia descido, com exceção dos que foram alvo da diversão dos soldados, como eu.

Alguns dos homens inclusive se utilizaram desse argumento, da presença da escada, para fazer a última tentativa e refutar a ideia de que seríamos dizimados ali mesmo, mas não obtiveram resposta. A tensão e o desespero de todos nós, que já estávamos havia quase duas horas a tomar uma decisão da qual dependeriam nossas vidas, sob pressão e com o oxigênio faltando, faziam com que já não tivéssemos forças para pensar em possibilidades.

A verdade é que o único indício que tínhamos em mãos era o tempo de viagem, marcado à revelia por apenas um homem, mas para nós o que contava eram, sobretudo, as histórias que nos chegaram sabe-se lá como, as execuções em alto-mar, os desaparecimentos dos corpos, a ausência de evidências ao mundo e o medo corrente de que isso estivesse acontecendo naquele momento.

Nunca saberíamos com certeza o que se passara com quem havia deixado a ilha antes de nós, pois estávamos isolados naquele lugar, mas nesse tempo em que tudo era incerto essas informações apareciam, e alguns diziam que elas surgiam por meio dos próprios soldados, que, chilenos como nós, também temiam à sua maneira essa nova história que estava sendo escrita de um momento para o outro no nosso país.

Foi em questão de segundos que tomamos a nossa decisão.

O número 1 disse sim à invasão, convocou o número 2, e assim por diante, cada um de nós, como números, como vozes isoladas, contabilizados pelo sujeito do tempo, o que afirmou que estávamos havia uma hora e quarenta no mar e que também pronunciou o sim, como eu, o número 73, o último. Dessa maneira claudicante, mas de certa forma digna, votamos sim ao motim, 49 contra 24. Votamos sim a favor da possibilidade de viver, mesmo que não tivéssemos certeza disso. Ninguém falou nada quando os números foram ditos. Não houve nenhum questionamento.

Como a minoria teria que acatar a decisão, o número 1 instituiu rapidamente o que ainda não havíamos pensado: quem faria parte da linha de frente, quem seriam os primeiros a encarar o enfrentamento iminente. Falou como se fosse óbvio e, talvez por simplificar as coisas ou por demonstrar sem nenhum heroísmo que não importava quem sobrevivesse contanto que conseguíssemos salvar alguns de nós, sugeriu, para que não perdêssemos tempo, que se seguisse a ordem dos números, sendo ele, o primeiro, a tentar avançar sobre o convés do navio, seguido dos outros homens, cada qual com o seu número.

Ele foi respeitado por isso, mesmo que ninguém abrisse a boca para concordar ou talvez mesmo por isso. Dessa forma, ele subiu a escada de ferro até a entrada do convés seguido pelos números 2 e 3, logo abaixo. Os outros ficaram enfileirados, cada um proclamando seu número na ordem de entrada. Eu fui o último e até hoje penso que, se não fosse a atitude de um soldado jovem e assoberbado com o poder que lhe deram quando puseram uma metralhadora nas suas mãos, eu poderia ter sido o número 10 ou o número 23 ou o número 34, e não o número 73, o último da lista, que foi o que me fez sobreviver.

No momento da organização, falávamos baixo, aos sussurros, e quando todos se calaram definitivamente pudemos escutar os ruídos de vozes, risadas e andanças sobre o convés. Naqueles instantes, muitos certamente pensaram sobre a remota possibilidade de um retorno ao porto, mas a verdade é que o navio não atracara porque não sentimos nenhum repuxo de cordas ou mesmo uma batida no casco do barco. Tudo o que ouvíamos eram as ondas constantes de uma maré poderosa que, de uma maneira ou de outra, sabíamos que só aconteceria em alto-mar.

Daí, enfim, a escotilha se abriu. E com uma luz que se mostrou débil devido à noite sem lua, surgiu, assim como o número 1 ressaltara diversas vezes, o primeiro soldado com sua metralhadora em punho.

O número 1, cujo nome e aparência eu nunca saberei, fez a parte que lhe era esperada. Com agilidade, segurou a arma do soldado surpreendido, impedindo-o de atirar, e conseguiu subir ao convés, o que era fundamental para continuarmos nossa ação. A partir daí começaram os demais tiros, mais que isso, as rajadas desenfreadas de tiros, mas nisso o número 2, o 3, o 4 e o 5 rapidamente também conseguiram invadir o convés.

De onde eu estava, quase do lado oposto do porão do navio, não conseguia entender de imediato o que acontecia lá em cima. Entretanto, eu não parava de ver os homens, que conseguiram de alguma forma se agrupar à base de números, subir um a um, ainda que os corpos baleados dos que estavam à frente dificultassem a entrada e a nossa estratégia.

Os homens da sequência empurravam-nos e seguiam a ordem estabelecida, sem os pensamentos que os afligiam instantes antes. Dali de baixo eu pude ver que ninguém havia recuado. Tudo aquilo acontecia em questão de segundos e não devem ter se passado nem dois minutos até que os tiros se tornaram mais escassos, exatamente no momento em que eu já me aproximava da escada.

Quando finalmente chegou a minha vez — a vez do número 73, o homem que havia dado a solução para o conflito por meio de uma democracia forçosa ditada pelo medo e que, sobretudo por isso, teve participação no destino de todos aqueles homens —, subi ao convés acompanhado de outros à minha frente e enfim soube da verdade que nos esperava.

Não havia cidade, porto, nada que remetesse à possibilidade em que muitos de nós desejavam acreditar. O número 1 e tantos outros tinham razão. Havíamos de ser dizimados no porão do navio ou fuzilados pouco a pouco no convés e depois atirados em alto-mar, sem vestígios, sem chances, sem nenhuma dignidade, assim como as histórias que escutamos quando estávamos presos. Ao subir acompanhado dos outros dois à minha frente, nada pude fazer. Não lutei porque tudo havia acabado. O que vimos foi algo estarrecedor, embora tivéssemos ideia do que iríamos encontrar.

Tive dificuldades em escalar o monte de corpos na entrada da escotilha, provavelmente a maioria de homens do início da invasão. O número 1 devia estar ali, embaixo dos outros dez ou quinze corpos que estavam meio que amontoados. Aqueles homens foram como um escudo uns para os outros. Quando passamos essa barreira, consegui ver dois dos nossos homens vivos com metralhadoras nas mãos enquanto outros poucos estavam de pé, lavados em sangue e gritando coisas sem sentido.

O convés era uma carnificina sem limite, mas havíamos tomado conta do navio. Vomitei muito quando vi um dos soldados, que reconheci pela farda, com a cabeça e um dos braços arrancados do corpo. Imaginei nossos homens lutando sem nenhuma arma, com as próprias mãos ou com qualquer objeto encontrado em meio ao caminho da morte certa. Mas se os outros tinham metralhadoras, nós tínhamos o número e eu não quis pensar muito a respeito, mas é o que deve ter acontecido. Vi outro corpo em condições similares e vomitei mais uma vez.

Um dos que não haviam lutado, como eu, os últimos números, os beneficiados pela sorte ou pelo acaso, falou algo, ou melhor, gritou, pois todos os outros gritavam sem parar, como num transe. Ele disse para os que manejavam as metralhadoras que parassem imediatamente de atirar a esmo. Depois perguntou em tom muito alto quem estava vivo e sem ferimentos. Quando tudo se acalmou, sobretudo os tiros das metralhadoras, entendi pelo tom suave da sua voz que ele era o homem dos minutos, o homem da contagem que suscitou nosso motim. Eu ainda não sabia naquele momento, mas seu nome era Guillermo e ele seria um dos responsáveis por virar minha vida de cabeça para baixo.

Resolveram contar os homens de farda para evitar surpresas, três ou quatro de nós atentos, com armas nas mãos, e em vez de sete corpos, encontramos oito, havíamos esquecido do capitão do navio, o responsável pela navegação que levou dezenas de homens à morte. Tinha a cabeça esmigalhada com as pancadas que levou. O número 1 esquecera do capitão no calor da coisa, mas seus homens não. Depois de algum tempo, conseguimos contar os sobreviventes. Ilesos como eu havia nove, feridos pelos tiros havia doze. Outros cinquenta e dois de nós haviam morrido depois de um apertar de gatilho, assim como os oito militares. Apesar das baixas, o número 1 tinha razão quando afirmou que muitos de nós sobreviveríamos. Ele também foi mais um dos anônimos que mudaram a minha vida.

Resolvemos por unanimidade abandonar o navio, mas não ali. Precisávamos chegar mais perto da costa, e mesmo que cedo ou tarde aparecessem patrulhas devido à demora seria mais inteligente seguirmos com o navio, mesmo que não soubéssemos navegar, pois não conseguiríamos com toda aquela raiva do mar chegar a tempo à costa nos botes salva-vidas.

Foi o que fizemos de alguma maneira, diria que de uma maneira calcada no bom senso e nas parcas referências que tínhamos. Dessa forma o navio seguiu. Arriscamo-nos a tudo, inclusive a levar o navio de volta, pois estávamos numa escuridão absoluta e sem nenhuma noção de qual direção tomar, embora o que conseguíamos entender do radar nos sugerisse seguirmos em frente.

Ficamos nessa expectativa durante as duas horas que navegamos, tempo similar ao que tínhamos levado desde então. Estávamos tensos, mas, quando eu mesmo avistei Chiloé e a reconheci da minha infância e juventude no Sul, algo entre o alívio e a urgência nos tomou. A maioria dos feridos havia morrido no trajeto em função dos graves ferimentos, e, sem que ninguém dissesse nada, e digo isso por mim mesmo duas décadas depois, mesmo que tivessem nos salvado a vida, pensei que estaríamos melhor sem eles. Isso porque aparecer com um ferido à bala numa província do Sul naqueles tempos era como assinar um atestado de comunista guerrilheiro e outro de retorno à cadeia ou mesmo um atestado da própria morte.

Subimos nos dois botes salva-vidas que havia no navio, treze de nós ao todo. Os quatro feridos que vieram tentavam não gritar de dor como os outros, o que chamaria toda a atenção sobre nós. Tivemos que amordaçá-los com tiras de tecido da roupa dos que haviam morrido para diminuir o ruído. Eu, ainda que não tivesse sido atingido, poderia muito bem ter ficado no rol dos feridos, pois estava bastante machucado da surra que levara horas antes, além de estar cego de um olho, coberto por uma grande atadura presa à cabeça por uma faixa.

Apesar de tudo, cada um de nós era responsável por eles, e, quando desembarcamos na escuridão de uma praia de pescadores em Puerto Montt, a primeira coisa que fizemos foi procurar ajuda. Não havia sombra dos militares ali. Fomos, então, procurar os pescadores. Meu pai e minha família não viviam ali, e sim em Chiloé, mas Puerto Montt era a cidade do trabalho e do comércio da pesca e, portanto, temi encontrá-los. Mas não havia outra possibilidade.

Todos os habitantes daquela região compartilhavam uma vida simples, sem interrupções que não fossem as naturais, e pensei que caso meu pai estivesse ali, naquela praia, naquele momento confuso, ele talvez agisse da mesma forma de sempre. Só que eu menosprezava o medo que havia se instaurado no país, e a bondade peculiar de muitos daqueles homens semelhantes aos que convivi se transformava aos poucos em temor e resignação. Em apenas poucas semanas os golpistas haviam conseguido retalhar as características de populações que nem entendiam ao certo o que estava acontecendo.

Quando enfim conseguimos uma casa que se arriscou a acolher os feridos, alguém falou em chamar um médico conhecido da família, e isso já era o suficiente para darmos o fora. De maneira covarde, tivemos que abandoná-los para nos salvar. Essa era a verdade. Agradecemos ao médico e tivemos que dizer que, caso não conseguissem escondê-los, se algo causasse suspeita ou perigo a eles, ou caso qualquer um dos feridos corresse perigo de morte, o melhor seria largá-los em frente a um hospital e jogar toda a culpa em nós, os revolucionários nem um pouco revolucionários que haviam feito um motim suicida, matado a tripulação de um navio e fugido.

Entretanto, quando tudo isso foi descoberto no dia seguinte, quando o navio militar foi localizado à deriva próximo a Chiloé e Puerto Montt, já era um pouco tarde e nós seguíamos pelos lagos andinos, sob um frio implacável, que chegava aos dez graus negativos, numa lancha descoberta que conseguimos depois de contar ao dono, um velho índio mapuche que pendia para o anarquismo, nosso feito.

Nada daquilo era motivo de orgulho, sabíamos disso, mas era o que tínhamos para contar. E ele gostou do que Guillermo, nosso novo líder, calmamente lhe contou antes de pedir ajuda. O velho, que parecia não conversar com ninguém havia anos devido ao jeito recluso, nos olhou de cima a baixo com seus olhos fechados e disse que sim, que havíamos feito história e que, portanto, seria nosso guia.

Apesar das metralhadoras e pistolas que tomamos dos soldados, de termos dominado um navio do governo e, sobretudo, apesar de termos matado praticamente com as próprias mãos oito militares prestes a nos matar, não nos sentíamos heróis nem nada parecido. Estávamos com muito medo e tudo o que queríamos era sobreviver àquela loucura.

Ao fim da mesma manhã, atravessamos o primeiro dos lagos sob forte névoa e quando chegamos à terra, Hernán, o barqueiro mapuche de espírito anarquista, caminhou até uma casa em meio àquelas montanhas todas e bateu à porta. Conversou com outro homem e nos levou até os fundos do terreno, onde havia alguns cavalos. Montamos em dupla e seguimos em frente por cerca de uma hora até chegarmos ao outro lago. Esse homem que não conhecíamos, Hernán, que nos dissera instantes antes que fizemos história e, mesmo que ainda não soubéssemos, tinha mesmo razão, nos salvou a vida, pois conhecia todos que viviam naquela região patagônica.

Ainda assim, tivemos que atravessar outro lago para chegarmos a salvo até as proximidades de San Carlos de Bariloche, na Argentina, onde entramos por uma fronteira montanhosa, evitando assim a guarda de ambos os países. A partir desse ponto, com as orientações que nos deu, conseguimos após horas de caminhada chegar a um vilarejo, onde um conhecido seu nos pagaria um bom preço pelas armas. Estávamos exaustos e nossos corpos avançavam a um estado próximo da hipotermia quando chegamos ali, só queríamos comer e dormir.

Vendemos as armas sem saber com qual propósito e, a partir daí, decidimos nos separar para evitar qualquer indício de que éramos um grupo, mesmo que, na verdade, fôssemos somente um amontoado de homens que não sabiam os nomes ou sobrenomes uns dos outros e que continuavam a tratar-se pelos números com medo de saber coisas demais se acabássemos novamente presos.

Assim, cada qual tomou seu rumo, sozinho ou em dupla, conforme sugerido no nosso último encontro, ali mesmo naquele vilarejo. Uns queriam refazer a vida longe do Chile, talvez ali mesmo na Argentina, embora a situação não fosse lá muito diferente, ainda que momentaneamente estivessem em regime democrático. Outros pensavam nas suas famílias e numa maneira de tirá-los do país.

Guillermo era o único que queria voltar, mas antes precisava estabelecer alguns contatos em Buenos Aires. Decidi ir com ele, e, depois de uma bebedeira nos arredores de Córdoba, contei a ele o meu verdadeiro nome e a minha história incoerente. Ele riu muito quando falei tudo aquilo, como uma boa história entre bons amigos. Ele, afinal, se revelou um alvo de verdade que os militares haviam deixado escapar. Articulado politicamente, tinha suas conexões fora do país e conseguiu em pouco tempo, desde que chegamos a Buenos Aires, um lar onde pudéssemos ficar, além de dinheiro e novas identidades e passaportes. Entretanto, foi somente na nossa despedida no aeroporto de Ezeiza que, apesar de tudo, me dei conta de que estava indo embora de um lugar sem memórias e que, portanto, não tinha para onde voltar.

[...] *E também a semente do homem,*
e tudo o que há de mais belo e de mais aterrorizante em seu interior:
carne e ossos, bondade e rancor [...]

Quando ficamos assim, cara a cara, pareceu-me improvável que aquilo estivesse acontecendo.

Era como estar num pesadelo, daqueles bem realistas e do qual você quase implora para acordar. Mas a verdade é que eu não estava dormindo, tampouco sonhando. Eu apenas tentava entender como um mundo tão grande podia ser, muitas vezes, inexplicavelmente pequeno. A situação toda era urgente, absurda, desconfortável, e, para evitar que esse contrassenso fosse diagnosticado por ele a qualquer momento, falei rapidamente:

"Venha, se ficarmos aqui seremos ouvidos e impedidos de ir até o fim", disse levantando devagar e andando à frente, de costas para ele, para demonstrar confiança naquilo que estava propondo.

"Sem truques, Lazar, senão estouro a sua cabeça agora mesmo", ele ameaçou.

Ao ouvir isso, virei o pescoço e vi que a pistola continuava no chão à sua frente, que ele não havia se movido um centímetro sequer, provavelmente questionando a razão de estar fazendo aquilo, já que sempre estivera respaldado pelo poder e pela força.

Da minha parte, poderia dizer que confiei na palavra de um covarde e, caso tudo desse errado, pensei que seria morto do mesmo jeito que deveria ter sido vinte anos antes e que, no fim das contas, talvez não fizesse tanta diferença assim.

Pensar nisso era estranho e doloroso porque o curso natural da minha vida havia sido desviado tantas vezes e por tantos motivos que talvez por isso eu tivesse passado a entendê-la como sendo ilegítima, como uma adaptação ficcional. Eu era como um personagem de mim mesmo. Ao vê-lo ensimesmado, disse-lhe:

"Acalme-se, homem, não vê que estou desarmado", e completei, "não tenho mais nenhuma arma comigo, não sou e nunca fui um combatente, um guerrilheiro, o que seja, sou apenas um grafiteiro..."

Nisso, Piñedo me olhou de cima a baixo, um olhar desconfiado e de repulsa, o tipo de ódio que deve ter entranhado dentro de si e que talvez tivesse deixado repousar no fundo do âmago durante esses anos em que vivera escondido na Europa. Da minha parte, eu evitara até então deixar esses sentimentos escaparem, mas ali uma chama negra se acendeu e tudo o que eu pensava a respeito daquele homem me trouxe o retorno de algo mau, a náusea, e de repente tudo aquilo me era familiar, estranhamente compreensível, e eu, talvez naquele momento apenas, entendi que a minha existência como William White estava perto do fim.

Era como se a minha vida tivesse perdido a linearidade. Eu estava regredindo a um ponto que já havia abandonado. E isso acontecia por causa de um mesmo homem, mais um no rol dos que se achavam no direito de catalogar o certo e o errado.

O que quero dizer é que foi por causa disso tudo, mas, principalmente, por causa desse homem, que decidi deixar Santiago Lazar para trás e me transformar em William White. E vinte anos depois, por uma dessas coincidências estúpidas da vida, desses acasos incríveis que mais parecem saídos de um livro ou de um filme de baixa qualidade, ele apareceria e me desestabilizaria novamente, me mostrando o caminho de volta.

"Que lugar é esse?", perguntou.

Ele me seguia a alguns metros, com receio de alguma investida e provavelmente preocupado com a situação.

"Eu já te disse, é apenas o meu estúdio de trabalho, não se preocupe."

"Um porão", falou com desleixo.

E eu o rebati com propriedade:

"Bem se vê que não conhece a cidade a fundo, capitão, isso aqui é um bunker da Segunda Guerra, onde muitos se protegeram das bombas e da repressão militar, algo muito comum de encontrar em casas antigas como essa", disse e abri a porta.

Apertei os interruptores ao lado da porta, as luzes se acenderam e eu me afastei em direção ao fundo do lugar, voltando-me a ele.

"Agora é o lugar onde me isolo do mundo, de onde saio pouco", hesitei e depois continuei, "ontem foi uma exceção, mas acredito que uma exceção com propósitos, não?"

Ele abriu o mesmo sorriso ameaçador de quando estava no comando da situação.

"Sim, uma grande casualidade, mas em outros tempos não aconteceria dessa forma, posso afirmar, admito que você foi um dos esquecidos ou um dos que foram deixados de lado por não apresentar um perfil atuante que nos incomodasse e que por isso conseguiu chegar aonde chegou", fez uma pausa e recomeçou, "outros tinham mais poder de fogo, se é que entende."

"Neruda e Jara, que vocês mataram covardemente..."

"Jara era um anarquista e mereceu o que teve, e Neruda, bom, Neruda devia ter seguido seu caminho com seus poemas de amor..."

"Filho da puta!", gritei.

Ele riu. Tinha conseguido me tirar do sério.

"Vou tentar ser mais claro: você não significava nada pra gente, sabíamos que você não esperava a repercussão daquelas bobagens que escrevia e que aqueles jovens não representavam nenhum perigo", e nisso fechou a porta do bunker atrás de si, "não acreditávamos na juventude porque ela era e sempre será fraca e dispersa e não tem meios de interferir em qualquer plano porque o poder só pode ser combatido com outro ainda mais forte, um poder que já esteja institucionalizado, e não essa interferência das ruas que gostam de mostrar na televisão."

Ao falar, ele me olha com olhos de quem tenta me anular, me espezinhar, é a velha tática que vem à tona, a tática da desconsideração, da humilhação, e ele continua com o discurso tentando inocular o desprezo e a futilidade naquilo tudo que vivi.

"Os mais importantes, os que tinham viés político foram monitorados e até mesmo exterminados fora do Chile, causando um mal-estar terrível entre os governos, o que abalou nossa diplomacia internacional, ou você acha que só lá tomaríamos conta dos nossos detratores?"

Ele teve que respirar para continuar. Olhava fixo na minha direção, mas a verdade é que parecia estar olhando através de mim.

"Para falar a verdade, Lazar, o general estragou tudo porque foi aconselhado pelos homens que realmente dão as cartas de que seria uma burrice continuar do jeito que estava, já que alguns dos nossos vizinhos tinham concordado em amenizar a situação anos antes", respirou e deu dois passos na minha direção antes de continuar. "Era tudo uma questão de vaidade, mas faltava carisma e o velho foi derrotado nas urnas. Por muito pouco, diga-se. É verdade que ele se manteve no poder, mas sem apoio popular e político. Sua força é apenas militar, o que hoje em dia não significa muito."

Eu não quis fazer nenhum comentário e interrompê-lo porque sabia que ele queria contar sua história. As pessoas que passam um tempo sozinhas quando encontram alguém do passado desatam a falar, mas quase sempre falam de si para si mesmas.

"De fato, ficamos à deriva e sem respaldo, todo mundo odiava a gente, éramos alvos de toda aquela corrente que iria nos expulsar dali mais cedo ou mais tarde e eu e outros tantos tivemos que sair daquela latrina antes que a merda toda explodisse", segurou o pensamento antes de continuar, "eu só fui autorizado a vir agora, depois das eleições, sem qualquer missão que não fosse viver uma vida completamente distinta da minha e permanecer calado", respirou antes de continuar, "como já te disse, aqui na Inglaterra temos a vantagem de sermos invisíveis por termos sido aliados no Pacífico Sul."

Ficou quieto por um longo tempo, olhando na minha direção como se eu fosse um fantasma, como se observasse seu próprio passado através de mim. O sentimento era recíproco.

"Se você é um homem sem missões, o que faz aqui exatamente?", perguntei.

Mais uma vez ele demorou a responder.

"Caro Lazar, se eu te dissesse que honestamente não sei o que vim fazer aqui, você não acreditaria", fez uma pausa e continuou, "pior, você não acreditaria que não foi você e esse tapa-olho preto que mais me chamaram a atenção, que me convenceram a te seguir. Foi a minha intuição, essa maldita intuição que me acompanha há tanto tempo e que não me deixa viver sem que eu seja desconfiado de tudo. Mas se bem que desta vez eu acertei na mosca. Você acha mesmo que vocês fariam um motim histórico, que matariam nossos homens com as próprias mãos, que nos fariam de idiotas diante do país e do mundo, que tudo isso acabaria assim? Uma hora acabaríamos te encontrando, mesmo que dessa forma."

Acabou o discurso de maneira exaltada, cuspindo as palavras e exagerando nos gestos.

Ali, os pensamentos que tive me aterrorizaram porque não consegui não me comparar àquele homem. Como ele, eu não conseguia seguir adiante, embora levasse uma vida interessante na Europa durante vinte anos, aquilo não existiria de fato se tudo não tivesse acontecido.

Não quis me aprofundar nas motivações que nos fizeram ficar frente a frente duas décadas depois, tampouco transformar aquela conversa entre dois homens de pensamentos opostos em algo minimamente justificado. Repeti o que havia dito instantes antes na sala.

"Se vencer, faça comigo o que quiser, não me importo; se perder, faço com você o que eu bem entender, como homens que somos, parece justo?"

Piñedo evitou o sorriso de escárnio, sabia que estava apalavrado e que caso resolvesse romper o acordo teria de viver com mais um dos seus atos covardes, talvez o pior deles.

"Vamos, homem, levante a guarda", disse ao mesmo tempo que armava os braços da maneira como Gustave me ensinara.

Eu estava acima do peso e com certeza tinha perdido muito em agilidade. Não fazia uma boa luta fazia pelo menos uns três anos, mas isso não me impediu de fazer a proposta, que me pareceu ser a melhor forma de tentar escapar daquela armadilha. Por outro lado, Piñedo parecia estar em forma, ainda que beirasse os cinquenta anos. Era magro, embora musculoso. Eu não sabia que tipo de treinamento ele tivera na sua vida militar, mas pouca coisa não deveria ter sido. Pelo corpo que ainda mantinha, devia treinar com assiduidade. No mínimo deve ter sido treinado pelos ianques. Os ianques de merda, como dizia a pichação.

Nos aproximamos e olhamos um para o outro com estranhamento. Jamais um de nós imaginaria passar por aquilo, mas parecia que gostamos. Dei um primeiro golpe e logo percebi sua agilidade ao desviar. Não poderia arriscar sem a certeza de atingi-lo, pois ele me daria o contragolpe. Gustave me disse inúmeras vezes que a resistência era minha maior virtude. Pensando nisso, testei a capacidade do soco de Piñedo, que me acertou as costelas com muita potência. Recuei.

O espaço do centro do bunker tinha um tamanho bastante razoável, quase o de um ringue de treino. Ao seu redor, quase nada, só algumas cadeiras dispersas e uma mesa, onde eu fazia as refeições quando não queria interromper meu trabalho por muito tempo. Avancei e consegui acertar a orelha esquerda com força. Deve ter doído, pois ele fez uma careta horrível e pausou a luta.

"Você mudou muito, Lazar, está mais forte, mais gordo, os ares europeus parecem ter te feito muito bem. Se ficasse no Chile provavelmente continuaria sendo fraco e frágil como era, pelo menos agora você tem mais chances de se defender", dizia e rodeava o eixo circular imaginário que formávamos.

Eu estava cansado daquele homem dizendo coisas sobre mim, coisas nas quais ele realmente parecia acreditar, um ponto de vista maldito sobre tudo o que de alguma forma nos relacionava. Nisso, ele me devolveu o soco, outra vez nas costelas. Entortei o dorso para minimizar o impacto do golpe, o que de fato aconteceu devido à mistura de músculo e gordura que tenho nessa região. Mesmo assim não evitei bufar e engasgar por alguns segundos, quando recuei. O desgraçado parecia ter pedras nos punhos em vez de ossos.

Entendi seu jogo. Ele procurava minar meu corpo e minha mente golpeando-os alternadamente, sem que eu tivesse chance de assimilar, buscando minha confusão, meu esgotamento, minha confissão. Piñedo usava os mesmos artifícios da tortura. Aquele homem era um facínora. Nisso, ele puxou a corrente com a santa do pescoço e a pôs na boca. O mesmo movimento que fizera vinte anos atrás no Chile ou horas antes no Soho.

"Nunca vou conseguir entender como um lunático como você pode acreditar numa santa", disse e me mantive afastado ainda para recuperar o fôlego, "não que a história não esteja cheia de malucos e idiotas que acreditam na salvação pelo sagrado."

Ele apenas sorriu e disse que aquilo era propaganda da Igreja e também que o pingente havia sido um presente da sua mãe, então carregava a medalha só por isso.

"É uma recordação da minha velha, não me importo com a santa."

E assim que falou isso dei um soco bem no meio do peito e outro no braço esquerdo, quando ele protegeu os rins, e outro no antebraço, quando ele me impediu de lhe acertar a cara. Enquanto tentava se aprumar, ainda desnorteado pela sequência, dei-lhe outro golpe, dessa vez certeiro, no nariz, e pude sentir o estalo nos nós dos meus dedos quando o osso se quebrou.

No instante em que recuou, arranquei a corrente do pescoço, momento em que fiquei com o braço respingado pelo sangue que saía em abundância do nariz e encharcava o seu bigode espesso. Me afastei para me limpar até um armário de parede em que havia algumas toalhas e lhe atirei uma. Piñedo me amaldiçoava. Eu disse para que ele estancasse aquilo logo porque a luta ainda não tinha terminado.

"Me devolve a medalha", ele disse com a toalha sobre o rosto. O sangue e a raiva nasalavam a sua voz.

Foi minha vez de sorrir. Ele me olhou desconfiado, confuso, e subitamente se aquietou, arqueando a cabeça para trás, tentando estancar o sangue. A intensidade do seu olhar rasteiro, porém, revelava que seus pensamentos iam e vinham em busca de uma resposta ou atitude. Ganhava tempo, o cão treinado.

"Muito bem, Lazar, você me acha responsável por tudo o que aconteceu com você, não é?", perguntou afirmando, "mas esqueceu do que a maioria desejava?", ia continuar, mas eu o interrompi.

"Capitão, não me faça perder tempo ouvindo argumentos de duas décadas atrás. Já te disse que eu não era e nunca fui um homem da política, que tudo o que fiz foi porque eu era jovem e aquilo me desafiava. Aliás, eu poderia mesmo te agradecer pela vida que levo hoje porque sou rico, famoso e querido por muitos, e não se leve tão a sério quando diz que mudamos isso ou aquilo porque você está sozinho agora, foi abandonado como se abandona um animal doente nestes novos tempos democráticos em que não há mais espaço para aberrações como você."

Comecei a espezinhá-lo novamente, observei-o de cima a baixo com nojo.

"Olhe pra você, ponha-se no seu lugar, você era apenas um torturador, um fantoche programado para causar dor e morte como existiram muitos em todos os momentos da história do mundo, que não são lembrados, não entraram nominalmente nos livros, ainda que tenham causado traumas pessoais e físicos a muitas pessoas como eu", tive que respirar um pouco antes de continuar, "só assim você poderia levantar esse sorriso frouxo, voltar com seu sarcasmo habitual e pensar que sim, que alguma importância você teve por matar alguns e aleijar outros, e a partir desse raciocínio, sim, faz sentido que você possa ganhar sua medalha suja, mas, sinceramente, não dou a mínima pra isso, como não dou a mínima para o seu nariz quebrado e também pra essa santa que sua mãezinha te deu", e nisso arrebentei o cordão com as próprias mãos, atirei-o ao chão às minhas costas e, ali, naquele instante, senti seu ódio caminhar até mim através do ar.

Na mesma hora ele veio, desarmado de prudências, com a raiva tomando conta dos seus sentidos, e nisso me acertou uma, duas, três vezes e com muita força os braços e a cabeça, mas se desprotegeu. Por isso golpeei seus rins com toda a potência que consegui, e quando ele se curvou sem fôlego para a frente, comecei a bater com força no seu rosto, de baixo para cima, para que não caísse tão rápido.

Piñedo sentiu que estava perdendo e se aproximou da porta, atirando-me uma cadeira e depois outra. Tentou abri-la provavelmente para ir correndo buscar a pistola, arrependido amargamente da sua decisão de lutar, mas a porta estava trancada por dentro, ele mesmo tinha trancado quando a fechou. Covarde.

Disse que ele não se preocupasse pois eu tinha as chaves ali no bunker e pedi que parasse com as cadeiras, que seguíssemos com o que nos propusemos, e mesmo com o nariz e a boca tomados pelo sangue ele me fuzilou com os olhos e conseguiu dizer novamente, me devolve a medalha, e eu pensei que não havia significado nenhum naquele seu gesto a não ser o apego a um passado distante que ainda lhe era caro e, com isso, eu senti uma espécie de excitação por ter tomado algo importante dele, assim como ele havia feito comigo.

Quando vi Piñedo ali, ferido, acovardado no canto do bunker, compreendi que mesmo que eu fosse um homem disposto a tudo para apagar essa mancha, para exterminar essa doença do passado que ali surgiu para matar a realidade que criei como William White, eu não saberia fazê-lo senão ao meu modo. A verdade é que naquele momento nós dois éramos parte de um mesmo vértice, homens com existências alteradas e vidas escamoteadas.

Piñedo fora rechaçado por uma nova ordem que não permitiria que os coadjuvantes da escória seguissem atuando nessa história de iniquidade que nos foi imposta, ainda que os protagonistas continuassem em vigência como uma sombra que não quer nos deixar.

Eu, por outro lado, tinha a metade da vida metida numa mentira, talvez não exatamente numa mentira, mas numa invenção, uma invenção da memória que se sustentou por um longo período, mas que se estilhaçou ali.

Eu e ele havíamos decidido lutar sem ainda compreender que ambos já estávamos derrotados antes mesmo do primeiro golpe.

[...] *É daí que nascem as folhas dos bosques*
e as falhas dos homens,
e as amargas circunstâncias que chamam de vida [...]

A chuva que cai há dias ou mesmo há semanas, e que, ao vê-la cair através da janela, eu imagino que poderia durar para sempre, me deixa feliz.

Estou preparado, pois conheço-a muito bem e sei que não adianta praguejar porque ela vem naturalmente, assim como vai.

Não é uma chuva violenta e curta como as tropicais.

É sobretudo uma chuva paciente e duradoura.

Por isso há que se preparar para os tempos de chuva.

Os tempos em que somos obrigados a viver de maneira isolada devido às barreiras nas estradas, enfurnados em casas e comendo mantimentos que somos habituados a guardar, principalmente os grãos, as conservas e o peixe salgado.

Faz semanas que basicamente tomo sopa de peixe com arroz e não tenho do que reclamar porque é quase tudo o que tenho aqui e me basta.

Também tenho vinho em abundância, produzido por um amigo que está me ensinando o processo de produção.

Quando a pequena vinha que cultivo nos fundos da casa já

há algum tempo der seus frutos no verão, iniciarei essa nova atividade.

Enquanto isso, continuo com o trabalho de carpintaria, ofício que aprendi nas andanças que fiz.

Eventualmente também pratico a pesca, mais por distração que por necessidade, já que ganho a vida construindo coisas para a cidade mais próxima deste fim de mundo onde vivo hoje.

Além disso, ainda escrevo um pouco.

Dessa vez, só para mim.

No meu idioma nativo.

Sem muros ou instalações fechadas.

Apenas nas linhas dos cadernos que comprei antes de o inverno chegar com toda a sua brutalidade.

Pois aqui, no Sul, é assim: a natureza é quem manda.

Os bosques e as montanhas posicionam o mundo de um jeito vertical, e, nessa época, tudo parece ser apenas preto, cinza e branco.

Viver aqui é como resumir a vida.

[...] *Como um errante sem bússola que vaga de um ponto a outro,*
Alimentando lembranças
E forjando uma história.

Quando Piñedo apareceu, me fez entender que Will White deveria morrer, embora ele quisesse mesmo matar Santiago Lazar.

Entretanto, diante de tais circunstâncias que eu não esperava encontrar, Piñedo acabou mesmo por matar Will White, sem imaginar que, com isso, ressuscitaria Santiago Lazar ou o libertaria de um limbo de vinte anos.

De alguma forma, e apesar de muito nebuloso, sabíamos disso tudo quando decidimos largar as armas, talvez a atitude mais incoerente que tanto eu quanto ele tomamos nas nossas vidas. A verdade é que nós dois estávamos fartos das nossas representações, das coisas todas que nos cercavam e, sobretudo, fartos de fugir.

Quando tomei dele a corrente da santa, que na verdade era apenas um pingente de ouro carente de religiosidade mas que era um elo com a mãe, quem sabe um elo com o passado de uma infância ainda com alguma inocência e sem corrupções, senti que foi naquele momento que ele se fragilizou.

Ficou no canto do bunker, me fitando e dizendo que só não

tinha me cegado o outro olho porque percebera o quão idiota eu era por me meter naquilo sozinho, sem ideologias, como insistia em dizer. Continuou contando que quando percebeu que eu era apenas um garoto inofensivo que pensava coisas demais, não quis mais perder seu tempo comigo, acrescentando-me à lista dos prisioneiros que iriam ao navio. A lista da morte. Nomeou-a assim.

Vinte anos depois, ao ouvir a terrível maneira de falar de um homem monstruoso, soube enfim quem de fato tinha me metido naquele navio e confirmei a convicção daqueles homens perdidos na escuridão daquele porão.

Pensei no número 1, pensei em Guillermo, mas, sobretudo, pensei nos homens anônimos cujos números eram anunciados um por um enquanto se perfilavam à espera da batalha injusta e covarde que haviam decidido lutar. Sobre nós, Piñero se referiu como a escória dos prisioneiros, os que pensavam ser algo, mas que carregavam a insignificância até o último fio de cabelo, falou exatamente com essas palavras como se fosse uma glória particular.

Talvez só então eu tenha descoberto o motivo de ter abandonado minha arma mesmo sem saber o que aconteceria dali em diante. O fato é que eu não precisava dela, pois não queria matar ninguém. Eu só queria ter o direito à luta que não lutara por ser o número 73, o número da desgraça de todo chileno e das futuras gerações de chilenos que, de uma maneira ou de outra, tiveram suas histórias violentadas para sempre.

Piñedo quis aproveitar minha distração para recuperar o fôlego. Depois de um tranco forte e um grito horrível de dor, pôs o nariz no lugar e, com a toalha, conseguiu estancar o sangue. Deixei-o fazer isso porque queria ouvi-lo, mas Piñedo se tornou tão repetitivo e intragável no seu discurso de soberania que, a partir daí, com a sobriedade que o campeão Gustave me ensinara, num rompante, avancei novamente sobre ele e lhe apliquei vários outros golpes de boxe treinados à exaustão naqueles anos em Paris. Me senti bem. Eu voltava à forma contra um inimigo poderoso.

Ele ainda tentou revidar contra-atacando minhas costelas, que era sua estratégia inicial, mas foi como se algo se apoderasse de mim naqueles instantes, uma espécie de proteção invisível, porque eu não sentia dor alguma quando ele me batia, já não sentia sua mão de pedra, estava anestesiado de tudo e por isso não precisava recuar. Tudo o que eu fazia era avançar na sua direção, encurralá-lo e duplicar a força a cada golpe.

Ainda hoje não saberia dizer o quanto aquilo durou, era como se o tempo estivesse suspenso naquele espaço, e quando dei por mim Piñedo se arrastava como uma cobra pisoteada pelo chão com as mãos sobre o rosto e o nariz e o supercílio a esguichar o sangue num fluxo contínuo. Então ele desmaiou.

Nos dias que se seguiram, tudo o que eu fiz foi cuidar daquele parasita. Cuidei dos cortes do rosto, costurei os mais profundos, apliquei ataduras e arrumei-lhe o nariz mais uma vez. Do resto, o próprio corpo cuidaria. Também o alimentei com boa comida, a mesma que eu comia. Fazíamos as refeições juntos, no bunker. Soltava uma das suas mãos das algemas que havia comprado no mercado negro, mas mantinha a outra e também os pés bem presos a uma cadeira de ferro maciço que trouxera da casa.

Não o libertava completamente por um motivo simples: no dia seguinte à sua inesperada visita eu havia jogado sua pistola e o meu revólver nas águas barrentas do Tâmisa e, portanto, não havia como vigiá-lo sem que estivesse preso. Ele se irritava com essa nova situação. Eu lhe dizia para se acalmar, que a tortura não fazia parte do meu repertório. Ao contrário, eu queria que ele ficasse bom novamente.

A verdade é que eu não sabia muito bem aonde queria chegar nem o que pretendia fazer. O que aconteceu em seguida foi que senti uma vontade extraordinária de trabalhar. Era como se aquela situação tivesse invadido um território há muito adormecido, um território de pensamentos procrastinados e que agora surgiam naturalmente como se a minha liberdade se resumisse e dependesse apenas daquela rotina estranha que fora criada por mim, mas também por ele. À medida que o trabalho avançava, eu compreendia que precisava cada vez mais dele ali, pois aquele homem, seu passado e tudo o que me uniu a ele eram a fonte de inspiração que regia aquele novo trabalho que, certamente, seria o último que faria.

Durante todos aqueles meses eu preparei a instalação na minha própria casa. Grafitei, pintei e escrevi em todos os cômodos. Além do preto e do branco, que eram minha marca registrada, resolvi usar também o vermelho. Tenho de admitir que a cor me exauriu quando a utilizei em maior volume na obra principal, que ficou na sala de estar. Senti muitas náuseas, um calafrio intermitente e tive que fazer vários intervalos antes de prosseguir.

Eu estava bastante nervoso com a proximidade da abertura da instalação aos maiores críticos da Europa, o que Martha planejara sem saber mais detalhes, mas com extrema competência. Eu ia fazer uma exposição pública de trechos da minha vida privada, uma história que havia sido resgatada subitamente no momento em que vi Piñedo, o torturador implacável com roupas de passeio de férias, sentado confortavelmente na poltrona da sala de estar da minha casa me apontando uma pistola. Ali, sem saber, ele me fez compreender coisas nas quais eu evitava pensar havia muitos anos e, com isso, aquele homem me trouxe de volta. Fui falar com ele.

"A partir de amanhã você estará livre", comecei, "mas essa

liberdade será ao meu modo, muito diferente de quando nos mandou à morte naquele navio..."

Ele ficou calado esperando alguma resposta de como isso aconteceria e eu apenas continuei o raciocínio.

"Ao meu modo, capitão, como um poeta ou um grafiteiro, e, pra falar a verdade, demorou vinte anos para que eu compreendesse isso."

E nisso abri a grande sacola da loja na qual havia uma roupa escolhida especialmente para ele.

"Me deixei levar por essa ideia, sobretudo quando você insistia em dizer durante dias a fio que eu era apenas um idiota solitário sem ideologias, uma vítima do acaso que deu o azar de agradar algumas centenas de jovens igualmente idiotas..."

Tirei-lhe as algemas dos pés e saquei suas calças e os sapatos. Ele cheirava mal, apesar de eu lhe lavar o corpo com uma toalha úmida e sabão de tempos em tempos.

"Fazemos parte de um país que ama sua poesia e seus pensadores, capitão, o que me faltava era confiança para acreditar que eu também poderia ser como um deles, como Parra, Pablito ou Jara, mas ali, naquela sala de tortura, eu negava tudo por medo de morrer, e também porque de certa maneira aderi à sua lavagem cerebral, me minimizei, me acovardei, a bem dizer..."

Fiz uma pausa porque tive dificuldade em lhe calçar os coturnos, mas também porque me emocionei.

"Quando cheguei aqui, fiquei durante muito tempo em silêncio devido ao idioma, procurava trabalhar dia e noite para não ter que pensar no que havia acontecido e tive que trocar outra vez de identidade para evitar problemas com a imigração..."

Tomei mais cuidado ao vestir a camisa e o casaco nele, ainda que estivesse com os pés presos e os olhos vendados. Isso eu havia me esquecido de contar. Vendei-o desde o início, por precaução, mas depois porque não queria que ele visse nada do que eu estava produzindo antes do seu término. Afinal ele seria mais do que um espectador. Para arrematar, enfiei o quepe com dificuldades na cabeça grande. Continuei observando-o de cima a baixo.

"Muito bem, não está perfeito, mas está bastante razoável, já que me deu muito trabalho encontrar uma farda parecida com a de vocês, capitão, tive que improvisar peça por peça, inclusive em lojas de fantasias, e fico pensando como alguém pode querer se fantasiar de torturador", e dito isso dei uma forte aprumada no casaco e sentei-me numa cadeira à sua frente, "mas voltando ao assunto, capitão, o mais instigante é que, mesmo vivendo como William White, eu passei a sentir mais uma vez aquela mesma insatisfação e, num dia qualquer, sem pensar muito a respeito, comprei o spray e comecei a fazer a mesma coisa que fiz em Santiago, eu precisava daquilo como os pulmões precisam de ar, entende, era como um sinal de que eu estava vivo, mesmo com uma nova identidade e uma história improvável inventada e repetida tantas vezes que passei a acreditar nela, e, parece mentira, mas tudo aconteceu novamente, quase da mesma maneira, e isso fortaleceu ainda mais minha convicção de que essa nova vida deveria ser mantida sem intromissão do que havia acontecido no Chile, por isso eu nunca mais falei uma palavra sequer em espanhol e também nem ao menos pensei em retornar para a América…"

Piñedo não falava nada. Seu silêncio era como uma tortura. Mais que isso, era como uma desonra. Quanto a mim, eu sentia nojo e raiva. Continuei.

"Faz vinte anos que vivo dessa maneira, capitão, então você aparece do nada, como um fantasma que quer me aterrorizar, que me procura sem um motivo claro, apenas por instinto, como você mesmo disse, e me aponta uma pistola na cara na minha própria casa antes mesmo que eu pudesse mijar ou tomar um café. Por que você veio atrás de mim, seu filho da puta?!"

Achei que ele permaneceria calado, mas Piñedo resolveu falar, e falou devagar, como se movido por uma reflexão que acabara de ter e que precisava ser fundamentada dentro da cabeça.

"Essa é minha natureza, Lazar, sou assim, fui educado dessa maneira, treinado dessa maneira e, sobretudo, sempre gostei de ser o mais forte, e por ser assim me tornei um dos melhores, ou o melhor, e pode ter certeza de que se estivéssemos em posições invertidas eu te faria sofrer do mesmo jeito que fiz da primeira vez, arrancaria com minhas próprias mãos teu outro olho e o esmagaria com o sapato", e respirou fundo para depois arrematar, "cada um ao seu modo, como você mesmo disse."

Depois que falou, olhei para aquele homem terrível pela última vez, mas ele não sabia disso. Já não tinha ódio nem compaixão do homem à minha frente. Não sei explicar. Era como se tivesse se formado um vácuo dentro de mim e eu ficasse indiferente a ele. Acho que naquele momento entendi que certas coisas dessa vida nunca poderão ser alteradas. Tapei-lhe a boca com fita adesiva e o arrastei até o meio do lugar.

Ao nosso redor as paredes estavam completamente preenchidas de outras partes da exposição. Fiquei um bom tempo olhando aquilo tudo. Havia vivido momentos importantes ali, era inegável, muito embora já tivesse entendido que aquele bunker, aquela casa e aquele país estavam em desacordo com o que de fato eu passei a acreditar que era meu caminho natural.

Ao sair do lugar, fechei a porta, abri uma última lata de spray e grafitei:

ENTRE. MUSEU DA TORTURA.

Depois, ainda em frente ao bunker, liguei a TV e o videocassete e deixei a imagem congelada no início da fita em que Piñedo falara sobre muitas coisas do passado sem saber que estava sendo filmado porque estava vendado. Eu havia legitimamente conquistado o direito sobre isso e também sobre a decisão de mantê-lo encarcerado e algemado como consequência de um acordo entre homens. Mesmo assim, não me utilizei da força para fazê-lo falar. Tive, sobretudo, que ter paciência e método para conseguir as confissões. Mas eu não tinha pressa. E foi exatamente dessa maneira que segui com a vida naquela primeira manhã e a cada dia, um após o outro, até chegar o momento da minha partida, meses depois.

Quando tomei o avião rumo à Argentina para depois seguir por terra ao Chile, eu já não era William White. Mais uma vez tive que me valer de recursos escusos para conseguir uma nova identidade. Era a terceira vez que eu fazia isso na minha vida.

Antes cortei o cabelo e raspei a barba. E pela primeira vez em vinte anos tirei o tapa-olho em frente ao espelho. Fiquei alguns minutos olhando aquela cavidade frouxa e estranha e pensei de maneira natural que mais adiante talvez pudesse implantar um olho de vidro. Estranhamente, não senti nada. Esperava por algo, mas nada aconteceu. Então apanhei os óculos escuros e os ajeitei no rosto.

Naquele dia fazia um sol improvável para uma cidade como Londres. Enquanto aguardava o táxi, usei meu canivete suíço para arrancar a chapa de metal com a numeração da casa. Logo depois chacoalhei com força o mesmo spray preto que havia trazido e escrevi na porta branca e larga da minha casa que transformei em galeria: número 73. Era o nome do meu último trabalho.

Ao terminar, não sabia que consequências aquilo teria em todos os âmbitos, do artístico ao político e ao jurídico. Talvez fosse uma bomba na diplomacia dos dois países perante o mundo todo.

E talvez William White tivesse que prestar esclarecimentos sobre o que havia feito com aquele homem. Mas William White desaparecera e eu não me importava. Ele não me interessava mais. Estava cansado desse norte a que me foi possível chegar. Estava cansado de fugir.

E foi exatamente por esse motivo que, quando o falsificador

me perguntou o nome que eu desejava ter no novo passaporte, eu nem hesitei em dizer:
 Santiago Lazar.

PARTE 3
Paramaribo
(80-00)

Diziam que eu era um crápula. Um dissimulado. Um traidor. Um inescrupuloso. Um canalha. Ou até mesmo um grande filho da puta. A lista de impropérios e acusações era enorme. E foi crescendo com o tempo e à mesma medida que eu ficava cada vez mais em evidência e, a partir disso, mais influente.

Aumentava também minha lista de inimigos, embora ninguém fosse me desafiar para um duelo, tampouco me dar um tiro pelas costas, sobretudo porque sempre busquei estar do lado mais forte, e, de uma maneira ou de outra, os tempos eram outros. Era mais fácil um desafeto, com um sorriso cheio de dentes brancos e uma informação privilegiada, me convidar para jantar ou tomar um drinque.

Estávamos no auge dos anos oitenta, uma época em que o corporativismo, a ambição desenfreada, o dinheiro, o poder, a libertinagem e o excesso de bebidas e drogas não só faziam parte do jogo, como eram as próprias regras que moviam esse jogo. É por isso que, passada a ansiedade inicial, eu já não me incomodava com mais nada que meus detratores pudessem dizer.

Estava anestesiado das antipatias, das pequenas chantagens e dos arroubos de inveja. Que esses chupadores entrassem na fila.

No fundo, tudo era uma questão de agarrar a oportunidade certa, embora isso só ocorresse depois de um longo período em que a única regra era o vale-tudo. Ainda mais no meu meio, uma selva escura e traiçoeira repleta de trepadeiras e predadores que querem te sufocar, mastigar e engolir. Só porque escolhi um caminho mais aceitável, e compreendi que essa decisão seria um divisor de águas na minha vida, me culpam.

A questão é que no fim dos anos setenta, momento em que eu já tinha uma carreira sólida entre as redações dos grandes jornais do país, a coisa toda já estava meio no fim. Os golpistas já não queriam confusão e a anistia tinha sido anunciada, ainda que caminhássemos a passos de formiga em direção à volta da democracia. Por isso, no início, ainda sem racionalizar a situação com clareza, fiquei incomodado quando fui escalado para trabalhar em Brasília, sobretudo também porque eu tinha acabado de me mudar para a zona sul do Rio, onde passei a viver num apartamento de duzentos metros quadrados de frente para a lagoa e com vista para o Pão de Açúcar.

Naqueles anos eu tinha uma vida pra lá de boa. Fazia minhas reportagens pelo Brasil, viajava para o exterior com bastante frequência para coberturas relevantes e de repercussão, frequentava ótimos restaurantes, festas e boates da moda e ainda tinha tempo para os meus casos esporádicos. Não tinha nada a reclamar. Minha vida seguia uma trajetória linear e ascendente, com variações mínimas.

Vou explicar melhor a minha negativa em relação a Brasília. Alguns anos antes eu morava num quarto e sala chinfrim no Méier a quilômetros da praia, ia de transporte público ao trabalho e a personalidade máxima que eu conseguia entrevistar era de um maravilhoso círculo de fontes jornalísticas formado por policiais, criminosos e vítimas, cuja habilidade para se expressar era bem parecida entre si. Depois de muito tempo, e a muito custo, consegui virar a mesa. Por tudo isso, eu era um fã ardoroso da minha estabilidade. Principalmente quando pela primeira vez olhei a vista espetacular do meu novo apartamento num dia de sol e, com os braços bem esticados através do janelão, fiz uma singela banana em homenagem a todos os que queriam me ver pelas costas.

Então, semanas depois, o chefe me chamou para aquela conversa na sua sala, o que era bastante corriqueiro naquele momento. Entretanto, quando o chamado era formal, por meio da secretária, como aquele, eu já sabia que o assunto era mais sério. Entrei na sala e, como em todas as outras vezes, parecia ter entrado num sarcófago. Assim que sentei na cadeira diante dele, uma nuvem de fumaça se aproximou de mim, o que me fez ter um ataque de tosse. Acendi o meu cigarro.

"Vou ser prático e ir direto ao assunto. Vilela, o chefe, quer que você vá em definitivo para Brasília."

Se o chefe era ele, pensei então que só podia ser o dono do jornal que queria me mandar para lá.

"Por que eu?"

"Ordens superiores. Avaliamos que você é o mais qualificado para ser o nosso homem forte em Brasília. Precisamos estar mais evidentes na capital agora que as coisas estão desmoronando. Fazer um corpo a corpo, compreende? Um tête-à-tête. A boa notícia é que finalmente abriremos uma sucursal e você será o encarregado de chefiar a coisa toda."

Não consegui falar nada ao Borges de pronto. A abertura de uma sucursal na capital era pauta constante no jornal fazia muitos anos, mas nunca se concretizara de fato. Diziam à boca miúda que por pequenas divergências entre os interesses dos dois lados. Eles, enfim, deviam ter chegado a um acordo e me colocariam como testa de ferro dessa empreitada.

"Você sabe, os homens de farda gostam das suas matérias. Principalmente das reportagens humanistas que fez com o general quando ele viajou para o Oriente. Você conseguiu fazer aquele tremendo carrasco ficar parecendo um carneirinho."

Eu realmente havia feito aquelas reportagens alguns anos antes e aliviado um pouco a barra do general a pedido do próprio dono do jornal. Lembro que ele mesmo mandara o Borges me chamar à sua sala, noutro andar do edifício, mais alto e mais inacessível. Quando digo inacessível é porque ir até lá convocado pelo Grão-Mestre do Universo — apelido meio idiota que lhe demos porque naquela época pensávamos que só os maçons e os judeus eram sacanas e espertos o suficiente para formar impérios (e ele não tinha nenhum sobrenome judeu) — era como fazer parte de um clube particular oculto e misterioso. Ouvíamos lendas, especulações sobre repórteres que supostamente haviam sido convocados por ele em tempos remotos, mas nunca ninguém abriu a boca para confirmar qualquer indício. Quando questionados pelos outros, pobres-diabos curiosos e sem expectativas, só riam e logo davam as costas.

O que percebíamos tempos depois, porém, é que esse grupo pequeno de repórteres parecia ter muitos privilégios em relação às pautas e, para falar a verdade, em relação a tudo. Até o café deles era mais quente que o nosso, pois as copeiras sempre passavam sorrateiramente pelas suas mesas avisando-lhes baixinho que o cafezinho quentinho havia acabado de sair; isso quando não serviam o café a eles, acompanhado de biscoitos. Pensávamos sempre se aquilo seriam ordens expressas. A cada semana eles também pareciam vir com uma roupa nova, com um corte de cabelo sedutor, perfumados e elegantes em seus blazers claros de algodão. Não demorava muito e logo também corriam as notícias sobre o carro novo que fulano ou beltrano havia comprado. Na redação, aqueles idiotas alinhados nos tratavam como se fossem seres superiores e nos pediam favores como se pede algo ao office boy. Eles agiam naturalmente, como se toda a vida tivessem feito aquilo, e se alguém se indignasse com tal situação, eles apenas diziam algo como:

"É uma pena que você não goste de trabalhar em equipe."

E logo esse repórter seria escalado para verificar supostos problemas estruturais no esgoto da cidade durante semanas. Enquanto isso, eles revezavam as manchetes.

A verdade é que parecíamos uns vagabundos com a barba por fazer, com a roupa surrada e com o hálito desagradável de café e cigarro. Quando eu percebi isso, mudei meu comportamento da água para o vinho e passei a imitar aqueles quatro ou cinco que agiam de maneira diferente. No começo fui motivo de deboche, mas insisti e mantive a postura. Afinal eu era um jornalista bastante promissor, embora meu nome ainda não habitasse as manchetes e eu continuasse a andar de ônibus.

Os outros repórteres devem ter achado tudo aquilo muito estranho. Eu até passei a dar ordens aos novatos, o que irritava os demais. Algumas vezes até os insultava de leve só pra ver no que ia dar. Até que alguém não lá muito esperto e que obviamente deve ter sido mandado pelos outros me puxou pelo braço a um canto mais reservado e perguntou com certa timidez se eu havia sido convocado pelo Grão-Mestre do Universo. Olhei no fundo dos seus olhos, dei uma risada televisiva e fui embora, dando-lhe as costas, como mandava o figurino. Me senti bem com isso, independentemente de ter sido hipócrita.

Foi assim que passei pelo menos três anos dentro dessa bolha que criei para mim mesmo e logo essa atitude me fez crescer dentro do jornal. A partir de então, passaram a me respeitar. Um respeito articulado e até meio a contragosto, é bem verdade. O fato é que conquistei a confiança do Borges e, com ele do meu lado como meu articulador pessoal, passei aos poucos a ser um dos principais nomes do jornal. Eu até começava a achar aquela história de ser um dos homens do Grão-Mestre do Universo uma tremenda besteira, uma invenção ridícula que os derrotados fizeram por não conseguirem admitir o sucesso de outros colegas. Mas eu estava enganado.

Quando botei meus pés ali, nem de longe parecia estar num anexo à redação do jornal, um verdadeiro purgatório de escaninhos, máquinas de escrever, papéis, telefones, fumaça de cigarro e muita gente gritando e falando alto o dia todo. Eu estava no gigantesco e luxuoso escritório do dono do jornal, o homem que havia formado um império da informação e continuava sobrevivendo década após década, governo após governo.

Quando fui anunciado pela sua secretária, uma gostosa com seus trinta anos que eu nunca havia visto na vida porque nós da redação éramos como operários no pátio de produção da grande firma que era aquilo tudo e estávamos alheios a todo o sistema corporativo, enchi os pulmões com o ar da austeridade e fui em frente.

Sabia que não havia feito nenhuma besteira, e, caso fosse demitido, certamente não seria por ele. Por isso me preparei para o melhor. Na verdade, eu estava excitado porque sabia que entraria para o rol dos privilegiados, a lenda que se tornaria realidade. Eu já tinha visto ele em fotografias publicadas e também em alguns quadros espalhados pelo edifício ao lado de outros membros da família. Nunca pessoalmente. E sim, ele era o onipotente, o todo-poderoso.

"Senhor... É uma honra."

Foi só o que disse àquele homem de cabeça redonda e pelada que tinha o rosto duro e sobrancelhas grossas e desregradas. Ele me estendeu sua mão com gentileza, apertou a minha levemente e me pediu que sentasse.

"Bem, meu caro Sergio Vilela. O que posso dizer? Tenho

acompanhado sua trajetória na nossa empresa e senti que era o momento de conhecê-lo pessoalmente. Além das minhas próprias considerações, tenho tido ótimas referências suas."

E ficou calado, observando-me com atenção e alguma benevolência, como um gato observa um rato. "Diabos", pensei. Aquilo era um teste. Analisei em segundos que devia ser ao mesmo tempo humilde e audacioso, embora sem comprometer o bom senso.

"Agradeço as palavras, senhor. Mas acredito que ainda não esteja na minha melhor forma. Ando trabalhando duro, mas sei que ainda não atingi meu auge. Por isso estou sempre à caça de histórias melhores que as dos outros..."

Ele deu uma risada sufocada, de boca fechada, dessas que saem pelo nariz, e se levantou lentamente. Caminhou até um carrinho de bar e apanhou duas garrafas soterradas num grande balde de gelo. Enquanto falava pausadamente, preparou dois martínis em taças em forma de cone.

"Muito bem, Vilela. Posso te chamar assim, não? Parece que você conseguiu sua oportunidade. Você sabe, toda empresa como a nossa precisa de homens de confiança, e, posso te garantir: não é nada fácil encontrá-los..."

Me serviu a bebida e eu hesitei. Por um momento pensei em recusá-la, pois ainda estava em serviço, mas logo me pareceu uma ideia um tanto estúpida, um desrespeito imperdoável.

"Vamos, não seja tímido. Tome seu drinque. Temos mesmo essa fama de beberrões e boêmios. Afinal, temos que espairecer de algum modo diante das pressões que recebemos todos os dias e de todos os lados, não é?"

Concordei e fiquei à espera de que ele retomasse seus pensamentos interrompidos pelo martíni. Ele bebia aquilo como se fosse a última bebida do mundo. Sorvia e fechava os olhos quase com sofreguidão.

"E aguentar pressões significa ser maleável. Ser prudente e ousado ao mesmo tempo, nos pequenos detalhes, exatamente como você está demonstrando agora na minha frente. Eu prezo muito essas características nos meus jornalistas porque vivemos tempos difíceis e não adianta querer bancar o Robin Hood da imprensa porque não precisamos de heróis ou mártires na nossa equipe, e sim de jornalistas competentes com muito faro, tato e jogo de cintura na hora de publicar o que quer que seja. Está acompanhando?"

"Sim, senhor."

"Você é um rapaz inteligente e sabe do que eu estou falando. Todos nós, e quando eu digo todos é porque somos todos mesmo, os da grande imprensa, dançamos a mesma valsa. Às vezes, damos uma pisada no pé que é pra mostrar a nossa força, mas ainda seguimos o compasso, às vezes mais para a direita, às vezes mais para a esquerda. Você dança, Vilela?"

"Sou um exímio dançarino, senhor. Já ganhei até troféu."

E bebi o martíni de um gole só. Comi até a azeitona. Ele deu novamente sua risada nasalada e soltou um leve sorriso.

"Muito bem, Vilela. Prepare sua mala que você vai para o outro lado do mundo."

E foi dessa forma que fui escalado para cobrir a viagem do presidente ao Oriente, um marco definitivo na minha carreira e o início da minha escalada às grandes manchetes.

Naquela ocasião, o truque foi ter publicado a série de matérias como um grande perfil. O objetivo era evitar ao máximo as polêmicas, revelando de forma factual a intimidade e a humanidade de um presidente militar que, antes de tudo, era um homem como outro qualquer. Abri muitas portas com isso, mas também fui implacavelmente espezinhado pelos meus pares mais radicais.

Naqueles tempos, sobretudo naquelas duas últimas décadas, ser elogiado por um governo golpista era como cuspirem na sua cara enquanto jornalista. Só que isso dependia do objetivo de cada um, e, como dissera o patrão, eu nunca tive muito jeito para mártir. A verdade é que naqueles anos ser jornalista era algo bastante paradoxal, ainda mais num jornal poderoso e dado a repercussões. Nessa perspectiva, trabalhar num veículo de informação nacional como aquele, do qual eu fazia parte havia anos, significava aceitar regras e tomar decisões. Esse era o caminho solitário para se chegar às promoções, ao dinheiro, à visibilidade e, por fim, talvez o mais importante para o ego de proporções grandiosas de um jornalista, ao status.

"Chefe, eu acabei de montar meu apartamento na zona sul. Tudo novo. Abro a janela e tenho uma baita paisagem. Faz um mês que me mudei e ainda nem aproveitei..."

Sabia que eu não tinha escolha, tinha sido escolhido a dedo, estava exultante por ter sido o eleito, mas resolvi fazer a reclamação ao Borges como um registro e uma forma de ter argumentos nos quais me basear para barganhar futuras regalias.

"O que quer dizer com isso?"

"Borges, convenhamos, Brasília é uma cidade horrível. Aquela coisa toda plana, quadrada, aquelas avenidas W, L, Norte, Sul, que parecem ir do nada a lugar nenhum. Caramba, nós somos do Rio, estamos acostumados com curvas! Além do mais, nossas ruas têm nome de artista, poeta, republicano e até jornalista!"

Ele me olhava estupefato. Não parecia acreditar que eu falava aquilo tudo. Era uma tática agressiva e arriscada. Borges, caso quisesse, poderia me botar para fora aos pontapés e chamar outro dos abutres que queriam beliscar a oportunidade.

"Fale logo o que você quer, Sergio, antes que eu me aborreça com você."

Tive que pensar um pouco antes de responder. Não queria parecer arrogante ou ingrato. Quando o chefe me chamava pelo primeiro nome era porque se sentia desafiado ou desrespeitado. Por isso, tentei amenizar a situação.

"Um bom apartamento em vez de um quarto de hotel minúsculo, sem privacidade, sem amigos próximos, me parece justo."

Ele me olhou de sobrolho, sabia que com os anos eu me tornara uma raposa astuta e que daria um jeito de conseguir o que queria. Ou talvez ele não me levasse tão a sério quanto eu imaginava. Talvez ele me subestimasse. Ficou pensando por alguns instantes antes de baforar a fumaça da sua cigarrilha na própria cara.

"Está certo, Vilela, o chefe te quer lá de qualquer jeito e só por isso providenciaremos um apartamento do nível do seu, de preferência com vista para algum lago com patinhos e tudo mais a que você tem direito."

Ainda demorou pouco mais de dois meses para que tudo se resolvesse, mas quando cheguei a Brasília para inaugurar a sucursal do jornal na capital do país, em 1980, eu sabia que ali, na cidade planejada e construída milimetricamente para ser o centro organizador das ações de um país, eu ia fazer história.

Ninguém jamais imaginaria que eu, Sergio Vilela, considerado por muitos um dos melhores repórteres da sua geração, pudesse trabalhar um dia num jornal como o *Redação Popular*, pensei ao passar pela porta e observar o amontoado de jornalistas nos seus escaninhos mal distribuídos num andar miserável de um prédio igualmente decadente no centro do Rio.

Entretanto, embora eventualmente ainda percebesse em mim alguns restos mortais de megalomania, de orgulho ferido e de mesquinhez, a verdade é que eu não estava em condições de criticar nada, muito menos de fazer uma autocrítica, o que seria quase como cometer suicídio.

O fato é que o *RP*, como era conhecido, um desses jornais marrons de terceira categoria, com edições esprema-e-sai-sangue que chamam a atenção dos populares nas bancas de jornal, foi o único veículo de comunicação a me aceitar depois de pouco mais de dois anos no ostracismo, o último integralmente no inferno.

Parece um caminho fácil, um medalhão como eu fui um dia conseguir o pior emprego do jornalismo da cidade? Claro que não.

Tive mesmo que engolir o pouco orgulho que me sobrava e bater na porta do Amaury, repórter que havia sido um grande parceiro durante meus anos bons. O Amaury estava sentado na varanda em frente à sua casa, lendo o jornal. Quando escutou a campainha, esperou seus cães ferozes fazerem o trabalho de recepção antes de desviar o olhar para fora e ficar me analisando por um minuto. No início, tive a impressão de que não havia me reconhecido, mas depois fez tamanha cara de espanto quando percebeu quem estava do lado de fora do portão da sua casa que acho até que ficou com medo de mim, muito embora eu estivesse bem, aprumado, vestindo roupas limpas e barbeado. Talvez pensasse ser uma assombração. Apesar de ter passado a semana anterior ensaiando aquele encontro, eu não sabia o que dizer ao Amaury quando ele se aproximou do portão. Então disse a verdade.

"Preciso de um emprego, Amaury."

Ele nem me convidou para entrar. Falou pelas grades do portão do grande sobrado. Eu entendia. Aprontei muito com Amaury.

"Você é muito cara de pau, Vilela."

"Você é o último que eu procurei. Pode acreditar. Não tenho mais a quem recorrer. Os outros nem quiseram me receber. Mandavam dizer que não estavam em casa, que viajavam. Acharam que eu iria pedir dinheiro."

"Mas você pediu dinheiro a eles!"

E não tinha devolvido. Foi na época em que não conseguia vender o apartamento para pagar as dívidas. Depois que vendi, também não os paguei. A verdade é que não sobrou muita coisa e eu achava que não faria falta a eles. Para Amaury, entretanto, nunca tive coragem de pedir. Os dois boxers que o acompanhavam rilharam os dentes e rangeram para mim, como se eu fosse um ser inferior.

"Eu preciso de um emprego. Pode me ajudar?"

"Você comeu minha mulher, Vilela!"

Era verdade. Eu acabei com o casamento de dez anos do Amaury quando transei com a mulher dele. Transar é só uma maneira de dizer. Lúcia e eu fornicamos como dois animais num lavabo de um metro quadrado durante uma festa em que o próprio Amaury estava presente.

Todo mundo ficou sabendo, menos ele e eu, que no dia seguinte não consegui lembrar nem vagamente o que eu havia feito. Eu estava completamente entorpecido e fora de controle. A culpa foi toda dela e, é claro, dos psicotrópicos e das outras drogas do momento que Pablo levara sabe-se lá de onde. Claro que Amaury ficou sabendo de tudo dias depois. Se eu estivesse no meu juízo normal, não teria feito aquilo. Disse isso a ele. Mas naquela época, naqueles anos bons e ao mesmo tempo torpes, eu dançava a tal valsa que ouvira do Grão-Mestre do Universo à minha maneira, dominando o salão e convidando quem eu quisesse para o baile.

"Eu te pedi desculpas um milhão de vezes, Amaury. Não sei mais o que posso fazer."

Ele me olhou de cima a baixo e de baixo pra cima. Eu estava magro, tinha o rosto ossudo, os olhos fundos e sem brilho, um jeito de quem passava fome. Na verdade não havia chegado a tanto, mas eu estava numa pior. O dinheiro de uma década se foi, assim, puf. O Amaury sentiu pena de mim. Por um minuto deve ter pensado nos velhos tempos. Passamos por poucas e boas juntos. Depois de um longo silêncio, mandou os cães calarem a boca.

"Parou com tudo?"

"Hipócrita", pensei. Todo mundo usava o que aparecesse pela frente naquela época. Inclusive ele que, como soube depois, ficou a festa toda assustando e dizendo coisas indecifráveis a todos os convidados que passavam pelos grandes arbustos do jardim daquele casarão onde ele se escondeu por quase todo o tempo.

"Parei."

"Tem certeza?"

Pensei que aquela seria a pergunta que mais escutaria em toda a minha vida dali pra frente. Minha vontade era de agarrá-lo pelo pescoço através das grades, mas consegui segurar a raiva. Todos achavam que eu tinha chegado ao fundo do poço por causa dos meus excessos. Era mentira. Eu consegui me manter no auge durante todo o tempo, mesmo com tudo o que usava, até aquilo começar a acontecer, até me pegarem de jeito.

"Sim, tenho. Estou bem, acredite. Só preciso voltar a trabalhar."

"Você foi ridicularizado, Vilela. Está acabado, entende?"

Fiz que sim com a cabeça a contragosto. Eu seria sempre lembrado disso, senão por ele, por qualquer outro que quisesse me espezinhar. Todos eles sabiam que, se não fosse aquilo que havia acontecido, se não fossem aqueles que me enganaram e me ridicularizaram publicamente, eu continuaria a ser um dos suprassumos da minha profissão e estaria até hoje liquidando qualquer um que atravessasse meu caminho.

Depois de muito tempo parado em silêncio catatônico, Amaury enfim falou algo e mandou eu esperar, como se manda um mendigo que quer um prato de comida esperar. Nisso, deu meia-volta e se enfiou na grande casa. Não fiquei sozinho, porém. Os boxers ficaram o tempo todo latindo e arreganhando aqueles dentes afiados e horríveis para mim como se eu fosse o pior dos homens. Um pouco desanimado, aproveitei a ausência de Amaury para escarrar bem no focinho de um deles, o que os fez ficar saltando sobre as grades do portão com ainda mais fúria. Como não tinha muito mais coisas em que pensar, pensei que aqueles cães acabariam comigo em trinta segundos se conseguissem escapar. Demorou uma eternidade, deve ter sido de propósito, mas enfim Amaury chegou e me entregou um cartão.

"O César abriu um jornaleco e está se virando muito bem. Nenhum outro vai te contratar, pode apostar."

Guardei o cartão no bolso da frente da camisa e olhei para Amaury. Ele estava com o olho lubrificado pelo rancor e pela tristeza.

"Eu amava aquela piranha, Vilela."

Naquele momento, fui eu quem ficou com pena do Amaury. Por vergonha, não consegui falar mais nada e dei as costas a ele.

Fui até a redação do jornal logo em seguida. Inacreditavelmente, não tive que insistir muito para que o César me contratasse. Falei coisas ridículas, amontoados de frases feitas como dar a volta por cima e ter uma vida normal. Ele não dizia nada, só fazia "uhum". Eu estava tão fragilizado que só faltei chorar quando ele enfim disse que me contrataria, mas não deve ter sido por piedade que ele fez aquilo e sim por prazer ou algum tipo de sadismo.

Conheci o César no jornal. Éramos contemporâneos, mas ele nunca conseguiu deslanchar na carreira. Quando eu finalmente entendi como as coisas funcionavam e despontei, aos poucos deixei nossa amizade de lado porque não queria ser visto em companhia de perdedores como ele, que sempre quiseram ter uma carreira como a minha, mas não valiam um peido que eu dava. Ele sempre soube disso. Por essa razão tinha acabado ali, naquele jornal de terceira. Afinal, não era preciso ser muito competente para ser dono de um pardieiro daqueles, muito embora eu tenha lhe agradecido muito o emprego que me deu.

No dia seguinte, meu primeiro dia de trabalho depois de anos, senti que era como começar do zero. E o César se encarregou de me lembrar disso muito bem, me equiparando aos outros e me obrigando a fazer desde a reportagem policial até o horóscopo. Ele acreditava piamente que estava me humilhando, mas eu não ligava, precisava do dinheiro para viver.

No início de tudo, entretanto, admito ter achado que seria um martírio. Estava enganado. Aos poucos, comecei a achar a coisa toda divertida. Havia uma equipe de sete repórteres, incluindo eu, quatro editores, quatro fotógrafos, dois diagramadores, só um cara na arte e uma secretária. O mais interessante é que, mesmo com essa equipe reduzida, o jornal vendia horrores, o que eu ainda não sabia. A tática do César era vender o jornal a troco de banana, quase literalmente. E, com isso, de grão em grão, ele forrava os bolsos com muito dinheiro, o que pude perceber tempos depois pelos ternos que trajava e pelos carros que dirigia. Ele não tinha bom gosto, mas tinha dinheiro, o que, sem dúvida, era melhor que ter bom gosto.

Isso se refletia obviamente na linha editorial do jornal. Logo quando entrei entendi a estratégia. Nós partíamos de acontecimentos factuais para então efetivamente metermos a mão na massa. Exagerávamos nas manchetes, criávamos fontes ocultas incríveis, publicávamos fotos que ninguém publicaria e muitas vezes, inclusive, inventávamos boa parte do que era publicado.

Como invariavelmente trabalhávamos com o noticiário policial popular, fofocas envolvendo artistas da TV, esportes, variedades para donas de casa e ensaios fotográficos de mulheres seminuas, ninguém nos dava credibilidade, talvez nem mesmo as dezenas de milhares de leitores diários. Por esse motivo, o jornal quase nunca era processado e o César não podia fazer outra coisa senão rir à toa.

Em suma, nós éramos a escória do jornalismo. Mas eu não me importava. Queria mesmo arranjar uma maneira de passar o tempo todo ocupado e voltar a pensar em resgatar ao menos parte da vida que eu levava. Mas eu tinha que começar de alguma maneira. Meu primeiro dia foi tranquilo. Fui encarregado por César de fazer as previsões do horóscopo.

Sagitário: o dia hoje está propício para novos investimentos no amor e nas artes. Não desista daquilo que está ocupando sua mente e seu espírito há muito tempo. Sua criatividade está prestes a eclodir. Paixão à vista. Para quem já está com o amor ao lado, a harmonia está no ar para os próximos meses. Reconciliações poderão acontecer.

Perguntei ao repórter que estava encarregado do horóscopo na semana anterior se estava bom. Ele devia ter vinte anos e tinha um bocado de espinhas no rosto. O garoto se sentiu acanhado quando me sentei ao seu lado, no escaninho. Àquela altura, todos já sabiam quem eu era.
"Quem sou eu pra dizer alguma coisa, seu Vilela?"
"Me chama só de Vilela."
Ele assentiu timidamente com a cabeça. Eu prossegui:
"Eu não entendo nada de horóscopo, rapaz. Preciso da sua opinião."
"Mas eu também não entendo nada, seu Vilela. Não pagamos o astrólogo que faz as previsões para os outros jornais porque o chefe acha que ele é um tremendo charlatão e não quer gastar a grana. Daí ele achou que poderíamos fazer melhor. Como a equipe é pequena, fazemos um rodízio. Aí cada um faz de um jeito, com seu próprio estilo."
"Estilo? Vocês não consultam nenhum manual, guia, algum livro de astrologia?"
"Não. O senhor sim?"
Mostrei a ele o livro que tinha achado em casa. Pertencia a

uma namorada esotérica que tive havia muitos anos e que gostava de fazer mapas astrais e colocações espirituais depois do sexo. Eu gostava dela, por isso devo ter guardado. O livro estava com a capa arrancada e as folhas cheiravam a fumaça. Não dava para ver, mas devia ter uma nuvem de ácaros entre mim e o repórter se espalhando pela redação. Alguém espirrou com vontade à minha esquerda. Ele apanhou o livro da minha mão e, depois de uma rápida folheada sem objetivo, deu uma boa olhada no colofão. Olhou para mim e titubeou antes de prosseguir.

"Não sei se o senhor viu aqui, mas esse livro foi publicado há pelo menos vinte anos, seu Vilela."

"Só Vilela."

"Desculpe. Bem, se o senhor trouxe o livro é porque deve ter boas informações aqui. Vou avisar o pessoal."

"Nessa vida tudo é cíclico, diz o zodíaco. Leia aqui. Então, de alguma forma, acho que podemos usar esse livro como fonte."

Ele deu um suspiro para dentro e, mesmo com a timidez a tomar conta de si, resolveu falar:

"Fonte é sempre fonte, seu Vilela. Desculpe. Só Vilela. Mas, escute, o que eu queria perguntar é se o senhor vai querer *mesmo* fazer os horóscopos. Não combina com o senhor fazer isso. Pode deixar comigo. Eu já estou acostumado."

O jovem jornalista foi muito gentil e eu me senti ligeiramente emocionado. Eu, que havia muito estava acostumado ao deboche, ao cinismo e, depois, à comiseração, senti que aquele garoto havia sido sincero e que tinha alguma estima ou consideração por mim, embora, infelizmente, ele talvez continuasse a escrever horóscopos durante o resto dos seus dias.

"Pode deixar. Agradeço a atenção, mas não se preocupe. Faça suas matérias que eu estou gostando de bancar o Zoroastro. Escute esse outro: Áries: você está se preocupando demais com fatores que, em vez de problemas, talvez sejam apenas pequenos obstáculos no seu caminho para o crescimento individual. Liberte-se dessas amarras e procure a compreensão. Você perceberá que tudo se encaixará futuramente como peças de um grande quebra-cabeças da vida."

"Quebra-cabeças da vida? Seu Vilela, o senhor é um poeta."

"Vilela. Me chama só de Vilela."

"Eu sou de Áries. Se quer saber, bate certinho com o que o senhor escreveu aí. Ando passando por uma fase meio turbulenta e cheia de obstáculos. A vida está bastante dura nessa profissão."

"Tudo é cíclico, rapaz. Você tem que superar esses problemas e partir para cima. Uma hora a vida dá uma volta e você precisa estar atento..."

E, ao dizer isso, de maneira bastante reticente, deixei-o sozinho olhando para mim como para um mestre ou qualquer outra coisa do gênero e fui me sentar no meu lugar. O único que tinha sala privada ali era o César. Os chefes gostam e precisam da privacidade. Também gostam de manter a equipe sob vigilância, por isso quase sempre as salas possuem uma pequena parte da sua estrutura envidraçada, uma janela em posição estratégica de onde podem observar a todos sem serem importunados. O César passava o dia ali fazendo sabe-se lá o quê. Só no final do dia é que ele arregaçava as mangas para aprovar ou reeditar o que a equipe havia conseguido de material, previamente filtrado pelos outros editores.

Já na primeira semana percebi que ele não estava nem um pouco preocupado com o que os outros jornais publicariam nem com furos mirabolantes. Ele queria boas histórias, criatividade e humor para contá-las. César devia ser escritor e não jornalista. Naquele primeiro dia saí dali perto das dez horas, quando a matriz da edição já havia ido rodar na gráfica. O resultado foi bom. A notícia do dia foi a do filho que matou a mãe e a irmã a pauladas e depois foi à igreja se confessar. A manchete e a linha fina foram estas:

PADRE DEDO-DURO: ASSASSINO DE MÃE E IRMÃ É PRESO NA IGREJA.

FOI FALAR COM DEUS E ACABOU CONFESSANDO CRIME NA DELEGACIA.

O resto do mês foi todo meio parecido.

A década perdida. Foi como mais tarde ficaram conhecidos os anos oitenta, na opinião dos analistas. Claro que foi uma época marcada pela ambiguidade, e, portanto, sempre haverá muitas controvérsias a respeito. Mas só quem viveu esses anos na sua plenitude tem o direito de falar.

Quanto a mim, posso dizer que respirei toda aquela transformação anunciada e participei da história recente do país da maneira que me coube. Particularmente, foram anos de uma ascensão sem precedentes na minha carreira, enquanto o país seguia com suas crises de identidade.

Notícias havia aos montes, embora as más, nossas principais matérias-primas, superassem em muito as boas. Ninguém admitirá isso, mas, para nós jornalistas, quanto pior, melhor. Por isso somos chamados de urubus, abutres ou carniceiros. Onde houver conflito, tragédia, morte, corrupção, escândalo, violência e tudo o que há de mais mesquinho, assustador e pertinente à natureza humana, lá estaremos nós. Não digo que isso seja uma regra, mas é o habitual. Para um jornalista, ainda mais um jornalista latino-americano acostumado a crises sociais banhadas a sangue, é muito melhor a eclosão de uma guerra ou conflito ou uma grave crise econômica que os tempos de sobriedade. Imagine um de nós trabalhando num país como a Suíça ou a Finlândia. Iríamos morrer de fome e de tédio.

O fato é que em 1980 o militarismo já não combinava com a nova década que chegava. Todas aquelas fardas, armas, medalhas e quepes, símbolos máximos da autoridade, pareciam perdidos num tempo e numa geografia distantes, muito aquém da nova estética capitalista dos homens de terno e gravata que cada vez mais assumiam posições privilegiadas no mundo, alavancavam bilhões de dólares, criavam corporações que invadiam territórios indiscriminadamente e davam palpites no governo de muitos países, assim como na economia mundial.

Cheguei a Brasília naquele ano como que numa corda bamba e com a missão de acompanhar essa transição, que ninguém sabia ao certo se iria se consolidar, simplesmente porque o país tinha a mania e o histórico de fazer sempre coisas erradas.

Se eu pendesse demais para um lado, me acusariam de ser um borra-botas do governo, um embusteiro do jornalismo; se balançasse para o outro, perdia as regalias, as entrevistas e as informações privilegiadas que me prometiam. Poderia ser inclusive inutilizado, pensava à época, e quando um jornalista entra na lista negra do poder é melhor parar de pensar num futuro promissor.

Por isso, tentei me equilibrar nesse paradoxo do meu trabalho e mantive a regra de dançar conforme a música, como o Grão-Mestre me orientara anos antes. Foi por agir dessa forma que o Borges cumpriu em parte o que prometeu e eu fui instalado num bom apartamento, embora menor que o meu, de frente para uma lagoa artificial, também uma simulação da vista que eu tinha, mas de onde podia observar a nova elite da cidade exibir seus dotes náuticos. Eu tentava me sentir em casa, muito embora tivesse que lidar diariamente com o provincianismo daqueles caipiras do Centro-Oeste que ganharam o status de viver na capital do país, o que mexeu com os holofotes da imprensa.

A verdade é que eu estava bastante excitado com o que o jornal havia me oferecido. A montagem do escritório da sucursal estava quase no fim e eu já havia começado a agendar pessoalmente os almoços e os jantares com as personalidades-chave do governo para que, dessa maneira, iniciássemos nosso trabalho de fato.

Jamais pude imaginar, porém, que o primeiro que eu iria encontrar nessa nova fase da minha carreira seria ninguém menos que o presidente da República. Obviamente, o homem devia querer fazer suas próprias considerações a respeito do representante do maior e mais poderoso jornal do país recém-chegado à cidade. Eu não o conhecia pessoalmente porque, à época da sua eleição no colégio eleitoral, eu estava havia mais de um ano fazendo apenas coberturas internacionais.

Entretanto eu sabia que ele, que assumira a presidência havia poucos meses, estava entre a cruz e a espada. Muitos anos antes, em toda a América Latina, os militares tinham decidido tomar o poder à força. Agora, depois de fazerem tudo errado, queriam sair de fininho por um motivo bastante simples: o país estava atolado até o pescoço na própria lama.

As pressões, claro, vinham de todo lado, de cima e de baixo, pois um país em crise pressupõe uma população também em crise, por mais idiota, impassível e manipulável que ela possa ser. Ele e todos os outros sabiam disso. Portanto, de maneira inteligente e precavida, tomaram atitudes já anunciadas no governo anterior, como promover a anistia política e acelerar o processo de redemocratização do país.

Em poucas palavras e resumindo aquele momento, a ideia

não era passar o bastão de maneira natural, mas sim jogar a bomba e a conta bilionária feita no decorrer dos anos no colo dos novos democratas. Eu analisava aquilo de uma maneira profissional e conseguia compreender tudo pelo viés da política. Eles eram amadores que só souberam assumir o poder através da força e não do jogo político. Caso contrário, dariam um jeito de ficar por lá, maquiando a própria incompetência. Como não tiveram êxito, decidiram, portanto, ficar nos bastidores.

Pensando nisso enquanto esperava a secretária me anunciar, aprumei o paletó de grife e ajeitei a gravata italiana várias vezes. Admito que fiquei um pouco nervoso. Não estava ali para executar um trabalho jornalístico trivial como uma entrevista, mas sim para participar de uma reunião de reconhecimento e de acordos subjetivos. Eu era uma espécie de negociador de interesses.

Só ali percebi o quanto eu podia me dar bem ou bastante mal caso pisasse em falso. Para piorar, quando finalmente entrei na sua sala me veio uma dúvida ridícula à cabeça: como eu deveria chamá-lo? De presidente ou general? Os militares têm orgulho das suas patentes. Mas ele também era o presidente daquela joça chamada Brasil. Fiquei em cima do muro.

"Senhor presidente, agradeço imensamente em meu nome e também em nome do meu jornal por me receber com tanta prontidão aqui no seu gabinete. É um prazer conhecê-lo pessoalmente, general."

Ele me olhou de cima a baixo, o que é um cacoete de quem tem o poder, levantou-se da cadeira de couro e num instante veio até mim, estendendo-me a mão. Tinha a mão dura como pedra, e, além de segurar um gemido, tive que endurecer o aperto para que ele não quebrasse algum osso.

"O prazer é todo meu, sr. Vilela. Tive ótimas recomendações do senhor, além, é claro, de acompanhar pessoalmente sua fantástica trajetória como jornalista. Suas matérias com nosso querido ex-presidente foram extraordinárias, com uma humanidade e perspicácia dignas dos grandes jornalistas. Sem revanchismos, você me entende."

Eu teria que aguentar aquilo até o fim dos meus dias. Reportagens chapas-brancas eram bastante comuns na época e continuam sendo, mas todos resolveram me atormentar por causa daquela série de matérias que fiz a pedido do dono do jornal. Pareciam esquecer-se de todo o resto. Fiquei marcado por isso. Paciência. Não fosse eu, algum outro o faria e, provavelmente, estaria aqui no meu lugar, como um simulacro de mim mesmo.

De qualquer forma, era evidente que algum preço eu tinha que pagar por me deixarem em evidência e me darem de bandeja algumas das principais reportagens do jornal. Para amenizar minha raiva, que eu não revelava de jeito nenhum, apenas sorria com algum sarcasmo, levantava o nariz e pensava no lado bom da vida, enquanto eles tinham que se contentar com a segunda leva do café e com suas próprias mediocridades.

Eu chegara ao meu auge. Além da credibilidade, eu havia comprado um apartamento de frente para a lagoa, tinha um salário alto e acesso livre aos homens do poder, o que me garantiria visibilidade constante dentro da imprensa. Não que eu acredite que o talento é a principal virtude de um jornalista. Longe disso. Para mim, no jornalismo, talento não se aplica mais que dedicação, jogo de cintura e poder de decisão individual. Muitas vezes até a sorte é mais usual.

"Caso prefira pode me chamar apenas de Sergio, senhor. Ou de Vilela, como me chamam na redação."

Disse aquilo com um sorriso simpático no rosto, uma tentativa premeditada e dissimulada de eliminar quaisquer barreiras burocráticas que pudessem surgir entre mim e o atual homem do poder. Não sei se deu certo ou se ele decidiu por conta própria entrar no jogo de sedução que eu propunha.

Enquanto tentava racionalizar essa estratégia da intimidade, minhas pernas ainda bambeavam, eu precisava sentar e relaxar, mas o militar não largava minha mão, como se aquilo fosse uma espécie de teste de paciência ou de força bruta.

"Que seja, então, Vilela. Aliás, o sobrenome parece ser algo intrínseco à personalidade de um jornalista. Já ouvi falar de muitos de vocês somente pelo sobrenome, como uma marca profissional. Já nós, militares, o senhor sabe muito bem disso, somos estigmatizados pela patente, o que não deixa de ser respeitoso pelo tempo dispensado à carreira."

Meu estúpido questionamento, portanto, tinha algum fundamento.

"Muito bem, general. Fico feliz que com esses tempos de mudanças possamos, enfim, ter uma relação menos burocrática e mais profissional."

O presidente, enfim, largou a minha mão, deu uma risada amistosa e lascou um tapinha nas minhas costas antes de me convidar a sentar.

O resto da conversa tratou da instalação da nossa sucursal, dos planos ambiciosos que tínhamos, de fazer uma cobertura mais ampla da política nacional e de acompanhar os passos do governo e da oposição em todos os âmbitos da sociedade. Do lado do governo, surgiu a orientação por cautela e bom senso. Tudo em comum acordo.

Enfim, fiz a diplomacia que o Borges e o dono do jornal me encomendaram. Saí de lá pouco mais de duas horas depois sendo chamado informalmente de Vilela pelo presidente da República e, na teoria, com as portas abertas para fazer um bom trabalho na capital.

Ao tomar o táxi na frente do Planalto, me senti tão bem que inspirei com força o ar de Brasília, estiquei umas boas notas ao motorista e pedi a ele para dar umas voltas pela cidade que eu finalmente queria conhecer de perto.

Quando cheguei ao apartamento, percebi que tudo estava mudado. Passei três dias num hotel barato perto de casa e contratei uma faxineira para limpar e arrumar uma bagunça de dois anos. Nem parece o mesmo lugar. Até as paredes estão mais brancas e o ar, mais respirável.

O ambiente também parece um pouco maior ou apenas ficou mais espaçoso sem a presença dos objetos e móveis inúteis que joguei fora. As superfícies ganharam de volta sua cor natural e as cortinas, as roupas de cama e as toalhas novas que comprei dão uma nova identidade ao lugar. O piso de tacos de madeira brilha e cheira bem.

Também me livrei da maioria das roupas e comprei algumas novas, pois já havia algum tempo que eu estava parecendo um homem miserável. Agora, da mesma forma que o apartamento, eu também procuro me manter asséptico nessa nova fase da minha vida. Faço a barba todos os dias, assim como troco de roupa. Também me habituei ao uso diário do perfume, pois sem ele ainda sinto o cheiro rançoso do meu próprio corpo, mesmo que seja apenas uma lembrança desagradável.

De uns tempos para cá, tenho tentado sozinho refletir sobre tudo, como numa terapia solitária. Aqui, nesse momento, por exemplo, avalio que tive progressos, que já dei um longo passo. É difícil para mim admitir certas coisas, mas se quero voltar a ser respeitado, o que parece tarefa impossível, ou pelo menos voltar a ter uma vida digna, preciso fazer essas avaliações periódicas. Para isso, preciso usar minha racionalidade, que sempre foi uma das minhas principais virtudes.

Deito no sofá, apago as luzes e, como ainda acontece com alguma frequência, transpiro muito ao me lembrar das crises terríveis que tive, das alucinações, das tremedeiras, das visões asquerosas e assustadoras dos insetos e dos pequenos animais por toda a parte. Essas lembranças dolorosas vêm num fluxo constante e inabalável, sem que eu consiga evitá-las. Tento equilibrar os pensamentos, mas ainda que insista não consigo de maneira alguma recordar os bons momentos, que mais parecem fazer parte de um filme sobre a minha vida a que assisti há vinte anos.

Eu estava acabado, dissera Amaury, e até concordo com isso, mas ele e todos os outros que sapatearam sobre o meu caixão, ainda que eu não estivesse morto, continuam não valendo um peido meu. Nem o mais tímido dos peidos. Sobretudo porque não foram ousados e não chutaram a porta da história como eu. Invejosos de merda. Exausto, tento esquecer esse discurso de ódio nessa análise que ando fazendo com frequência assustadora.

Entretanto, não consigo dormir de maneira plena. Na verdade, acho que faz anos que não durmo. Quando consigo, tenho sonhos estranhos e me lembro com clareza de cada um deles. Em muitos, estou consciente de que se trata de um sonho, o que definitivamente significa não dormir. Ainda que tenha de certa forma me habituado a isso, durante o dia é como se eu estivesse numa espécie de transe, fazendo as coisas como se a vida fosse parte de uma outra realidade e acontecesse de fato numa outra dimensão. Por esse motivo decidi ser o primeiro a chegar e o último a sair do *Redação Popular*. Tenho trabalhado muito, talvez mais que tudo, porque quero voltar a dormir. Mas eu só sonho.

Dessa vez estou em meio a um tumulto, em que centenas de pessoas correm em todas as direções e se chocam umas com as outras, como se não houvesse nenhum discernimento. Eu fico parado, me esquivando e tentando compreender do que elas fogem. Nada palpável aparece em terra ou no céu que possa explicar a situação. Elas continuam correndo sem direção, cada uma para um lado. De súbito, um som estridente surge, como se fosse um sinal de alerta, um alarme, mas nada acontece. E daí, simplesmente as pessoas começam a sumir, uma a uma. Uma se foi e depois a outra e mais outra. Quando o som para, já não há mais ninguém, exceto eu. O que existia de cidade já não é mais nada, tudo agora é branco e sem horizonte. Compreendo que já estive nesse mesmo sonho algumas vezes e não tenho mais medo de estar ali. De alguma forma, sinto-me bem nesse silêncio e nesse vácuo. Logo o mesmo ruído volta com tudo, tão alto e agudo que só posso tentar tampar os ouvidos, mas é inútil, porque essa sirene ou o que quer que seja parece vir de dentro da minha cabeça e eu agora grito ao mesmo tempo que entendo estar no limiar entre o sonho e a realidade.

Isso me faz acordar lavado em suor. O som estridente, que só agora percebo ser o da campainha, cessa num átimo. Me aprumo no sofá em silêncio. Observo as horas no relógio e percebo que tudo aquilo não durou mais que alguns minutos desde que cheguei. Fico ali durante alguns poucos instantes e decido levantar. Vou até a porta e encosto o olho no olho mágico. Ali está um homem loiro, cabelos compridos, barba amarelada com algumas falhas de crescimento, rosto com vincos, envelhecido, a pele um pouco queimada, a idade indefinível. A aparência, a calça jeans surrada e o blusão de couro lhe dão um aspecto de estranheza, mas também de poder. Ele fuma um cigarro no corredor do edifício, o que é proibido, e isso me faz crer que ele está impaciente e já há algum tempo espera o momento de eu lhe abrir a porta. De repente, ele volta o olhar em direção ao olho mágico e se aproxima. Eu vacilo, tiro o olho e me agacho. Ele sabe que estou aqui dentro por causa do grito que veio do sonho para a realidade, mas talvez também tenha percebido meu olho invadir o olho mágico ou minha sombra permear os vãos da porta.

É uma atitude absurda a que tenho, mas acho que estou influenciado pelo sonho e pelas duas ou três noites que passei em claro no quarto do hotel ordinário que, embora limpo, tinha ao mesmo tempo um cheiro impregnado de sexo e desinfetante. Levanto a cabeça e cravo o olho no olho mágico mais uma vez e lá está ele, ou melhor, lá está seu olho, ligeiramente puxado, um verde medonho, que se assemelha a uma bola de vidro barata. Não o reconheço.

"Quem é você? O que quer?"

Eu pergunto com alguma rudeza e tenho que esperá-lo esvaziar os pulmões da fumaça para obter uma resposta.

"Digamos que eu seja apenas uma fonte."

"Vou perguntar de novo: quem é você e o que você quer comigo?"

Pergunto ainda com mais potência, e, com isso, ele afasta um pouco a cabeça, mas não o corpo, e parece pensar antes de dizer qualquer outra coisa. Avalio que seja um homem de quarenta e poucos anos e, além da estranha aparência, pelo sotaque bem no fundo da voz que procura disfarçar, desconfio que seja estrangeiro. Mas não consigo identificar a origem, o que me deixa desconfiado e alerta.

"Antes de tudo, quero pedir desculpas por ter vindo até a sua casa a essa hora inapropriada, mas preciso falar sobre um assunto importante."

"Como conseguiu entrar no prédio? Por que não usou o interfone?"

As pausas que faz para responder às minhas perguntas passam logo a me incomodar. Isso me faz entender que ele se utilizará da paciência o tempo todo para justificar sua intromissão.

"Peço desculpas mais uma vez, mas entenda que não é tão complicado assim entrar num prédio como o seu, sem portaria ou segurança. Só esperei alguém abrir a porta e fingi estar sem a chave. Jamais usaria artifícios como esse, mas eu sabia que você não me receberia..."

Penso na audácia daquele homem, talvez devesse chamar a polícia, mas de alguma forma ele consegue atiçar minha curiosidade. Decido, então, continuar a conversa porque não quero chamar a atenção dos vizinhos e também porque avalio e compreendo que ele não é um assaltante ou coisa que o valha.

"Escute, eu sei que fiz tudo errado. Mas fiquei com medo de você me evitar. Por isso decidi vir à sua casa. Não me leve a mal. Tentei a lista telefônica, mas você não tem telefone. Preciso mesmo que ouça o que tenho a dizer..."

Tento pensar com frieza na situação em que me encontro. Ele parece de fato ter algo imprescindível a dizer, embora possa ser algo importante para ele e que não signifique nada para mim.

"Me deixe ver se eu entendi direito. Você anda me seguindo, provavelmente por algum tempo, e se isso acontece é porque sabe onde eu trabalho, caso contrário não teria um ponto de partida. Depois, invade o prédio onde moro fingindo ser alguém que mora aqui e bate na minha porta às onze da noite querendo conversar sobre algo, mesmo que eu não esteja a fim de escutar merda nenhuma de história. É isso?"

Ele novamente fica em silêncio. Sabe que terá de aliviar minha revolta momentânea. Ao mesmo tempo, no fundo, quero ouvir o que tem a dizer. Talvez ele saiba disso. Por isso usou a estratégia de vir até aqui e me contar a verdade de como isso se deu. Ninguém chegaria a tanto se não tivesse algo minimamente importante em mãos.

"Não vou mentir que, antes de procurar você, tentei entrar em contato com outros jornalistas por telefone e mesmo um ou outro na saída dos jornais. Tudo em vão. Nenhum deles escutou dois minutos sobre o que eu tinha a dizer. Mal prestaram atenção. Disseram pra eu mandar a pauta por escrito que era assim que funcionava. Fiz o que me pediram, mas nunca obtive resposta."

Muito maluco envia cartas para a redação e quem se encarrega de fazer a seleção é quase sempre um estagiário imberbe com cara de idiota. Não digo isso a ele. Ao mesmo tempo penso num dos mandamentos fundamentais do jornalismo: não desprezar qualquer fonte. Na prática, porém, não é bem isso o que acontece. A soberba e a pretensão dos meus colegas de profissão fazem com que isso aconteça todos os dias, com fontes aparentemente inexpressivas.

"Então, alguns dias atrás, preste bem atenção como aconteceu, subo num ônibus e, quando vou me sentar no único assento vazio que vejo, dou de cara com um exemplar dobrado do *Redação Popular*. Veja bem, não leve a mal, mas não costumo ler esse tipo de jornal. Sou leitor habitual dos grandes jornais, acompanho o noticiário com atenção. Mas ele estava ali. Eu normalmente nem o apanharia, mas, sem ter o que fazer, passei a folheá-lo. E qual minha surpresa quando descubro que o grande Sergio Vilela, um dos maiores jornalistas do país, está ali, naquele jornal popular, assinando matérias. Coincidência? Acaso? Não sou de pensar assim, mas admito ter ficado bastante espantado porque já estava desistindo dessa história de procurar um jornalista."

"Poderia ser um homônimo. Meu nome não é incomum..."

"Poderia, e pensei nisso também. Então, resolvi me certificar indo à própria redação. Circulei por ali um dia inteiro até vê-lo sair do lugar. Conhecia seu rosto, todo mundo conhece, e mesmo bastante mudado, sim, era você."

Fico em silêncio por um tempo. Não sei o que fazer. Tento puxar na memória algum indício que me leve à identidade daquele homem, mas não chego a nenhuma conclusão.

"Sinto muito, mas eu não posso fazer nada por você. O jornal em que trabalho hoje é famoso por ser um tabloide vulgar. Ninguém acreditaria na sua história. Continue com as cartas. Pode ser que um dia te atendam, se o que quer dizer for de fato importante."

Falo isso com certo desdém, o que o deixa claramente chateado. Ele tenta mais uma vez me convencer e talvez eu queira testá-lo até onde possa ir.

"Concordo que o *Redação Popular* atue como imprensa marrom, o que seja, mas continua sendo um jornal. Pensei que justamente por esse motivo um jornalista renomado como você pudesse se arriscar a contar a minha história de uma maneira verdadeira, sem filtros e sem a burocracia e a parcialidade dos grandes jornais..."

Forço a memória, mas os lapsos que tenho não me deixarão lembrar os fatos do passado. O rosto, tenho certeza de que jamais vi. Tento novamente desestimulá-lo.

"Olha, não nos conhecemos, mas se alguma das minhas reportagens te causou algum mal, não consigo lembrar e não posso fazer nada..."

"Não, você está imaginando coisas. Abra a porta, por favor, e aí conversamos. Não tenho nada contra você. Sou um homem honesto. Não sou perigoso. Olha, não estou armado, se é o que está pensando."

Ele diz aquilo abrindo o blusão de couro e revelando seu interior. Também levanta a camisa e vira de costas para mim. Penso por um ou dois minutos. Aquele homem está desesperado e enxerga em mim uma possibilidade, uma esperança, uma chance, talvez. Há muitos anos que não tenho essa sensação, e por esse motivo talvez tenha tomado minha decisão.

Destranco a fechadura com a chave tetra e falo para ele entrar. Ele agradece e deixa escapar pela boca o cheiro da fumaça do cigarro que acabou de fumar. Ele todo parece cheirar a nicotina. Peço que se sente numa das cadeiras da pequena mesa no canto da sala. Fico à sua frente. Só há duas cadeiras.

"Sergio Vilela, o grande Sergio Vilela... Acompanhei boa parte da sua carreira. O senhor tinha muita influência e realmente participou de coisas que entraram para a história..."

Ele diz com humildade, apenas para quebrar o gelo, mas, apesar de gostar dos elogios, sou grosseiro. É como se ainda não estivesse plenamente convencido.

"Desembuche. Você não está aqui para ficar me elogiando."

Ele agora me observa com certa estranheza e, talvez, repugnância. Talvez queira apenas conversar um pouco e acha que eu estou extrapolando. Diz com firmeza no olhar e nos gestos:

"Tem toda razão. Vou deixar a prolixidade de lado. Como disse antes, vim te trazer uma informação."

Fico olhando para aquele homem de olhos verdes estranhos e sutilmente puxados que deve ter em torno de um metro e noventa e que só agora percebo que sua pele não acompanha seus traços de branco, é colorida, mas com a transparência das peles claras, como se tivesse uma luz avermelhada bem fraca por dentro.

Enquanto espero que ele comece, algo importante surge. Instantes antes, sem que eu ainda percebesse claramente, passei a me comportar do mesmo jeito de anos atrás, a meio caminho entre a prepotência e a desfaçatez. Deve ser por isso que agora, neste exato momento, me sinto diferente, forte, imponente, fundamental.

Em pouco tempo minha equipe estava formada. Mandaram vir, também do Rio, Pablo Maia, fotógrafo experiente com fama de mulherengo e bon-vivant que tinha a extrema confiança da direção do jornal, e contrataram com meu aval dois bons repórteres locais para me auxiliar nas apurações e na redação das matérias.

Ainda que isso tenha me deixado satisfeito, era apenas o trivial e o início de tudo. Eu fiquei mesmo excitado e exultante quando mandei instalar, por conta própria, algumas divisórias no escritório, formando com isso minha sala particular, que devia tomar pouco mais de um quarto do espaço total. Finalmente eu tinha uma sala só minha.

Naqueles tempos, entretanto, minha satisfação era bastante volátil e eu sempre encontrava no fundo do ego algo que se tornava uma necessidade urgente e imprescindível. Por isso, intimei o Borges a me deixar contratar uma secretária. De preferência com o estilo e a marca da secretária do Grão-Mestre. Para mim aquilo era tão óbvio e necessário quanto contratar um repórter ou um fotógrafo.

Uma semana depois de publicar o anúncio no jornal, iniciei a seleção no escritório da sucursal, que já funcionava a pleno vapor. Os currículos sem foto eu dispensei de cara. Dispensei as velhas e as feias também. Eu nem olhava as qualificações, eu pensava que atender telefonemas, anotar recados e montar uma agenda eram trabalhos que qualquer uma saberia fazer. Com a ajuda de Pablo, que fotografava as selecionáveis a meu pedido sem que tivesse um motivo claro para isso — eu dizia de forma circunspecta que era protocolar da empresa —, fiquei entre a loira, a morena e a ruiva. Pablo preferiu a loira. As loiras estavam na moda. Sempre estiveram. E talvez sempre estejam. Mas eu não era um homem de seguir tendências.

Dessa forma contratei Virgínia, que tinha pernas longas, uma vasta cabeleira encrespada vermelha e uma voz de veludo que amenizava meu dia. Admito que a contratei porque ela era muito atraente, mas também porque ela tinha estilo e muita presença de espírito, o que já era um ótimo cartão de visitas àquele ambiente que se transformou, com o tempo, em objeto de cobiça de dez entre dez jornalistas do Brasil.

Sobretudo porque estávamos no olho do furacão de um país de grandes proporções e pequenos ideais que se resumiam a resgatar uma democracia perdida, recuperar uma economia vendida a preço de banana e saldar dívidas bilionárias em plena década de oitenta, quando o mundo inteiro só pensava em enriquecer e prosperar.

Éramos como uma lesma gosmenta e lenta centenas de quilômetros atrás de tigres e leões devoradores. Mas tudo isso não importava muito no contexto em que fui parar ali.

No início, tivemos que manter uma postura bastante equilibrada. As matérias saíam mornas, factuais, ouvíamos a todos sem nos inclinarmos politicamente para lado nenhum. Na verdade, como deveria sempre ter sido. Em resumo, seguíamos nosso cronograma e nossa estratégia ali, mas eu andava meio aborrecido justamente porque gostava de polemizar.

No entanto, Borges fora enfático quando dissera para frearmos um pouco nos primeiros meses para que pudéssemos ganhar a confiança também da oposição que, aproveitando a brecha dada por um governo moribundo, andava promovendo greves gerais, se articulando com rapidez e fundando partidos políticos com ideologias ultrapassadas e discursos radicais que superavam o limite do bom senso.

A ideia era manter a estabilidade, a postura e a coerência do jornal perante o país. Não queríamos inimigos, mas sim fontes diversificadas que nos garantissem matérias exclusivas e, com isso, nossa manutenção no panteão do jornalismo. Por todos esses motivos, no começo eu precisava ir devagar, criar um tráfego de mão dupla, como dissera Borges. Isso se chama articulação, ainda que eu quisesse a qualquer custo atropelar a concorrência, afinal eu era um dos jornalistas com maior visibilidade do país. E chefiar a sucursal política do jornal em que eu trabalhava não era para qualquer um.

Eu pensava nisso o tempo todo, mas não gostava de fazer esse tipo de discurso aos quatro ventos, obviamente para me preservar. Entretanto, naqueles primeiros meses eu estava bastante entediado e até um pouco deprimido. Por esses motivos passei a desabafar com Pablo, sobretudo depois daquela primeira noite em que ficamos bêbados e quebramos o gelo da nossa amizade.

"Que baita uísque, Vilela. Tem outra garrafa dessas escondida por aí?"

Foi só o que Pablo disse depois de eu ter iniciado o palavrório sobre minhas neuroses meia hora antes. Dei risada. Desabafar fazia eu me sentir melhor. Levantei da poltrona, fui ao bar no canto da sala e comecei um discurso. Eu gostava de falar, de contar vantagem, de me exibir, mas no fundo era mesmo um solitário reprimido. Bastou Pablo dizer qualquer coisa, me dar uma abertura, para eu extrapolar.

"Sou obrigado a revelar que temos à nossa inteira disposição o melhor bar da cidade bem aqui na minha sala, meu amigo. Nada dessa merda nacional que, além da dor de cabeça, faz a gente vomitar como um cão doente no dia seguinte. Trouxe tudo do exterior, das viagens que fiz pelo jornal. Conhaque francês, vinho francês, chileno, italiano, californiano, cerveja alemã e dinamarquesa, uísque escocês, vodca russa e ucraniana e o escambau. Até saquê, que não tem lá muito gosto de nada, eu trouxe do Japão quando escrevi aquelas matérias que fizeram todo mundo me sacanear."

Pablo me observava com outro tipo de atenção, mais descontraída, e deu uma risada particular, cativante, saída do seu queixo quadrado.

"Mande o mesmo uísque."

Peguei outra garrafa. Dessa vez, lacrada, ao contrário da primeira, que estava pela metade. Pablo bebia bem, mas não devia estar acostumado a tanta qualidade. Por isso fez o comentário. Talvez eu fizesse o mesmo dez anos antes, quando ainda frequentava os botequins próximos ao jornal no centro do Rio e bebia cerveja e cachaça como todos aqueles perdedores.

Servi duas doses e brindamos sem uma causa. Levantei a garrafa na altura da cabeça e gesticulei.

"É sobre isso que eu estou falando, Pablo. O fato de estarmos aqui, aproveitando os privilégios na capital do país e fazendo parte da história por meio do nosso trabalho exclusivamente. Fomos escolhidos: você e eu. Você entende que muita gente queria estar aqui, no nosso lugar?"

Pablo deu um gole na bebida e ficou me analisando com seus pequenos olhos cada vez mais fechados e injetados pelo álcool. Sempre imaginei os fotógrafos com que trabalhei como uma espécie de entidade neutra, algo espectral, de pensamentos misteriosos. Os fotógrafos pareciam ter razão sobre tudo, mesmo sem abrir a boca. Os núcleos femininos das redações os adoravam. Era como se eles fossem uma espécie de gurus do jornalismo.

"Você precisa aprender a relaxar, Vilela. Tem que se aliviar duas ou três vezes todos os dias. É salutar. Ativa a circulação e põe os nervos no lugar. Não tenho dúvidas de que vai diminuir sua tensão."

Definitivamente o Pablo tinha estilo e levava jeito para guru. Do jeito dele.

"Não leve pro pessoal. Conheci outros repórteres ambiciosos e agressivos como você, mas, se quer saber, eu não dou a mínima. Não me importo com o que você, o presidente dos Estados Unidos, a rainha da Inglaterra ou o papa pensam. Por isso, amigo, não se preocupe. O que estamos conversando fica aqui entre nós. Se vamos trabalhar juntos por algum tempo, é bom que a gente conheça minimamente o jeito de cada um. E, no fundo, eu acho você um tipo engraçado."

Enquanto arrematava o pensamento, Pablo Maia, que estava montado numa cadeira na minha frente, enfiou a mão no bolso do casaco e tirou dali um pequeno tubo de vidro recheado de uma substância branca.

"Bom, agora que finalmente estamos bêbados e mais íntimos, começando uma amizade de maneira franca, vou relaxar e te mostrar um negócio que está fazendo Brasília valer muito a pena."

Não quis parecer conservador ou um estraga prazer, por isso não falei nada, mas não pude evitar fazer uma cara de desconforto.

"Deixa de ser santo, Vilela. Essa belezinha aqui ajuda a pensar com mais clareza, a clicar mais rápido, a encontrar um ângulo diferente. Talvez te ajude até a escrever melhor. E ainda por cima a coca daqui é dez vezes melhor que a do Rio. Vem direto da Bolívia e por isso não tem aquele batismo criminoso que fazem nas favelas."

E nisso, Pablo, com uma intimidade assustadora, despejou uma parte do pó no tampo de vidro da minha mesa de centro e, com o auxílio de um cartão de crédito, fez duas carreiras curtas, mas gordinhas. Eu nunca havia cheirado cocaína na minha vida, mas sabia que muitos do meu meio cheiravam com frequência. Eu era um amador. Minha experiência com as drogas se resumia a alguns cigarros de maconha durante a universidade e em algumas poucas festas. Fiquei tentado, mas recusei.

"Deixa pra lá, não preciso dessa merda."

Pablo enrolou uma nota de mil cruzeiros e mandou a dele de uma vez. Fez uma careta horrível antes de falar.

"Se não quiser, tudo bem. É que hoje é sábado, você finalmente me convida para vir à sua casa e eu me empolguei. Ia tomar uma dose e cair fora, mas aí você veio com toda a sua ladainha sobre carreira e sobre fazer história e sobre ter trânsito livre com os homens do poder, sobre ter o melhor bar da cidade na sua própria casa e eu achei engraçado o jeito como você contou. Já pensou em ser cronista ou articulista? Você leva jeito."

De repente Pablo desatou a falar coisas estranhas, com apelo filosófico, e, ainda que eu não estivesse entendendo quase nada do que ele falava, gostei da sua sinceridade. Pelo menos ele não me julgava. Nisso, pensei nos amigos que tinha no Rio que nem me ligaram pra desejar boa sorte quando eu vim para cá. A maioria deles devia mesmo estar me amaldiçoando por eu ter conseguido chegar aonde cheguei.

O grande problema é que quando se é jornalista e se trabalha pelo menos doze horas todos os dias suas amizades acabam se resumindo ao rol dos colegas de profissão. E todo jornalista é invejoso. Filhos da puta.

"Vou experimentar."
Enrolei uma nota. Para não demonstrar fraqueza, inalei tudo de uma vez, então vieram uma náusea, uma tosse e em seguida uma sensação muito boa. Fiquei com metade do rosto paralisado. Tomei meu drinque de um gole só e enchi de novo. Então Pablo perfilou mais duas e me deixou ir à sua frente, com um gesto gentil. Mudei a narina e equilibrei as coisas, fazendo uma careta provavelmente tão medonha quanto a de Pablo. Passei também a mexer descontroladamente a língua e a ranger os dentes.

A conversa despretensiosa que tivemos naquela noite em que passamos de qualquer limite me rendeu algumas novidades na vida. A mais importante, e talvez a mais arriscada, começou a acontecer logo em seguida, já pela manhã, depois que Pablo foi embora levando as duas prostitutas que trouxera no meio da noite depois de sair para comprar mais droga, a meu pedido, porque eu tinha acabado com tudo, ele me disse depois.

Na realidade, essas sim tinham sido as primeiras novidades, já que, além de nunca ter me drogado tanto, também jamais tinha participado de uma orgia como a que Pablo promoveu na minha casa, também a meu pedido, ele continuou com o relatório na segunda-feira seguinte, rindo. Definitivamente eu não me lembrava de quase nada daquilo. Já era de manhã e eu não conseguia dormir de jeito nenhum. A cocaína tinha acabado, mas não seu efeito devastador. Até a bebedeira tinha passado, o que me trouxe de volta à consciência.

Eu andava de um lado pro outro do apartamento e parecia ter um furacão dentro da cabeça e uma bomba-relógio dentro do peito. Eu pensava em muitas coisas ao mesmo tempo, tudo relacionado ao trabalho, que era minha vida e, portanto, não havia outras coisas a se pensar. Eu já devia ter feito minuciosamente na minha cabeça todo o cronograma para as duas semanas seguintes, além de ter pensado em quinhentas perguntas para as entrevistas agendadas.

Entretanto, alguma outra coisa me martelava o pensamento, algo que fora dito sem pretensão e subitamente por Pablo no início da noite. Na hora nem comentei e até esqueci depois que aquela insanidade toda começou, mas devo ter ficado com isso maturando em algum lugar da cabeça.

Como eu nunca tinha pensado naquilo antes? Pablo era um gênio. Era óbvio que essa era a grande oportunidade de eu consolidar minha reputação em Brasília e, com isso, me tornar mais conhecido, polêmico e respeitado. Excitado, não consegui me segurar muito mais. Esperei até as nove da manhã e liguei para a casa do Borges. Ele tinha me dado o número em caso de emergência.

"Borges?"

"Quem está falando?"

Pelo tom da voz, entendi que havia acordado o diabo.

"É o Vilela. Aqui de Brasília."

Ele pareceu de uma hora para a outra despertar do transe onírico.

"O que aconteceu? Mataram o presidente?"

"Nada disso. É que tive algumas ideias esta noite e acho que você vai gostar. Com certeza darão mais credibilidade à nossa sucursal. Tá ouvindo?"

Eu tentava ser sucinto, mas as palavras surgiam uma atrás da outra e eu começava a verbalizar cada vez mais rápido, inventava argumentos inimagináveis e bem fundamentados, enquanto do outro lado escutava os bocejos do Borges, que queria falar algo, provavelmente me interromper, e eu não deixava.

"Entendi. Uma coluna política só sua. De opinião. Sim, é uma boa ideia. Vou falar com o chefe. Mas antes de mais nada, Vilela, vai pra puta que te pariu."

E desligou na minha cara.

Demorou ainda algum tempo para que aceitassem integralmente minha ideia, e nesse intervalo tive que fazer muita política interna, além do trivial. Nesse período, também comecei esporadicamente a cheirar e, tempos depois, conheci as anfetaminas e os estimulantes. Passei a gostar de tudo aquilo gradativamente, mas, na contramão do habitual, que era o uso restrito às badalações sociais, passei a consumir as drogas eventualmente de maneira insuspeita e apenas com fins profissionais.

Eu mandava ver antes das entrevistas mais importantes, das gravações nas rádios para as quais eu era convidado e que me deixavam com espírito raivoso e inflamado e até antes ou mesmo durante os intervalos das reuniões com deputados, senadores e ministros, que eram um verdadeiro tédio. Entretanto, com tudo isso ou talvez mesmo por isso, eu mantinha muito bem a pose e o status de jornalista poderoso. Não me deixava influenciar, apenas potencializava minha posição em Brasília.

Esse era o meu segredo velado, meu e de Pablo, pois tínhamos posições importantes a ser respeitadas, muito embora quando estávamos a sós desembestássemos a ficar loucos sem critérios. Sobretudo porque aquelas coisas me deixavam num estado de atenção máxima, excitado com o trabalho, me fazendo pensar de um jeito mais rápido e perspicaz nas entrevistas e me fazendo escrever com um sarcasmo mais apurado e com uma ousadia que nunca achei que fosse capaz de ter.

Muitas vezes lia publicado no dia seguinte o que escrevera durante a noite e não acreditava na força daquele texto. Ficava tão energizado que passei a seguir o conselho de Pablo e me aliviava várias vezes no banheiro do escritório. Ficava novinho em folha.

Eu já nem fazia mais as reportagens, só liderava dia e noite aquela sucursal que não parava de crescer. Mudamos para um lugar muito maior, contratamos mais repórteres, mais fotógrafos, e até uma secretária nova apenas para que Virgínia mandasse nela. Deixei Pablo escolher a loira daquela vez. Estávamos felizes e tudo caminhava bem para nós. Éramos como uma família. Vivíamos um desbunde generalizado e tínhamos presença constante nas listas de convidados das maiores festas de Brasília, do jet set às reuniões casuais na casa de personalidades importantes.

Foi nessa época de insanidade fora do comum, quando eu procurava de forma metódica não perder o controle da situação, que as colunas começaram a repercutir nacionalmente. Temas havia aos montes. Aquela cidade era uma panela de pressão prestes a explodir. E eu, que graças ao gênio do Pablo havia conquistado um espaço semanal de um quarto de página, esculhambava geral.

Logo passei a ser odiado por uns e outros. Mas também elogiado por muitos. Eu me transformara numa espécie de crítico mordaz da sociedade, o que era um clichê bastante providencial à época. No entanto, eu não atirava a esmo, dançava conforme a música, como havia aprendido. Escolhia bem os alvos do momento e, mais que criticar, suscitava a dúvida no leitor sobre determinado acontecimento ou determinada pessoa. O truque para manter a credibilidade era exatamente este: gerar a dúvida e, com isso, estabelecer o debate e provocar reações. À parte as críticas, eu realmente acreditava prestar um serviço para a população.

E a coisa toda cresceu depois de dois ou três anos, quando fui convidado a fazer participações em muitos outros programas de rádio e até da TV, em cadeia nacional, o que me fez ganhar muito dinheiro e injetar ainda mais popularidade e repercussão ao que eu dizia.

Com isso, em menos de uma década, para a grande massa de leitores, ouvintes e telespectadores, eu havia me transformado numa referência nacional no que dizia respeito à discussão da política brasileira. Minha simples opinião era diariamente compartilhada e usufruída por centenas de milhares de pobres-diabos que mal tinham capacidade de opinar sobre o andamento da novela, quanto mais sobre o futuro de um país carregado de contradições e interesses.

Minha respeitabilidade estava tão elevada em todos os níveis do poder que em alguns intervalos também fui imbuído de polemizar no contexto internacional, momentos em que fui enviado especial e fiz algumas séries de reportagens em países com crises à nossa semelhança, como Chile, Argentina, Uruguai e Peru.

Até para as Malvinas me mandaram, onde fiquei muito puto por não ter conseguido chegar às ilhas como o jornal concorrente argentino, que, não bastasse, assumiu logo depois da guerra a publicação do livro dos obituários de Diego García, um estrondoso sucesso e hoje uma referência para qualquer jornalista latino-americano. Sobretudo depois do misterioso desaparecimento dele, do filho pequeno e da sua mulher Ana, que aparentemente tinha envolvimento com a esquerda, o que provocou manifestações intensas e grandes tumultos em Buenos Aires. Com tudo isso acontecendo, não demorou muito para os três se tornarem mártires de um país que tinha e ainda tem o hábito de mitificar seus heróis.

Ao contrário do nosso. Sem ressentimentos. Eu queria ser e era, enfim, um dos maiores formadores de opinião do país, o que certamente me fez também ser um dos responsáveis pelas mais importantes decisões e acontecimentos da década de oitenta e de quase toda a década de noventa no Brasil.

Pelo grau de poder que alcancei, fui acusado de tudo, principalmente de manipulador, nas primeiras eleições democráticas que se seguiram depois do regime. Só porque eu mediei os debates na TV em que dois homens um tanto ridículos e despreparados se atiraram a um jogo sujo em plena cadeia nacional, a culpa era minha por isso? Que levantasse a mão quem não tivesse relacionamentos com o poder, quem não fizesse parte do aparelhamento da mídia desses novos tempos e quem não quisesse ocupar a cadeira na qual eu estava sentado por anos. Eu apenas fiz o meu papel. Como qualquer um faria.

E tem mais. Aquilo era um delírio coletivo, uma utopia. Nunca aconteceria.

A realidade é que o povo jamais colocaria no poder um homem em mangas de camisa, de barba desgrenhada, que não tivesse terminado os estudos e que não conseguia nem falar o português direito, mesmo que ele fosse na época talvez o melhor candidato e, sobretudo, fosse o espelho fiel desse mesmo povo. O brasileiro é preconceituoso com ele mesmo. Daí, venceu o homem engravatado. Como sempre.

O irônico é que não demorou muito para o presidente eleito cair e ser malhado por todos, inclusive por mim. Foi um início de década bastante difícil. Depois eu ainda participei de mais duas eleições, com menos responsabilidade sob minhas costas pelo fato de ambas terem sido praticamente unânimes, antes de tudo começar a desmoronar.

Me aprontaram uma armadilha. Uma grande farsa. Me deixei enganar como um mísero aprendiz. Fui ridicularizado nacionalmente e não consegui reverter a situação. Perdi instantaneamente toda a credibilidade, as regalias, o trabalho e, principalmente, o orgulho. A coisa toda piorou com o passar dos anos, quando perdi todo o dinheiro e a mínima esperança que ainda tinha em me reerguer.

Tento amenizar o tom da conversa para que ele se sinta mais confiante. Essa é uma estratégia básica do jornalismo.

"Bom, você me convenceu a te deixar entrar. Não sei ainda em que posso ajudar, mas estou disposto a te ouvir."

Ele respira fundo, como se precisasse de um ponto de partida.

"O que vou dizer agora vai parecer um delírio, uma loucura, mas quero que me ouça com muita atenção, porque vou explicar os motivos."

Ele está nervoso. Transpira na testa e pede licença para tirar o blusão de couro.

"Vá em frente!"

"Estou aqui para contar que amanhã à noite uma pessoa bastante conhecida e de muita influência irá morrer."

Ele sabe que a revelação surpreendente vai chocar e espera minha reação. Observo-o com certo ceticismo, como sempre faço depois de escutar uma dessas informações bombásticas de alguma fonte. Tento ser pragmático para que ele siga logo o seu raciocínio.

"Bom, tendo em vista a certeza do acontecimento, só posso supor que ou você sabe quem irá matá-lo ou que você mesmo se encarregará disso."

"Correto."

Um silêncio se interpõe entre nós. Não pergunto nada. Apenas dou a ele tempo suficiente para que possa me contar.

"Eu irei matá-lo. Mas quero lhe adiantar que não sou um profissional e que nunca matei ninguém antes. Só tenho que matá-lo."

"Só tem que matá-lo..."

Repito o que o loiro diz e desvio o olhar para a janela, uma noite nublada de garoa intermitente. Será ele mais um desses malucos de cidade grande e eu me deixei enganar tão facilmente? Em seguida, ele pergunta se pode fumar e eu apenas assinto positivamente com a cabeça. Fico calado, esperando ele continuar depois da longa tragada que dá no cigarro. Estou há meses sem fumar. Prometi a mim mesmo parar com tudo, mas muitas vezes desde então eu ainda sinto os terríveis calafrios da ansiedade que a abstinência provoca.

"Essa informação que estou te passando, a morte anunciada desse homem, é só o resultado de toda a história. O que quero te contar, e é o mais importante nisso tudo, é a própria história e o que me levou a chegar nesse ponto. É por isso que estou aqui. Preciso que você faça uma entrevista comigo."

A cinza do cigarro dele está quase caindo quando eu apanho um bibelô qualquer com um orifício para que ele faça de cinzeiro. Tenho que pensar com cuidado o que dizer ao loiro porque, mesmo que tenha se apresentado como um sujeito inofensivo, trata-se sem dúvida de um homem preparado para algo extraordinário e aparentemente disposto a tudo.

"Deixa eu ver se entendi bem o que você me propõe. Você quer que eu faça uma entrevista com um homem que irá matar outro homem um dia antes que ele se torne efetivamente um assassino. É isso?"

"Pode-se dizer que sim. Não quero ser preso ou morto sem que as pessoas saibam os motivos que me levaram a isso. Caso contrário, tudo terá sido em vão e esse homem se tornará facilmente uma espécie de mártir, o que seria terrível."

"Você fala de alguém que é publicamente conhecido. Quem é esse homem?"

Ele fica quieto por um instante. Me olha diretamente nos olhos. Pensa bem antes de falar:

"Você poderia usar um gravador? Quero te contar toda a história, mas antes preciso me certificar de que publicará a entrevista baseada apenas na gravação. Seria uma forma de nos preservar."

Olho para ele e percebo que está muito nervoso, embora prevaleça sua vontade de revelar.

"Escuta, não posso dar nenhuma garantia de publicação. Caso seja uma história relevante, ainda assim precisarei aprovar a matéria com a direção do jornal. Temos aí outro problema. Suponhamos que se decida publicar, sobretudo porque ali se publica tudo o que há de mais pérfido, macabro e estranho que possa existir. O que diriam de mim ao saber que eu de alguma maneira compactuei com isso? Que guardei uma informação que poderia salvar a vida de uma pessoa? Ou que eu poderia ter te impedido, avisando as autoridades?"

Ele apaga o cigarro no bibelô, devagar, dando tempo à indagação. Acho que não tinha pensado nisso.

"Você tem razão. Não tinha avaliado sob esse ponto de vista, me desculpe."

Ele parece desolado. Baixa a cabeça, o queixo de encontro ao peito, e fica assim por um longo tempo, como se estivesse adormecido na cadeira. Num átimo, como se uma mola se desprendesse do pescoço e o fizesse voltar à posição anterior, ele retorna ao raciocínio.

"A única solução que me vem à cabeça agora seria omitir essa informação, a identidade dessa pessoa. Só dessa maneira você não seria condenado pelos outros. Quanto a me impedir de seguir adiante, de que jeito você faria se não soubesse nada sobre mim e muito menos onde, como ou com quem a coisa toda aconteceria? Poderia apenas dizer que o obriguei de alguma forma a escutar tudo e que assim que terminei dei o fora sem dar pistas sobre meu paradeiro. Para a matéria não faria tanta diferença assim. De qualquer forma, você descobriria de quem se tratava quando acontecesse."

Ele quer aparentar que tem o domínio do que irá acontecer, mas está apenas a conjecturar possibilidades que não fazem muito sentido dentro das perspectivas de uma entrevista jornalística. Vou direto ao ponto.

"Você tem que entender uma coisa. Como posso contar a história de alguém que não tenho a menor ideia de quem seja? Desse jeito, não há sentido em seguir em frente com essa conversa..."

Ele fica reticente, faz uma pausa longa e me analisa friamente. Parece inteligente e precavido. Continua:

"Você não me impediria de fazer o que vou fazer, impediria?"

Penso um pouco antes de falar, mas a verdade é que eu nem tinha cogitado essa possibilidade. O fato é que se eu de alguma forma tentasse impedi-lo não teria nenhuma história a contar, posto que a vítima deixaria de ser vítima e sua história pregressa entraria no limbo de uma fantasia contada por um lunático. Sintetizo meu pensamento a ele e sou taxativo.

"Se esse homem não morrer, não tenho uma boa história. Por isso, faremos assim: primeiro me conte a história. Se ela for boa o suficiente para ser publicada, decidimos sobre a identidade do futuro morto."

Sinto que a minha resposta o deixa mais relaxado, se é que é possível essa sensação num homem decidido a matar outro.

Levanto e caminho até o sofá, onde está minha pasta do trabalho. Pego o gravador portátil de fita cassete. Checo as pilhas. Aperto o play. Está funcionando. Ponho uma fita nova no lugar e me sento de novo. Ligo o gravador e digo a data de hoje.

Transcrição: Fita 1/ Lado A

"Quinta-feira, 30 de novembro de 2000, onze da noite, Rio de Janeiro."
"O.k. Para começar, diga seu nome completo."
"Isso realmente importa agora?
[...]
"Se não se importa, quem faz as perguntas aqui sou eu."
"Me desculpe. Você tem razão. Pode recomeçar."
[...]
"Nome completo."
"Lázaro Korubós."
"K-o-r-u-b-o-s?"
"Isso."
"Qual é a origem do nome, ou melhor, onde você nasceu?"
"Sou mestiço. Filho de pai holandês e de mãe indígena. Nasci num vilarejo nos arredores de Paramaribo, no Suriname."

"Quando?"

"Não sei dizer ao certo porque não fui registrado quando nasci e sim muito tempo depois. Isso fará parte da história e te contarei no tempo certo. Mas, por causa de alguns acontecimentos pessoais, acredito que eu tenha nascido entre 1953 e 1955."

"Você é filho de quem?"

"De um homem chamado Kásper Hendrik, holandês que migrou clandestinamente num navio mercante saído de Rotterdam, e de uma índia nativa chamada Maíra, da tribo dos korubós."

"Kásper..."

"K-a-s-p-e-r. H-e-n-d-r-i-k."

[...]

"O que exatamente te trouxe ao Brasil?"

"Vivo aqui já faz bastante tempo."

"Não foi essa pergunta que eu fiz."

"Se não se importa, eu gostaria primeiro de contar a história de como isso tudo começou. Você irá entender melhor."

"Pode continuar."

"Antes de começar, preciso te dizer que primeiro terá que confiar exclusivamente na minha palavra. O que sei, principalmente sobre o início, é baseado em algumas informações desencontradas de pessoas que conviveram com ele na época ou outras que ouviram falar a respeito, mas que em certo ponto mostraram ter semelhanças, e, por isso, considero verdadeiras as informações. Depois, quando as histórias forem baseadas na minha própria experiência ou na da minha mãe, posso te dar subsídios mais concretos."

"Subsídios concretos?"

"Tudo a seu tempo. Primeiro vou te contar sobre o meu pai. Pelo menos a história do que dizem ter sido a história do meu pai. A do início, a da juventude, quando tudo ainda era nebuloso até o ponto de ele ter sido transformado numa lenda. Na verdade, é mesmo a história de uma lenda que você ouvirá."

[...]

"*Fatos, Lázaro. Eu preciso de fatos.*"

"Bom, meu pai era um marinheiro holandês que desde muito cedo começou a trabalhar em navios mercantes. Com isso, partiu ainda jovem para vários lugares do mundo. Estou falando do fim dos anos trinta, quando ele tinha dezoito, dezenove anos. Daí, quase em seguida, veio a Segunda Guerra, e a Holanda, sem tradição militar e que preferia ficar em cima do muro, como fez na primeira, foi invadida e dizimada rapidamente pelos alemães. O país foi devastado, ficou em ruínas e, assim, não tinha mais nada para se fazer ali. Foi nesse início da guerra que meu pai seguiu sozinho para a Ásia onde, pelo que dizem, entrou num esquema de contrabando não se sabe exatamente do quê. Ficou anos nisso. A guerra tinha acabado, o mundo estava quebrado e ele precisava encontrar um negócio mais promissor. Nesse ponto a história fica um pouco nebulosa, mas o que dizem é que ele acabou aportando na África. Ainda era bem jovem quando teria começado a contrabandear armas. O caso era que os brancos estavam com medo dos pretos tomarem o poder e ali era uma verdadeira mina de ouro. Os europeus ainda tinham interesses. Como meu pai tinha o conhecimento das rotas marítimas e também contatos importantes com as conexões comerciais certas, conseguiu entrar no esquema de fato. Teria ganhado muito dinheiro com isso e vivido como um rei na África. Mas então, como sempre acontece, ele quis mais. Quis atravessar os negócios. E se meteu com as lideranças erradas. Passou a ser caçado como um cão traidor. Dizem que por mais de um ano evaporou e desapareceu do mapa. Quando voltou escondido para a Holanda, tempos depois, foi para dar adeus ao pai, ao qual era muito ligado. Ele estava muito doente e a morte do pai deixou ele profundamente abalado. O problema é que ele andava tão desiludido e dando tanta bandeira pela cidade que, mesmo depois de quase dois anos, as notícias correram. Por isso não demorou muito para levar dois tiros de três pretos na região do porto. Alguém tinha dedurado ele, é claro. O fato é que nunca se viu na história da

Holanda alguém baleado correr mais que um grupo de pretos que poderia estar disputando as olimpíadas. Sabe-se lá como ele conseguiu fugir, mas acabou se escondendo num cargueiro que ia para a América do Sul porque conhecia alguém que devia um favor a ele. E daí você já deve imaginar aonde ele foi parar."

"Suriname."

"Antes disso passou semanas terríveis no cargueiro, teria tirado as balas do corpo com uma faca e tinha se recuperado da hemorragia. Durante todo o tempo da viagem, ainda teve que trabalhar para cobrir sua clandestinidade. Por fim, foi em Paramaribo, no Suriname, onde esse marinheiro misterioso foi parar. No começo, ofereceu seus serviços aos navios mercantes que ali aportavam. Trabalhou durante meses no porto, mas não demorou muito e logo descobriu os arredores da cidade. Vendo aquele mundaréu de terras e mais terras, meu pai quis se aproximar dos poderosos da cidade e logo foi trabalhar nas fazendas. O país já tinha abolido a escravidão fazia muito tempo, mas os negros ainda trabalhavam como escravos à custa de um salário que mal dava para cobrir os gastos com a comida e o alojamento onde viviam. Então, meu pai acabou se tornando capataz de uma das fazendas de um dos homens mais poderosos do país e, não demorou muito, se tornou temido e respeitado. Mas não se contentou com isso. Entendeu que era só a força que movia aquelas bandas e que a descrença absoluta daquele povo que chafurdava na merda poderia ser o caminho que estava procurando. Não sei se você sabe, mas ali tinha de tudo. Além dos holandeses e dos nativos indígenas, mandaram trazer, como mão de obra barata, hindus, africanos e até indonésios. Hoje em dia ainda é assim. E ele, não se sabe exatamente como, tentou compreender as muitas religiões indefinidas que ali procuravam se afirmar. Foi assim, aos poucos, que ele entendeu que aquele era seu caminho..."

[...]

"Você se incomoda se eu fumar?"

"Vá em frente."

[...]

"Desculpe, estou um pouco nervoso..."

"Você dizia que ele entendeu que aquele era o seu caminho. Caminho pra quê?"

"Pra criar uma nova religião, na verdade um desses sincretismos que não são nem uma coisa nem outra. Você sabia que hoje mais de cinco mil deuses são adorados no mundo todo?"

"Não, não sabia. Nem me interessa saber, na realidade. Não vamos cair no campo da metafísica. Me diga o que o seu pai fez em seguida."

"Tá certo. Desculpe. Acontece que com o tempo ele foi criando essa espécie de seita. Aos poucos, dezenas de pessoas começaram a frequentar o que se passou a chamar de Terra de Deus, uma pequena e simples vila construída por ele mesmo nos alqueires que tinha comprado depois de anos de trabalho. O culto logo foi se espalhando e ele passou a ser chamado de 'O mensageiro'. Em questão de dois ou três anos, ele se tornou essa espécie de guru, mestre, mensageiro, o que quer que seja, para centenas de adeptos que pareciam se multiplicar. Alguns dizem que o número chegou a milhares de pessoas que lhe davam de tudo: dinheiro, alimentos, animais, além de ajudá-lo com o crescimento da sua vila. Aos poucos ele criava sua pequena cidade. Depois desse tempo de aproximação, confiança e endeusamento através do culto e da pregação pela palavra, começaram aos poucos as celebrações que, no início, contavam com alguns poucos fiéis e foram crescendo assustadoramente, como se uma onda retraída levasse centenas de pessoas ao processo. Agora vem o detalhe mais importante e que mudaria a vida de todas essas pessoas..."

[...]

"Diga."

"Um pouco depois de tudo começar, Hendrik inseriu nessas assembleias espirituais o uso de uma bebida misteriosa que ele mesmo desenvolvera a partir de algumas raízes e plantas misturadas ao álcool que ele mesmo processava. Como era de esperar, isso causou reações. Algumas dezenas de pessoas abandonaram a já conhecida Igreja da Autonomia da Terra de Deus. Outras ficaram e logo muitos outros fiéis surgiram. Aquilo se multiplicou como um delírio coletivo. Durante os cultos, os efeitos da droga se potencializavam à medida que ele fazia sermões cada vez mais duradouros, de horas até. Com todos no limite da exaustão e do entorpecimento, acontecia a celebração final dentro do casarão que os fiéis haviam construído e que funcionava como templo. Enquanto todos eles permaneciam orando por horas, seu pastor escolhia a dedo duas ou três mulheres, às vezes mais, e as levava até um local isolado para sua celebração particular. Era uma espécie de clarão em meio às plantações. Foi ali que, durante um ano ou mais, aconteceram orgias e mais orgias, envolvendo qualquer mulher que ele quisesse, de qualquer etnia, casada ou não, desde que jovens e saudáveis. As coitadas mal conseguiam se lembrar do que haviam feito sob o efeito da droga ou, se lembravam, fingiam esquecer. É claro que devia existir também as que gostavam de se submeter a esse rito sexual com o poderoso e envolvente pastor holandês, mas elas também procuravam se calar numa espécie de voto de silêncio. O que quero contar é que Hendrik transou com dezenas, talvez centenas, de mulheres do culto, fossem brancas, hindus, índias, negras, qualquer uma que estivesse ali à sua disposição..."

"E obviamente sua mãe foi uma delas..."

"Sim, eu sou filho de um estupro. De um estupro consentido por conta da loucura, da incapacidade de compreensão e da lavagem cerebral que ele fez em todas aquelas mulheres e homens."

[...]

"Merda..."

[...]

Transcrição Fita 1/ Lado B

"Desculpe. Vamos continuar. Ninguém soube o que ele fazia? O lugar era pequeno..."

"Meu pai era como um Deus ali. Um salvador. Tudo o que dizia era mandamento. Mas extrapolou e cometeu um erro grave. Todos se deram conta disso quando muitas mulheres apareceram grávidas ao mesmo tempo. E pouco depois começaram a nascer aqueles bebês todos, mestiços, mas loiros como ele. As mulheres diziam que era uma bênção, mas isso nada mais era que um reflexo da ignorância. Não demorou muito e alguns dos nativos perceberam que seus filhos não eram realmente seus filhos."

"Quantos eram? Quantos filhos ele teve?"

"Não se sabe ao certo, mas quase trinta mulheres deram à luz um filho dele num intervalo de um ano. Muitos dizem que o número é maior."

"Continue."

"Não poderia acontecer outra coisa. Os nativos foram à forra.

Incentivados pelos latifundiários locais que achavam meu pai um homem extremamente perigoso, eles se juntaram, uns cem homens, e foram até a Terra de Deus. Mas Hendrik parecia preparado para aquilo, talvez soubesse que as coisas pudessem degringolar, porque também tinha formado seu pequeno exército de fiéis, homens do campo fortes e ignorantes que seguiam a fé cega do seu mestre maior. O que se viu ali foi uma batalha sangrenta no corpo a corpo e com os instrumentos da lavoura como armas. Pás, enxadas, pedras, pedaços de pau, qualquer coisa que estivesse à mão. Foi uma carnificina. Alguns falam em mais de duzentos mortos. Durante o conflito, com a ajuda dos fazendeiros, botaram fogo em tudo, no templo, nas casas da pequena vila, nas plantações ao redor e até nos animais que eram criados ali. Tudo foi abaixo. Disseram que meu pai tinha sido encurralado no templo junto com alguns outros e supostamente morrido carbonizado."

"Mas isso não aconteceu..."

"Em Paramaribo, principalmente naquela época e na região rural onde tudo aconteceu, não havia condições técnicas de se confirmar algo assim. Vários corpos carbonizados foram encontrados dentro do templo e dizem que ele teria morrido ali. Mas o que vou te contar agora é ainda mais assustador."

"Continue."

"O massacre foi escamoteado, escondido das autoridades. Ninguém tinha interesse em falar sobre aquilo. Como aconteceu num fim de mundo, enterraram todos os corpos desconhecidos numa grande vala. Os outros tiveram enterros silenciosos. As pessoas envolvidas só queriam esquecer que aquele infeliz havia passado por ali e feito o diabo. Fizeram de tudo para tentar esquecer, mas o problema é que havia todas aquelas crianças e logo apareceram novas mulheres grávidas... O fato é que essas famílias tornaram-se um fardo para aquela região, como se fizessem parte de uma espécie de maldição."

"Maldição? Como assim?"

"Passou um tempo e algumas famílias foram embora daquelas terras e nunca mais foram vistas. A maioria, é claro, não tinha condições de fazer o mesmo e ficou. Muitas mulheres foram abandonadas por seus maridos e por suas famílias, e as crianças, que nada tinham a ver com aquele erro, nasceram e cresceram sem saber o que tinha acontecido. Foi criado uma espécie de pacto de silêncio quanto a isso. Só que, apesar de as crianças terem sido preservadas desse passado absurdo, elas nunca tiveram vidas normais como as de qualquer outra..."

[...]

"Você está bem?"

[...]

"Espere um pouco. Vou te trazer um copo d'água."

[...]

"Obrigado. Eu fico muito emocionado toda vez que relembro essa história. Não gostaria de contar dessa maneira."

"Não se preocupe com isso. Só explique melhor. O que aconteceu depois?"

"Nós fomos afastados de tudo. No caso dos que ficaram, como eu, as próprias famílias tratavam suas crianças como se elas fizessem parte de um acontecimento maldito. Elas foram atrofiadas, impedidas de seguir o curso natural da vida. Viviam trancadas dentro das suas casas e proibidas de participar do mundo ao redor. Essas crianças, entre as quais me incluo, se tornaram esquisitas, amarguradas, e nunca souberam os motivos que levavam todos a tratá-las daquela forma. Daí aconteceu o primeiro suicídio."

[...]

"Suicídio?"

[...]

"O garoto tinha apenas nove anos e se matou com um tiro na cabeça usando a arma do pai. Pai é só uma maneira de se referir àqueles pobres-diabos que decidiram não abandoná-los. As mães biológicas, por terem traído ou se deixado enganar pelo messias holandês, não podiam fazer nada. Até a expressão da dor era comedida, como se a morte do filho fosse um alívio brutal. O mais estranho é que todos acharam normal ter acontecido. O menino era rebelde, violento, questionador. Ele só queria saber por que não podia fazer as mesmas coisas que os outros meninos e os pais apenas diziam que era porque ele era diferente, retardado e doente. Ele não acreditava naquilo, por isso apanhava muito até ser obrigado a dizer que entendia. O que ele não sabia é que era o primogênito daquela história toda. Depois de alguns meses veio o outro suicídio, e mais um, em outra cidade próxima. As crianças ingeriram veneno, enforcaram-se, atiraram contra si próprias. Foi um escândalo. Nenhuma das famílias aparentemente mantinha qualquer relação com as outras, mas a notícia começou a correr e aquela tragédia varrida para debaixo do tapete começou a aparecer aqui e ali. Todas queriam apenas esquecer aquela história, mas o suicídio de nove crianças em menos de um ano fez com que alguns que tinham passado por aquilo se procurassem e se reunissem. As pessoas passaram a comentar sobre aquilo tudo em outros cantos do país como se fosse uma lenda, uma história de terror..."

"O que aconteceu então?"

"Em poucas palavras, os homens decidiram que as crianças sobreviventes deveriam ter o mesmo destino. Nenhuma delas era normal, segundo eles, para continuar a viver."

"E quanto a você? Como soube disso tudo? E como sobreviveu?"

"Já chego lá. E foi a partir dessa reunião que a minha vida mudou completamente e fez com que hoje eu estivesse aqui na sua frente."

"Prossiga."

"Bom, as mães já sabiam que algo daria errado nessa reunião. Muitas eram meninas de vinte e poucos anos. Minha mãe era uma dessas. Ela era apenas uma nativa, filha de nativos que trabalhavam nas fazendas. Mas ela era diferente dos outros, pois, mesmo me impedindo de sair de casa, não me tratava como uma aberração ou como uma maldição como muitos quiseram impor. E, por isso, antes que qualquer decisão fosse tomada naquela reunião, ela me pegou em casa e tomamos o primeiro ônibus para longe dali. Essa é a primeira lembrança que tenho realmente do que era a vida fora de quatro paredes…"

"E ninguém se dava conta disso, médicos, padres, autoridades, quem quer que fosse?"

"Nós morávamos na região rural do país. Se alguém desconfiasse de algo ou quisesse fazer alguma coisa, logo seria dissuadido. Quem mandava ali eram os grandes coronéis latifundiários. Ninguém queria saber de confusão. Não tínhamos direito a escola, vacina, atendimento médico, a nada. Mesmo assim, nenhum de nós morreu por motivos fisiológicos. Isso deixou todos ainda mais ensimesmados com nossa força e fortaleceu ainda mais a fantasia de que éramos fruto de alguma maldição."

"Continue. Você estava contando sobre a fuga com sua mãe…"

"Foi bastante difícil, mas conseguimos viajar de um ponto ao outro até sairmos do país. Chegamos ao norte do Brasil depois de uma semana como clandestinos, porque não tínhamos nenhum documento. Minha mãe e eu passamos o diabo, mas conseguimos sobreviver. Nunca mais tivemos notícias de Paramaribo e do que teria acontecido por lá. Alguns anos mais tarde, viemos para o Rio, onde, depois que fiz dezoito anos, soube enfim o que tinha acontecido."

"E o que mais?"

"Agora quase chegamos ao final. Ano passado, um pouco antes de morrer, minha mãe passou a delirar muito no hospital onde estava internada. Ela foi diagnosticada com demência e tudo o que *dizia parecia ser em decorrência da doença. De certa forma eu também pensava assim até o dia em que ela passou a me contar essas coisas todas com uma riqueza de detalhes que eu ainda não conhecia. Foi então que finalmente ela tocou no assunto. Me disse que tinha descoberto o paradeiro do meu pai, que ele estava escondido bem debaixo do nosso nariz."*

[...]

"Por favor, prossiga, Lázaro."

"Bom, minha mãe contou que ele tinha criado outra Igreja, dessa vez com dogmas e padrões mais tradicionais. Ele tinha deixado a loucura toda na selva do interior do Suriname. Aqui, ele começou pelas cidades periféricas das grandes cidades para depois chegar à periferia dessas mesmas grandes cidades, se estabelecendo definitivamente em pouco mais de duas décadas. Sua Igreja proliferou, se abasteceu da fé de milhares de crentes e ele prosperou e enriqueceu. Hoje a Igreja dele está na TV e espalhada por todos os lugares que você possa imaginar."

"E por que sua mãe demorou tanto para descobrir? Pelas minhas contas, passaram-se por volta de quarenta anos..."

"Sim, mas a Igreja dele começou a aparecer com mais força há vinte anos. E não se sabe o que ele fez nesse intervalo anterior. Provavelmente plantou a semente da sua Igreja em muitos lugares. Além disso, ele, embora seja o líder, não costuma muito dar as caras, provavelmente devido ao seu passado e também por estar velho. Elegeu uma dúzia de pastores para falar em seu nome, falso por sinal. Nos últimos dois ou três anos ele apareceu com força total e passou a fazer suas pregações nos maiores templos da cidade porque decidiu entrar para a política. Foi daí que minha mãe finalmente o viu na TV e confirmou suas suspeitas..."

[...]

"Talvez eu já saiba de quem se trata."

"Isso não importa mais. É você quem tem que decidir o que fazer com essa informação."

"Mas como publicar toda essa história se não há provas, indícios, nada além do seu depoimento?"

"Sei que não é o suficiente, mas acho que para seu jornal a falta de evidências não é um empecilho tão grande assim, é?"

"Talvez não. Mas é meu nome que está em jogo. E, apesar de ser uma boa história que me poderia fazer voltar ao círculo do meio jornalístico, ao mesmo tempo poderia mais uma vez me jogar na lama sem a retaguarda das provas. Eu seria ridicularizado como da outra vez."

[...]

"Tome. Agora é seu."

"O que é isso?"

"Minha mãe guardou por quarenta anos. Encontrou nos destroços da Terra de Deus. Pertence a Kásper Hendrik. Por algum milagre, o diário ficou intacto. É um registro histórico. Portanto, aqui está a sua prova, ou ao menos os seus indícios."

[...]

"Tome isso também. É a tradução. Está quase tudo aqui. O restante você poderá descobrir por conta própria. Todos sabem da sua capacidade."

[...]

Abro o diário, uma encadernação antiga, pequena mas robusta, com a capa em frangalhos e presa por dois elásticos amarelos novos. Na primeira olhada, percebo que está escrito num idioma que certamente é o holandês. Depois leio as primeiras páginas da tradução. Não sei bem o que dizer. Ele guardou sua principal cartada para o fim, como se isso impossibilitasse de vez minha recusa. Tenho nas mãos algo que realmente pode ser a prova inicial de uma história assustadora e polêmica.

Fico olhando para Lázaro durante bastante tempo, como se dependesse somente dele, um homem anônimo e desconhecido que resolveu bater à minha porta, todo o meu futuro dali para diante.

Aquilo me assusta de verdade. A história é tão fantástica e aparentemente tão legítima que poderia ser mais uma grande e bem executada mentira. Sem conseguir evitar, como se minha cabeça entrasse numa espiral de lembranças ruins, recordo o dia em que fui aliciado e, por semanas a fio, manipulado, ludibriado e ridicularizado depois de muito tempo sendo abastecido por informações e pistas falsas. Quando me vi como protagonista daquele vídeo um tanto ridículo e bizarro, tive certeza de que minha carreira acabaria de uma vez por todas.

Respiro fundo e olho direto nos olhos de Lázaro. Tenho a obrigação de pressentir se algo está errado. Se ele cometer um deslize, um ato falho, sou capaz de matá-lo com as minhas próprias mãos.

"Tem certeza de que quer levar isso adiante, Lázaro?"

"Pode apostar que sim."

Silêncio.

"Se conseguir fazer o que pretende, eles não te darão chance de escapar."

Silêncio.

"E se não conseguir? E se tudo der errado?"

"Você publicará a história mesmo assim, não?"

Penso que a formação de uma Igreja e de um rebanho de seguidores, por meio da fé cega ou da persuasão, não se qualifica como crime. O que conta ali é o passado devastador desse homem chamado Kásper Hendrik. Um passado que deixou muitas marcas, muitas histórias e poucos vestígios. Um passado que quer ser esquecido.

Tenho que processar tudo aquilo em questão de segundos. É como se o sangue lentamente começasse de novo a correr nas minhas veias. Sinto-me extremamente vivo à frente de um homem que precisa matar e que, talvez, queira morrer.

"Sim", digo enfim.

Novamente Lázaro olha através de mim. As lembranças ruins devem estar todas à sua frente. Então ele se levanta. Aperta minha mão com força e, dessa vez, me olha direto nos olhos, como se estivéssemos estabelecendo um pacto, e me agradece. Quando ele sai pela porta do apartamento, olho as horas no relógio e percebo que entramos na madrugada.

Em cima da mesa, uma fita cassete da gravação. Uma hora de entrevista, mais um depoimento que qualquer outra coisa. Como não tenho computador, pego um caderno e passo a transcrever aquilo tudo que acabara de ouvir.

É como se eu estivesse dentro de um daqueles sonhos em que tudo parece ser excessivamente real, só que ao contrário. Dentro dessa realidade extraordinária que se avizinha na minha vida eu duvido a cada instante que as coisas estejam acontecendo de fato.

Para mim, é estranho pensar dessa maneira porque sempre me comportei como um homem racional, prático e, antes de tudo, realista. Talvez tenha sido o longo tempo de letargia que me fez sentir assim. Mas é uma questão de tempo. Afinal, como estava escrito no livro sobre o zodíaco, tudo é cíclico.

Quanto maior o medo, maior a chance de se transformar num cretino da pior qualidade. Quanto maior o desejo, mais longe chegará e mais intensa poderá ser a queda. Um verdadeiro e exclusivo clichê para apostadores ousados como eu.

A verdade é que quando se está no auge é difícil pensar de outra maneira. A adrenalina que o poder injeta nas suas veias é irresistível como uma droga potente. Não há nada que faça você sair dessa. Se o diabo aparecesse à minha frente, eu assinaria o contrato sem pestanejar. Por isso naquela época fiz o que fiz.

O fato é que, sentado sozinho àquela mesa, tomo minha decisão e faço minha escolha. Eu poderia ter ido a fundo naquela história, investigado, apurado, confrontado informações, cavoucado o passado medonho daquele homem, ido a Paramaribo, encontrado e entrevistado pessoas que tivessem sofrido o mesmo trauma.

No entanto, a verdade é que não há tempo, nem para o que está prestes a acontecer nem para mim mesmo. Estou velho, já não consigo mais. A descrença e a dúvida matam o homem.

Penso sobre tudo isso na madrugada que rapidamente vira dia ao transcrever páginas e mais páginas da entrevista que acabo de fazer. Analiso todos os vieses, mas a realidade é que eu jamais recuperarei integralmente minha credibilidade como jornalista, por mais espetacular que fosse a matéria que escrevesse com um material daqueles, promissor, mas insuficiente.

Ainda é bem cedo quando vou à redação e começo a fazer uma série de telefonemas. Ninguém chegou ainda. Demoro bastante, tenho que usar artimanhas, mas consigo resultados. Confirmo a presença do político numa das suas assembleias religiosas naquela noite e, sobretudo, consigo o nome do hotel onde ele está hospedado. Depois de deixar a transcrição sobre a mesa do meu colega do horóscopo com um bilhete para que digite a entrevista no computador, resolvo fazer o que me propus.

Quando chego ao hotel cinco estrelas em que Kásper Hendrik está hospedado, vou logo à recepção, onde se recusam a me anunciar ou me dar o número do quarto, mas me indicam um assessor magricela sentado num dos sofás do enorme hall e que folheia com desinteresse um jornal.

Ao me aproximar, percebo que lê a seção de esportes e não de política ou economia, como deveria. Rapidamente ele disfarça, fecha as páginas, se apruma no seu paletó de grife e me recebe com cara de poucos amigos, como se fosse alguém importante hospedado num cinco estrelas e não um simples assecla que é obrigado a ficar esperando pelo chefe no saguão desse mesmo cinco estrelas.

"Conheço você de algum lugar?"

Eu já contava que algo do tipo pudesse acontecer. Afinal, eu era, e certamente ainda sou, um homem conhecido nacionalmente. Meu rosto esteve presente em muitos momentos importantes do jornalismo brasileiro. Por isso, antes de vir, fiz a barba. Quando tira a barba que usou toda a vida, um homem se transforma em outra pessoa.

"Provavelmente. Sou Sergio Vilela. Vim ver o senador. Estou escrevendo uma matéria que precisa ter a versão dele dos fatos."

Falo sério, mas o assessor só falta dar risada.

"Você... você não estava fora de circulação? A Ridicularização..."

Eu nunca conseguiria escapar daquela marca maldita. Poderiam se passar dez, vinte anos e todos ainda me enxergariam daquela forma.

"Poderia me anunciar, por favor? Preciso fechar a reportagem ainda hoje no início da noite..."

Ele não acredita no modo como eu falo, com um fundo de soberba e superioridade. Mesmo que não o faça de propósito, estou agindo da mesma forma que anos antes, o que me faz me sentir bem e, ainda que estranhamente, feliz.

"E por qual veículo de imprensa o senhor pede essa entrevista?"

Havia me esquecido dessa parte, mas nem gaguejei:

"*Redação Popular*, filho."

"Redação o quê?!"

Sinto que não conseguirei romper a barreira da humilhação e do despeito se não for direto ao assunto.

"Apenas avise o senador que quero falar sobre o diário de Kásper Hendrik. É do extremo interesse dele. Se, depois disso, ele não quiser me receber, irei embora imediatamente."

O assessor me olha desconfiado, demora um pouco, mas, diante da convicção com que digo aquilo, logo pega o celular e dez minutos depois estamos subindo até o décimo oitavo andar. Os assessores são atualmente a praga do jornalismo.

Quando enfim chegamos ao quarto, sou parado por um gorila de dois metros que está do lado de fora. Olho com rigidez para o assessor, que diz:

"Sinto muito. É o protocolo."

E sou revistado protocolarmente. O grandalhão parece procurar uma pistola ou mesmo uma faca, mas não carrego nada comigo que não seja o equipamento básico de um jornalista. Assim que entro, Kásper me olha de cima a baixo e manda o assessor sair. Fico impressionado com a presença viva daquele homem loiro e alto que deve ter mais de oitenta anos, mas aparenta dez ou quinze anos a menos. Ele é como a versão mais velha e um pouco mais robusta de Lázaro. A semelhança é assustadora e talvez só aqui eu confirme para mim mesmo a veracidade da história.

"Reconheço que estou mais surpreso com a sua audácia que com a inaptidão dos meus assessores. Afinal, como não foram capazes de reconhecer Sergio Vilela, um dos maiores jornalistas da sua geração? Mas apostaria minha cadeira no Senado de tão improvável que é essa situação. Afinal, até onde eu soube, você já era uma carta fora do baralho."

Ele me olha direto nos olhos e diz aquilo de forma tranquila e analítica. Mais uma semelhança entre ele e o filho. O sotaque, no entanto, ele consegue suprimir totalmente da fala. E, assim como todos os outros, ele também se utiliza do recurso de me diminuir, me espezinhar, ainda que de forma sutil.

"Como pode ver, ainda estou em plena atividade, embora seja obrigado a usar recursos pouco ortodoxos como esse. Peço desculpas por isso."

Ele dá uma risada curta para contemporizar.

"Devo dizer que sempre acreditei na perseverança como uma das principais virtudes do homem. Por isso mesmo escutarei o que tem a dizer. Meu segurança lá fora se encarregará de que ninguém nos atrapalhe."

Embora tenha se esforçado em fazer o papel de pastor, ele não se segura e imprime a ameaça velada no fim do discurso. Penso que eu tenho que ser preciso com as palavras e não dar margem a contra-argumentações.

"Eu só tenho a agradecer a oportunidade de me receber, senador. Ou devo chamá-lo de pastor? Me perdoe a dúvida, mas é que nunca sei ao certo como nomear uma personalidade que tenha duas ou mais atribuições tão importantes ao mesmo tempo. Isso me faz lembrar algumas entrevistas que fiz com alguns presidentes da América Latina durante as ditaduras e não sabia se deveria chamá-los pelo cargo que ocupavam ou pela patente militar. Era como um paradoxo para eles, embora a meu ver todos se orgulhassem mais da legitimidade da carreira e, portanto, se sentiam mais respeitados quando chamados dessa forma."

Meu discurso provocativo o deixa desconfortável. Ele parece sentir que algo importante está prestes a acontecer.

"Por mim, pode me chamar como quiser, inclusive pelo meu nome. Sou um homem simples que não dá importância a rótulos ou nominações, ao contrário da comparação infeliz que fez com os militares."

"Posso chamá-lo então de Kásper Hendrik?"

Ele emudece num átimo e passa a me observar com mais precaução. Ainda que ele já soubesse dessa informação antes de me deixar subir ao quarto, suponho que queira saber aonde tudo aquilo pode chegar.

"Esses anos todos no ostracismo devem ter sido realmente duros para alguém como você, desde sempre acostumado aos holofotes. Vejo que está confuso, meu filho. Quer um copo d'água?"

"Um uísque cairia melhor, senador."

Digo isso de forma automática, como uma escolha que surge da ansiedade. Eu não bebo uma gota sequer há mais de um ano, mas preciso de um impulso. O pastor fica parado, não sabe bem o que fazer. Eu o remeto forçosamente a um passado que ele deve negar com todas as suas forças. Naqueles poucos segundos, ele deve estar pensando em várias coisas, inclusive em chamar o gorila que vigia sua porta.

No entanto, ele não faz nada disso e me convida a sentar, antes de pegar as garrafinhas de uísque no frigobar. Serve os copos em silêncio e me entrega um. Ao beber o primeiro gole, sinto uma vibração conhecida, que também me remete ao passado, mas não o passado recente e ruim, mas sim os anos do início de tudo, quando me sentia forte e capaz.

"Descobri algumas coisas que aconteceram em Paramaribo. Foi lá que notou seu dom para pastorar o rebanho?"

"Vá em frente. Não pare essa história interessante para fazer comentários jocosos e inúteis."

Falo com detalhes tudo o que eu tinha ouvido da boca de Lázaro e do que li na tradução do diário. Eu avanço na história como se tivesse vivido tudo aquilo, investigado, e não como se tivesse ouvido as informações de uma só fonte. Em alguns momentos, faço pausas para que ele se manifeste, mas também para pôr as ideias em ordem. Hendrik, porém, se exime de comentar e, quando a pausa se alonga demais, simplesmente dá de ombros.

"O que mais?"

"O mais importante: o legado. O fato é que você deixou um legado bastante peculiar por lá. Dezenas de mulheres engravidaram no intervalo de um ano e deram à luz dezenas de filhos seus. Falam em mais de trinta, mas alguns afirmam ter sido ainda mais, além dos abortos e das crianças que desapareceram..."

Demoro um pouco para arrematar o raciocínio, sobretudo porque só consigo compreender a gênese daquela história exatamente ali.

Só agora percebo que a tal lenda que me sopraram aos ouvidos não foi nada além de mais uma aventura bastante humana.

Hendrik não tira os olhos dos meus o tempo todo. Olhos repletos de sangue e de poder. É um homem imponente que consegue manter seus sentimentos sob controle. Não consigo decifrar absolutamente nada ao observá-lo. Ele bebe o que resta do seu copo em silêncio, como para recomeçar.

"Eu poderia ter várias reações a tudo isso que você acabou de me contar. A primeira obviamente seria negar tudo, pois a história é tão extraordinária e cheia de lacunas que, convenhamos, seria muito difícil alguém ter disposição e tempo para entendê-la. Só isso já seria capaz de arruinar tudo antes mesmo de começar. Vamos supor então que ainda assim você resolva levar isso adiante. Então bastariam alguns telefonemas meus e zum, essa história fantástica não seria veiculada nos jornais nem como ficção no suplemento cultural. Outro ponto importante, talvez crucial, é que você está arruinado como jornalista e como pessoa, desacreditado, acabado, ridicularizado. Vamos imaginar que mesmo assim, de alguma maneira, você conseguisse levar isso para um público menor, que lê a chamada imprensa combativa. Você realmente acredita que ela tem força para alguma coisa que não seja empregar velhos esquerdistas rabugentos que só levarão isso adiante na mesa do bar? A verdade é que essa é uma história que está fadada a se tornar um grande factoide..."

Hendrik tenta a todo custo me subjugar, como eu previra. Tento dar o troco, com certa desfaçatez.

"Lembre-se de que eu também conheço essa engrenagem

que move o poder. E sei que na outra ponta existem também os inimigos que, se não comprariam essa briga, por utopia ou senso de justiça, gostariam de explorá-la por muitos motivos que envolvem poder, influência e dinheiro. Eu nem precisaria dar as caras nem precisaria vencer, se é que posso dizer isso. O que vale mesmo é o escândalo e a imagem arranhada. Suscitar a dúvida. Além do mais, quando você evaporou de Paramaribo, deixou para trás algo muito maior e mais palpável que aquelas histórias malucas."

Ele inspira o ar com força e novamente se levanta em direção ao frigobar. Fala bem devagar enquanto se move de costas para mim.

"Sejamos honestos. Percebo agora que você foi realmente a fundo nessa história, embora o que possa fazer com ela não me apavore tanto quanto imagina. Por isso não vou subestimar sua inteligência e negar o que te parece óbvio. No entanto, que fique claro: isso tudo ficará aqui, apenas entre nós dois. Faremos um acordo, como homens. Afinal, por que você estaria aqui se não fosse por isso?"

Aceno positivamente com a cabeça, concordando, muito embora eu ainda não saiba exatamente o que eu tinha ido fazer ali, além de confirmar as informações para a matéria. Estava preparado para um confronto, é claro, mas não sabia o que resultaria daí. Por esse motivo, um suposto acordo, ao mesmo tempo que me parecia estranho, me aliviava. Eu já havia até contado com a possibilidade de nunca mais voltar.

Bebemos nossas novas doses. Uma expressão de fadiga invade seu rosto enquanto ele senta à beira da cama. É como se tivesse entrado numa cápsula do tempo. Não olha para mim diretamente, mas sim para um espaço indefinido.

"A verdade é que você trouxe à tona um período da minha vida que ainda hoje me custa entender. Mas, ao contrário do que muitos fazem, eu nunca procurei esquecer meu passado. Escolhi omiti-lo, o que me é de direito, mas jamais o evitei. Apenas fiz o que fiz porque de alguma forma se deu assim. Simplesmente aconteceu. Nada daquilo foi premeditado. Pode parecer loucura, mas muitas vezes penso que Deus me deu a graça de viver três vidas distintas numa só jornada, mas cada uma no seu próprio tempo. E não estou falando de oportunidade, chance ou redenção. É difícil compreender. Minha vida é desprovida de qualquer lógica. Uma coisa, porém, era fato: eu, que vivi a violência desde muito cedo, queria mudar essa sina. Por isso comecei indo aos cortiços e, um por um, pedi perdão a todos os homens e mulheres que havia violentado. Fui escorraçado e cheguei a ser agredido muitas vezes no começo, mas insisti e acabei conquistando a confiança deles. Isso provavelmente você não conseguiu apurar, estou certo?"

Balanço a cabeça negativamente e nada falo, pois não quero interrompê-lo.

"Percebe como uma mesma história pode ter vários significados? Enquanto construíamos a Terra de Deus, eu pesquisava sobre as várias ervas tomadas pelos índios da região nos seus rituais. Eu queria criar algo novo, único, para que encontrássemos nosso caminho. Fiz muitas experiências e testei todas elas. Quase morri numa ou duas delas, mas eu não me importava. Um dia, senti que a tinha encontrado. E fui fundo naquilo porque acreditei de verdade no caminho que a natureza supostamente tinha me deixado encontrar. Mas deu tudo errado. Ter encontrado esse poder que achava ser só meu e compartilhá-lo com aquela multidão de seguidores me fez perder a cabeça. Puseram a culpa em mim, mas se esqueceram de que todos eles também aceitaram aquela situação. O resto da história você já sabe. Tempos depois acabei chegando ao Brasil, onde uma vez mais tive que renascer..."

Hendrik fala tal qual o filho, uma retórica longa e resoluta.

Depois, ficamos calados nos observando por um bom tempo. Ali, sentado, me vendo com certa angústia no reflexo de TV desligada do quarto, percebo ser um tanto ridícula a ideia que tenho em mente: a de pedir a ele, em troca das informações, um cargo de confiança, talvez como assessor, o que seja, de preferência alocado em Brasília, e que pudesse ter ao menos algumas poucas regalias.

Agora sim entendo todo o propósito: quero apenas uma imitação da vida que eu tinha antes de tudo dar errado.

"Escuta, quero apenas o que é meu por direito", ele diz, "está com você?"

"Você acha que eu seria tão burro de trazê-lo comigo?"

Nisso Hendrik caminha até o grande armário do quarto e logo retorna com alguns maços verdes recheados de notas de cem dólares. Entrega aquilo tudo a mim. Fico muito surpreso e assustado com a atitude, porque em nenhum momento dei a entender ter ido até ali para chantageá-lo em troca de dinheiro.

Em toda a minha carreira, tudo o que tinha recebido haviam sido as promoções, as benesses da profissão, as informações privilegiadas. Era só o que me interessava. Jamais fiz o que fiz somente por dinheiro.

Filho da puta.
Filho da puta.
Filho da puta.

Durante aqueles poucos segundos, sinto-me tão menosprezado que não consigo pensar em outra coisa. Daí me lembro que Lázaro lhe enfiará uma bala no olho dali a algumas horas. Isso me faz feliz. Jamais contarei a esse crápula o que lhe acontecerá. Nem por todo o dinheiro do mundo.

Dou uma risada irônica.

"É pouco."

"Ah, está querendo se aposentar, não é, Vilela?!"

"Eu entrego a você o diário e não faço a matéria. Ficamos quites."

O velho está ansioso e ofegante.

"Você não está vendo que estou pouco me lixando para a sua matéria? Ninguém mais quer saber de qualquer coisa sua que seja publicada. Você já era, filho. Entenda isso."

Fico calado. Ele está certo. A verdade é que eu nunca voltarei a ser eu mesmo. Eu estava realmente acabado. Ele não parece se importar com mais nada. Cegou-se das razões e blindou o raciocínio.

"Só o diário, por favor."

Ele então se levanta com fúria e traz mais alguns maços de dinheiro. Mais que da primeira vez. Atira-os no meu colo com alguma força. Deve haver no mínimo trinta mil dólares flutuando ali, entre meus braços e mãos. Dinheiro que, honestamente, não vou ganhar nos próximos anos. Fico muito nervoso. Pareço transpirar instantaneamente todo o uísque que acabei de beber.

Mas, se vou aceitar aquilo, tenho que ser prático e profissional. Então enfio toda aquela dinheirama dentro da pasta de couro e levanto sem remorso. Antes de seguirmos pelo corredor em direção ao elevador, digo taxativo:

"Venha comigo. Se seu gorila vier atrás de nós e eu desaparecer do mapa, saiba que há algumas pessoas que sabem que estou aqui no seu quarto. Inclusive algumas me esperam no hall do hotel."

Ele mostra alguma indignação.

"O que pensa que eu sou, filho? Um gângster? Não se preocupe. Me entregue o que acabo de comprar e vá para casa."

No momento em que saímos, ele diz ao segurança e ao assessor que estão do lado de fora para esperá-lo ali que ele iria me acompanhar até o hall. Descemos do elevador quase lotado e sigo com Hendrik até a recepção.

"Senhorita, poderia me devolver o envelope que deixei em nome de Sergio Vilela?"

Hendrik dá uma risada e balança a cabeça. Entrego a ele o envelope com o diário, objeto que me faria entrar e, caso as coisas saíssem do controle, a sair daquele hotel.

"Posso fazer uma última pergunta, senador?"

Ele fica calado, mas resolvo falar mesmo assim. Devo isso a Lázaro.

"Você nunca se perguntou o que aconteceu a todas aquelas crianças?"

Hendrik olha para mim com soberba e indiferença e não diz uma palavra. A verdade é que ele não está preocupado com isso, como Lázaro previra.

Apenas abre o envelope e quando percebe se tratar de fato do seu objeto de memória, o mesmo que me havia sido confiado e que, poucas horas depois, troquei por muito dinheiro, fica tão tenso e angustiado que não tenta me impedir de fugir.

Nem ao menos me vê ir embora apressado.

Excitado, tomo um táxi e vou direto à redação do *RP*.

Entro na sala do César com a arrogância que costumava entrar na sala do Borges e digo que tenho uma matéria bastante bizarra nas mãos. Conto cada detalhe da história e peço a ele que mande seu melhor fotógrafo ficar de prontidão na assembleia religiosa que ocorrerá em breve.

A primeira coisa que César fala, sempre com sua cara blasé, é se tenho provas daquela confusão toda que tinha acabado de contar.

O fato é que, apesar de ter feito cópias de todo o seu conteúdo e de também possuir sua tradução, eu não precisava mais daquele diário de memórias porque o senador havia caído no truque mais velho e constrangedor do jornalismo rasteiro: o gravador ligado no bolso do paletó. Com essa segunda gravação, eu confirmaria as informações da primeira entrevista, a de Lázaro.

Mas Hendrik jamais descobriria essa artimanha covarde e jamais se amaldiçoaria por ter cometido esse grave erro. Sobretudo porque algumas horas depois, testemunhado por centenas de fiéis, ele levaria o tiro certeiro na cabeça disparado por Lázaro, antes de ele mesmo enfiar o cano da pistola na própria boca e dispará-la em meio ao inferno que se transformara a assembleia.

Imagens exclusivas e chocantes que estampariam a capa do jornal espreme-e-sai-sangue mais famoso do país em todas as bancas no dia seguinte.

É quase meia-noite quando novamente me sento com César.

"Você vai usar todo o material?"

"Que merda de pergunta é essa, Vilela? Você acha que um jornal como o meu tem algum tipo de rabo preso?"

"É uma reportagem perigosa. Vou me expor."

"Entenda: só o que me interessa é vender anúncio e vender jornal, e ao que parece temos o furo do ano nas mãos. Os advogados que cuidem do resto. Não se preocupe, mentiremos sobre tudo o que for necessário."

E então César se aproxima de mim e me dá um tapinha nas costas.

"A vida é engraçada. Alguma coisa me dizia para eu seguir meu instinto. E agora, veja só como o mundo dá voltas."

Em outros tempos eu teria me orgulhado quando ele disse aquilo. Afinal, ter de volta o respeito e o prestígio que me foram tirados de uma hora para outra era o que eu, enfim, andava buscando. Mas não era exatamente o que eu estava sentindo. Longe disso. Portanto, quando todos foram ao bar comemorar o grande furo que tínhamos nas mãos, eu disse que precisava passar em casa antes.

A verdade, porém, é que eu nunca mais apareci. Decidi não usufruir a volta por cima. Minhas entrevistas com o assassino e sua vítima e seus respectivos pontos de vista seriam publicados na íntegra, mas eu não iria participar mais da repercussão ou dos problemas que isso provavelmente acarretaria.

Naquela noite simplesmente fui até o apartamento, peguei

algumas roupas, alguns objetos pessoais, enfiei tudo dentro de uma pequena mala, escondi todo o dinheiro do jeito que deu e tomei um táxi até o aeroporto internacional decidido a dar o fora dali no primeiro voo disponível para qualquer lugar do mundo.

Cidade do México. Merda. Jamais imaginei que um dia morreria na Cidade do México.

Escolhi, assim como Hendrik havia feito durante toda a sua existência, evaporar sem dar pistas e partir para uma nova vida bem longe dali.

Aumentavam a esperança e a crença de que um dia, talvez para as novas gerações, uma espécie de lenda se criasse e se perpetuasse em torno de mim.

Ou pelo menos em torno da história que eu escrevera e pela qual eu tinha decidido me exilar de um tempo hipócrita e sem caráter que eu havia vivido na plenitude.

Era como dar um passo em falso na busca desesperada por um legado.

PARTE 4
A Ridicularização
(90-)

Deixe eu me apresentar. Meu nome é Marlon. Obviamente porque meu pai era um fanático pelo Marlon Brando. Ninguém daria um nome desses a um filho se não fosse pelo ator.

Se eu tivesse nascido uma menininha, provavelmente me chamaria Audrey, Grace ou qualquer outro nome idiota de atriz de cinema americano da época.

Pelo menos não me registraram como Humphrey, que é um nome um tanto ridículo, apesar de eu gostar bastante do ator.

Mas o que quero contar é que me chamo Marlon Müller porque meu pai é alemão, filho de alemães e neto de alemães.

Por tudo o que fizeram, os alemães do século XX guardam muitos segredos.

Quem guarda segredos tem algo mau ou constrangedor a esconder.

Talvez tenha sido a partir desse pensamento familiar que tudo tenha começado.

Costumo tomar notas em cadernos espirais que me acompanham há muito tempo. Faço isso desde que adquiri a mania de anotar qualquer frase que me viesse à cabeça, muitas delas estúpidas, ainda que algumas tenham maturado, evoluído à condição de aforismos e se tornado a base de tudo.

Penso nisso enquanto observo pela janela frontal do meu avião, um desses jatinhos *learjet* usados por janotas como eu, a grande floresta, como as costas de um monstro verde infinito que dá a impressão de que vai acompanhar a extensão do céu por toda a vida.

Agora sim estou um pouco mais calmo. Quando parti de Quito, a população estava em polvorosa. A cidade literalmente ardia em chamas. A verdade é que as coisas por lá descambaram e saíram do controle.

Antes acontecia mais em cidades afastadas dos grandes centros, agora já não há distinção. As reações tendem a se tornar mais efetivas em qualquer lugar, pois basta uma brecha, um indício de que algo está acontecendo, para que os mandatários ponham seus cães farejando em qualquer canto da cidade que esteja fedendo a complô.

É por esse motivo que não devemos nunca assumir lideranças e estabelecer uniões. Quando isso acontecer, seremos iguais a todo o resto e daí será nosso fim.

Temos que continuar a privilegiar os caminhos seguros via rede. As pistas falsas e os espelhos tecnológicos. E os codinomes.

Dessa forma, nunca seremos apanhados de surpresa.

Mas sempre existirão as pessoas que querem aparecer e assumir o papel do herói ou do revolucionário.

Provavelmente foi o que fez tudo dar errado naquela cidade. O choque de ideias, a concorrência entre elas, a vaidade dos homens. Quando isso acontece, dependendo do que está em jogo, é como uma longa explosão de nitroglicerina pura.

Foi exatamente para ver o circo pegar fogo que fui parar em Quito.

Assim que pus os pés na cidade percebi que o caos havia se estabelecido nas suas entranhas e quando isso acontece o melhor é deixar a coisa toda fluir para ver se estamos preparados para atingir o limite incógnito da desordem.

Experiências assim são fundamentais para que continuemos a fazer o que propomos há quase vinte anos.

A cidade será usada como exemplo negativo e todos os que tiveram participação no episódio serão descobertos, desconsiderados e terão suas vidas monitoradas, o mesmo tratamento que dedicamos aos nossos escolhidos.

É por esse motivo que eu, depois de tanto tempo, ainda gosto de ir pessoalmente a alguns dos inúmeros lugares onde estão acontecendo as intervenções. Ainda que isso seja completamente desnecessário.

Afinal, hoje e desde sempre, para promover qualquer tipo de intervenção, basta um pouco de coragem, criatividade, audácia e saber usar a tecnologia a nosso favor.

Fossem outros tempos, coisa de dez, doze anos antes, eu estaria voando para Paris, Nova York, Berlim ou Barcelona para participar como convidado de honra de uma série de intermináveis seminários em alguns dos mais prestigiosos eventos do mundo.

Mas eu tinha me cansado daquilo tudo. E também me cansara de ser, ironicamente, eu próprio o monitorado.

Sobretudo porque, mesmo sem ter as provas necessárias, as autoridades acreditavam que eu era um grande incentivador da revolta de jovens no mundo todo.

Talvez tivesse mais a ver com o que chamamos de autodestruição.

Os jovens têm esse sentimento dentro de si.

Houve um tempo em que eu supunha que se dissesse a eles que o melhor a fazer era comer merda, eles comeriam.

Se eu dissesse que o melhor era estourar os miolos, tenho quase certeza de que eles fariam isso.

Haviam me transformado numa espécie de guru da destruição, mesmo que eu apenas tivesse o interesse em agregar.

Alguns idiotas usaram meus livros para justificar algumas intervenções fracassadas que acabaram em algum tipo de tragédia.

Por isso, tive que dar um tempo do mundo. E já estou nessa situação há alguns bons anos.

A realidade, porém, é que acabo de sair de Quito e estou em pleno voo em direção a Paramaribo, mais uma dessas cidades do Terceiro Mundo que poderiam ser desintegradas por uma bomba nuclear que ninguém prestaria atenção.

No entanto, lugares assim, à margem do mundo, me interessam.

E eu faço questão de iniciar o conhecimento prévio e a intervenção pessoalmente.

Pode durar anos ou meses. Eu não me importo.

Talvez por isso me tratem como uma espécie de mito.

Não aos quatro ventos, porque ninguém sabe meu nome verdadeiro, mas sim entre as sombras, como um burburinho, um vento rasteiro que sopra nos ouvidos de quem deseja se tornar um agregado.

Eu devia ter por volta de dez anos quando descobri que meu avô, pai do meu pai, era nazista.

A única história que eles tinham me contado até então era que meu avô havia morrido ainda jovem, antes da guerra, de tuberculose.

Encontrei uma única foto dele escondida dentro de um livro alemão que meu pai guardava na prateleira mais alta da grande biblioteca que tínhamos em casa.

Na foto posada, meu avô vestia um desses uniformes de alta patente que vemos nos filmes sobre a Segunda Guerra e parecia até ter um sorriso de satisfação no canto da boca.

Ao fundo, a grande suástica, o símbolo que confirmou o homem como uma extraordinária aberração da natureza.

Atrás da foto havia seu nome, Thomas Müller, e a data de novembro de 1941. Ou seja, no meio da grande guerra.

Fazendo as contas, confirmei que ele era mesmo o meu avô. Até porque o nazi era a cara do meu pai.

Mesmo com a clara noção de que não era nenhum orgulho

ser neto de nazista, roubei a foto e a mostrei para todos os meus amigos do colégio.

Até aí, tudo corria bem. A não ser a ideia de um deles, o grande espírito de porco, de assustar alguns garotos judeus ortodoxos que moravam no bairro.

Chegávamos aos pequenos grupos de supetão, exibíamos a fotografia e dizíamos que meu avô estava escondido no porão da minha casa e preparava injeções letais e desenvolvia a produção de gases mortais enquanto planejava pegar os judeus do bairro um por um.

É bem verdade que eu não dizia nada e só era apontado pelos outros como o neto do nazi, mas daí os meninos me olhavam com certo terror, andavam rápido e cochichavam qualquer coisa em iídiche.

O engraçado é que eu era o único alemão legítimo ali, até porque a minha mãe também era descendente direta. Os outros garotos, os que gostavam de aporrinhar os judeus, tinham todos cara de índio ou eram resultado da mistura heterogênea de espanhol com, adivinhem, índio.

A história correu para todo lado e meu pai, que já começava a enriquecer rapidamente com os negócios feitos com a ajuda da herança do tio que o trouxera ao México, não pensou duas vezes em se mudar para o outro lado da capital, para um casarão aristocrático decadente que logo se tornou uma dessas mansões de encher os olhos.

Todo mundo sabe que o Suriname é um exemplo de que as coisas desandaram para os holandeses aqui na América e que o país no início se tornou uma espécie de latrina europeia e refúgio de africanos e asiáticos.

Mas uma incrível reportagem publicada no Brasil fazia muitos anos, e que, devido à polêmica, foi traduzida com sucesso para muitas revistas e jornais estrangeiros, me deixou bastante tenso e perplexo. Principalmente por ter sido escrita pelo protagonista da primeira intervenção realizada fora do país. É como se desde então eu tivesse sido impelido a entender de que forma tudo aquilo se deu e qual o motivo dessa nação-fantasma não ser referência de nada para ninguém.

Minha vida, porém, tomou outros rumos, fui protelando o furor inicial, e, além do mais, os personagens principais estavam mortos e nunca mais se ouviu falar no jornalista. Dizia-se que ele de maneira bastante misteriosa havia desaparecido justamente no México, nas entranhas da selva de Chiapas e, com isso, acabou se tornando uma espécie de lenda do jornalismo.

Ele, talvez sem saber, ao escrever aquela matéria expondo a vida secreta do famoso político e pastor brasileiro — o que arruinou sensivelmente o futuro daquela congregação — e ter evaporado sem dar pistas, tenha se tornado de certa forma um agregado e tenha encontrado, assim, sua redenção.

O mais estranho de tudo é que durante todos esses anos não houve notícia de alguém que tivesse decidido ir a fundo na história, talvez por nela haver muitos rastros de horror e ambiguidade.

Seria como ir atrás de fantasmas, de uma maldição.

Não foi uma decisão premeditada. Quando parti de Quito em direção a Paramaribo, programei o voo pensando que não poderia deixar de lado quem quer que fosse em qualquer lugar porque acreditava que de fato havíamos chegado a um patamar continental com projeções mundiais.

Ainda que nossas intervenções muitas vezes sejam bastante ousadas e radicais, nós não nos consideramos anarquistas, extremistas ou muito menos terroristas. Afinal, não mexemos com qualquer tipo de armas de fogo. Somos apenas agregados.

E ser um agregado significa fazer muitas coisas, algumas até mesmo bizarras, outras bem divertidas, outras bem complicadas, mas não é interessante para nenhum dos respeitáveis senhores que comandam a informação colocar no noticiário essas palavrinhas que metem medo em meio mundo.

Por isso, no início, pegaram leve e nos denominaram A Ridicularização — terminologia que, apesar de não concordarmos com definições e estereótipos midiáticos, aceitamos por refletir de certa forma o que estávamos fazendo.

Acho que foi para me castigar, me silenciar ou para compensar as atrocidades cometidas pelo meu avô durante a guerra que meu pai me matriculou em seguida num colégio interno de padres.

Mas não era qualquer um: era o mais tradicional e, sobretudo, o mais rígido colégio interno de padres da Cidade do México.

No começo, odiei meus pais por terem me enfiado naquela espécie de monastério moral e educacional. Meses depois, porém, entre aulas de filosofia, latim e rezas, acabei por conhecer Bola Preta.

Esse foi o apelido que demos a ele, o garoto que destoava de todos nós e que foi execrado por, além de ser preto como carvão, ter banhas de cinco andares na barriga, por ter tetas enormes, por não conseguir juntar os joelhos de tão grandes que eram suas coxas, por ter a cabeça do tamanho da de um porco adulto.

Entretanto, isso foi no primeiro ano, no início da nossa adolescência. Logo ele cresceu e continuou gordo, ainda mais gordo e, sem que pudéssemos acreditar, cada vez mais forte. Alguns diziam que ele se exercitava escondido todos os dias suspendendo e baixando continuamente sua cama de armação de ferro no quarto como se fossem simples halteres. Ele deve ter feito isso por mais de um ano.

Quando tínhamos por volta de doze anos, Bola, como ficou conhecido sem a segunda alcunha, decidiu se rebelar contra nossas pequenas tiranias, ofensas e piadas e passou a bater em todos nós. Ninguém conseguia pegá-lo. Bastava um tapa bem dado dele e qualquer um caía duro no chão. Quem ousava acertá-lo com um golpe parecia estar enfiando o punho numa grande e macia porção de gelatina ou pudim que não parecia surtir nenhum efeito sobre ele.

Logo ele ganhou nosso respeito, primeiro através da força.

Enquanto passávamos a hora da recreação jogando futebol, vendo escondidos revistas de sacanagem ou comentando sobre os novos jogos de video game que chegavam ao mercado, ele só ficava ali, num canto, lendo um ou outro livro que alugava na biblioteca.

Nós estranhávamos aquele movimento, aquelas leituras todas, mas não demorou muito para que percebêssemos que Bola havia se tornado um ótimo orador: falava fluentemente sobre vários assuntos e discursava sobre temas que ainda não compreendíamos.

Logo, sua rebeldia contra as regras estabelecidas pelo colégio nos interessou. Bola questionava, impunha seu ponto de vista, batia de frente com os padres com os melhores argumentos, o que lhe causou algumas advertências e castigos.

A primeira ação de contra-ataque do Bola foi hilária: ele pôs um pouco, apenas o suficiente, da sua própria merda bem no fundo dos sapatos de dois dos padres mais severos do colégio.

Como ele conseguiu isso, ninguém sabe dizer. Ele mesmo nunca contou, mas foi a partir daí, silenciosamente, que ele passou a se transformar num mito entre nós.

Em anos anteriores fizemos grandes intervenções em Bogotá, Caracas e Lima e, um pouco antes, em Santiago, Rio e Montevidéu. Os resultados têm sido bons. Os agregados latino-americanos são fortes e se alastram rapidamente, inclusive na direção de cidades periféricas, onde o nível de impacto é menor, mas não menos importante.

Eles são capazes de fazer do tédio e do desconforto armas poderosas. Depois de muitos anos, estão em outro nível.

Agora promovem as verdadeiras pequenas revoluções e não as pequenas rebeldias cotidianas, como peidar num elevador de arranha-céu lotado de executivos, cuspir no cafezinho do chefe ou urinar na sopa de aspargos do restaurante chique.

A verdade é que, para tanto, não é necessário fazer nada além do seu trabalho. A transgressão não parte do deslocamento, parte do ímpeto de promover intervenções ousadas dentro do nosso próprio ambiente.

É por isso que nosso primeiro pensamento sempre foi aceitar as regras para depois subvertê-las.

E essas regras íntimas, familiares, sociais, institucionais, profissionais, morais e governamentais, adequadas ao estilo piramidal, um dos truques mais perfeitos da história da humanidade, são a base que ainda precisamos destruir.

Destruir não no sentido físico, mas filosófico.

Afinal, nós não destruímos nada, agregamos pessoas e pensamentos, fazemos intervenções e adquirimos informações que têm lá suas consequências.

A informação é livre e deve ser levada adiante.

Quando essa base ruir, poderemos, enfim, tentar entender a originalidade das nossas intervenções ou mesmo o nada.

Não pense que se trata de uma ficção futurista ou algo do gênero.

Isso tudo está acontecendo agora.

Lembro exatamente do dia, uma manhã de calor que beirava os quarenta graus.

O cheiro insuportável na sala de aula fez com que todos os garotos se entreolhassem e conferissem as próprias solas dos sapatos, até o momento em que um dos padres, depois de fazer o mesmo e perceber que o cheiro estranhamente vinha dele próprio, sacou um dos sapatões pretos que usava.

Ver ao mesmo tempo aquela meia emplastrada pela massa marrom e mole da merda do Bola e a cara do padre entre assustada e indignada com a quebra da ordem da instituição secular foi uma das imagens mais marcantes do início da minha juventude.

Ali percebi que Bola, sem querer, havia se transformado no meu primeiro ídolo. Grande Bola Preta.

O colégio inteiro virou de ponta-cabeça. Os padres mais pareciam policiais em busca de informações de quem teria sido o autor do ato. Apertaram cada um de nós, confiscaram e queimaram as revistas pornográficas escondidas nos lugares mais secretos, proibiram o futebol nas horas vagas por tempo indeterminado, nos ameaçaram de expulsão, jogaram uns contra os outros, exigiram que nossos pais nos coibissem privilégios.

Na educação física, tentaram humilhar Bola com flexões e abdominais que surpreendentemente ele tirava de letra. Ninguém acreditava num sujeito daquele tamanho e envergadura fazendo flexões e abdominais com aquele olhar irônico e o sorriso sem dentes na boca inchada e vermelha.

Apesar de tudo, ninguém nunca falou nada. Eles sabiam que havia sido Bola, mas não tinham provas, pois nenhum de nós viu a ação ou recebeu qualquer informação da sua própria boca.

Meses depois de a coisa toda esfriar, aconteceu de novo, mas de outra maneira. A direção da escola, pelo tempo que passou, começou a acreditar que tudo não houvesse passado de um ato de ousadia isolado ou de uma picardia juvenil, e que nada parecido voltaria a acontecer novamente.

No entanto, ficaram de olho no Bola e, com a condescendência dos pais, proibiram-no inclusive de usar a biblioteca. Acharam que ele estava sendo influenciado por alguns dos livros que pegava e chegaram até a retirar do catálogo vários deles, considerados perigosos, que estavam ali por desleixo de alguém.

Nesse ínterim, porém, Bola havia ganhado a confiança de três ou quatro garotos, entre eles, eu. Para não dar na vista, nos comunicávamos por meio de bilhetes, que queimávamos logo depois de lidos, assim como tínhamos visto em filmes de espiões.

Dessa forma, assumimos a ação. Precisávamos contra-atacar na essência da instituição. E foi dessa forma que acabamos com a fama intocada daquele colégio de padres.

As fotografias que enviamos à imprensa graças a uma daquelas máquinas descartáveis da moda se transformaram num escândalo capaz de derrubar até o presidente da República.

Basta lembrar que o mundo todo já se utilizou da guerra para estabilizar, perpetuar, deslegitimar ou simplesmente tomar o poder à força, sobretudo se o estrago feito fosse devastador através das armas ou da opressão das mais distintas naturezas, para que possamos entender por que, em vez de destruir, queremos agregar.

Isso não quer dizer, entretanto, que sejamos um grupo formado por pacifistas, profissionais dos direitos humanos, ambientalistas, articuladores da diplomacia, líderes sociais ou religiosos, sindicalistas, bilionários filantropos, membros de organizações não governamentais ou que façamos parte, mesmo que minimamente, dessa grande estrutura de salvação que somos obrigados a tolerar por anos a fio.

Muito pelo contrário.

Somos todos e ninguém ao mesmo tempo.

Quanto mais invisíveis, insípidos e neutros formos, melhor, chamamos menos a atenção.

Somos organizados, mas não temos lideranças.

Temos um ideal, mas não sonhamos com um mundo melhor.

No fim, é disso que se trata. Não há muito sentido.

Talvez você não saiba quem somos realmente. Mas temos a convicção de que um ou dois ou mesmo muitos amigos, conhecidos ou pessoas do seu cotidiano, sabem.

Estamos em todos os ramos. Isso é bom porque podemos diversificar, o que dá mais graça e abrangência à coisa toda.

Na verdade, nunca achamos que poderíamos agregar tanto. E com tanta diversidade de ambientes profissionais. Mas eles foram se proliferando, entendendo o motivo de tudo, fazendo as intervenções aqui e ali. Isso facilitou todo o trabalho.

Mas no começo não era assim.

No início éramos somente eu e meu mestre, depois fomos alguns, hoje somos imensuráveis.

Depois do escândalo e minha saída imediata da instituição, minha mãe insistiu para que eu me afastasse dos amigos que havia feito durante os dois anos em que frequentei o colégio de padres.

O plano dela era ocupar integralmente todo o meu tempo.

Começou quando me mandou estudar na melhor instituição de ensino da cidade. Mais uma vez.

E também contratou ótimos professores particulares que me ensinavam de tudo, desde matemática, filosofia, inglês, francês e alemão, geopolítica, história da arte, até etiqueta e boas maneiras, o que me fez um gênio perto dos outros garotos. Até piano clássico eu aprendi.

Minha mãe dizia que eu tinha mãos macias e dedos longos, finos e ágeis, como os de uma garotinha, o que era bom para um pianista.

Audrey.

Naqueles tempos eu passei a fazer muita companhia à mamãe. Fazia compras no shopping center com a mamãe.

Audrey.

Eu ia ver filmes românticos com a mamãe no cinema.

Audrey.

Até a chás beneficentes ela me levava. Um dia ela confundiu mesmo meu nome e me chamou de Audrey. Ela nem se deu conta.

No mesmo dia me meti numa briga contra três garotos da escola, uns grandalhões efeminados que jogavam vôlei, e apanhei tanto que até gostei do resultado.

Um olho roxo, um dente da frente arrancado, seis pontos na testa e oito no queixo. E uma mão quebrada de tanto que bati na cara de um deles.

Nunca mais voltei a tocar piano.

E naquele momento senti muita falta da companhia do Bola Preta, que eu nunca mais vi.

Grande Bola. Ídolo.

Houve um tempo em que fiquei obcecado por assistir TV.

Mas eu não via a novela, o futebol, os programas de auditório, de culinária, de variedades, os noticiários, os clipes musicais, os *talk shows*, os humorísticos, as mesas-redondas esportivas.

Eu gostava mesmo de assistir aos comerciais. Gostar não é exatamente o termo. Digamos que eu estava à procura de algum entendimento.

Quando o programa ia começar, eu já esticava o braço, acionava o controle remoto e trocava de canal até achar algum que estivesse transmitindo os anúncios publicitários.

Eu queria entender como todo aquele arsenal de imagens velozes e suas frases de efeito, coadunadas num minuto ou pouco mais, conseguia fazer o sujeito comprar o carro, o tênis, a cerveja, o eletrodoméstico, o PLP, o jazigo, ou abrir a conta no banco, pedir o empréstimo, adquirir o cartão de crédito, ouvir a música, jogar na loteria, entrar para a academia ou para a Igreja.

Zap. No comercial do banco, o executivo-padrão e a gravata sisuda de antigamente são trocados por um apresentador de TV famoso com pinta de bom samaritano em trajes casuais, jeans e camisa xadrez com as mangas arregaçadas, como se ele fosse aquele seu amigo mais esperto e mais inteligente que se deu bem na vida e, por isso, tivesse o direito de lhe dar conselhos. É exatamente isso o que ele faz, sorrindo e flutuando na tela: diz para você abrir uma conta, fazer seus investimentos e solicitar empréstimos, pois o objetivo do banco é investir no futuro do país, fazer o que for melhor para você e consequentemente te ajudar a realizar seus sonhos.

Naquele momento, os intestinos se reviraram como se tivesse algum corpo estranho e vivo dentro de mim. Rapidamente levantei, me aproximei da TV e senti a flatulência vir longa e potente. Direcionei o petardo bem na cara do apresentador.

Esse cretino merecia estar na lista.

A persuasão é um teste diário de personalidade ou de imbecilidade.

Zap. Um desses atores sem talento e expressão que só faziam publicidade e pequenas pontas em filmes péssimos que nem os próprios familiares assistiam está ficando invisível dentro do seu carro, um modelo antigo e capenga. No começo, não consegui entender bem o que aquilo queria me transmitir, porém, quando o sujeito sobe no modelo da propaganda, se acomoda no banco de couro espaçoso e confortável e exibe os dentes branquinhos depois de dar a partida e se atirar numa estrada longilínea e sem fim, ele volta a aparecer, volta a ser uma pessoa de carne e osso e não mais o espectro fracassado de antes. Até uma morena glamorosa aparece num átimo ao seu lado com umas tremendas pernas à mostra.

Só no fim entendi a mensagem: nesse mundo, amigo, sem um carro você não existe.

Na TV, quanto pior, melhor.

Zap. O comercial do Personal Life Phone é famoso, há muitos anos está no ar e tem muito apelo junto ao público. O publicitário que o criou é considerado um dos suprassumos do meio e deve até hoje frequentar festas de sucesso e comer de graça em restaurantes, desses que adoram ter no seu panteão de frequentadores os famosos e os gênios modernos. Esse merecia estar na lista também. Mas o fato é que o comercial ganhou fama ao colocar pessoas de sucesso que contavam suas vidas em alguns breves segundos para nos dizer que a comunicação era tudo, que sem os Personal Life Phone's nunca seríamos como eles. Não bastasse, depois ainda colocaram no ar a campanha com artistas fracassados, mas cheios de pose, para nos lembrar que eles também são tão humanos quanto nós e que, para seguir adiante na vida, tudo depende de apenas uma escolha: comprar um PLP.

Era bem verdade que eles não diziam exatamente isso, mas era dessa forma que a mensagem entrava na cabeça das pessoas. Devia ser por isso que Charles, o motorista de mamãe quando ela tem preguiça de dirigir, tinha um PLP tão bom quanto ou mesmo melhor que o dela, o meu e o de papai. Última geração. Ele devia ter visto também o comercial do banco e feito um empréstimo para pagar o PLP.

Você não é exatamente aquilo que você quer.

Zap. O canal de televendas ao menos era mais honesto. E muito mais divertido. Às vezes, sem que notasse, podia ficar horas vendo as propagandas das superfacas ou dos superaparelhos de ginástica ou dos supergrills que jamais deixariam seu hambúrguer queimar sob a chancela do ex-campeão de boxe.

Esses comerciais na verdade não serviam. Eram tão inofensivos que não provocavam ódio ou repulsa.

Zap. Uma dessas propagandas em que a empresa multinacional relata as boas ações que faz. Eles plantam árvores, doam livros, ajudam comunidades pobres na África. São os heróis do mundo pós-moderno combatendo a desigualdade social em anúncios plasticamente impecáveis.

Lindo. Agora tire um ou dois privilégios do sujeito que está por trás disso e logo verá no que ele se transformará.

De boas intenções o inferno está cheio.

Rabisquei a frase, que era extremamente clichê. Aprendi ouvindo o sermão pegajoso do pastor no templo.

Somos todos clichês.

Bem melhor.
Desliguei a TV. Estava na hora do culto.

Sentado numa cadeira de latão, dessas de botequim de esquina, eu via o sujeito de terno preto cujo corte era dez centímetros maior que seu tamanho vociferar semanalmente sobre o demônio que pairava como uma asa negra sobre todas as famílias de bem.

Ele tentava se expressar de maneira empolada, para impressionar os demais e também para demonstrar uma autoridade disfarçada de bondade, mas seu vocabulário era pífio. O cretino, porém, falava alto e rápido e essa era toda a sua técnica para omitir as palavras que dizia errado. Eu achava graça, mas não podia rir.

Daquela vez o pastor falava sobre drogas e ao seu lado estava um rapaz cuja esqualidez era assustadora. Ele parecia estar completamente entorpecido enquanto o pastor segurava seu braço com força e o empurrava a favor da gravidade, fazendo-o ajoelhar em cima do púlpito, que aparentemente não tinha nada de sagrado.

Na verdade, era só um palco de cimento batido improvisado, como todo o resto, que nem de longe se assemelhava a uma igreja ou a um templo. O grande galpão mais parecia um depósito de quinquilharias ou uma grande garagem cujas paredes estavam tomadas por infiltrações e disfarçadas pela tinta fresca que jogaram ali com displicência.

Apesar do desconforto evidente, as pessoas nem ligavam, como observei nas muitas vezes que fui ali. Elas pareciam mesmo entrar num grande transe coletivo. Num momento oravam de maneira fervorosa como se estivessem numa capela do Vaticano, no instante seguinte, de uma hora para outra, cantavam e dançavam com grande entusiasmo, como se estivessem em New Orleans.

Eu só ficava parado e observava, daquela vez, o rapaz, que estava sem forças para nada. Deviam ter dado calmante de cavalo a ele, pois se o pastor apontasse uma arma para sua têmpora, provavelmente ele teria a mesma expressão no rosto cadavérico, a de que só queria estar em casa, sossegado, sentado no sofá, entorpecido e se divertindo vendo os desenhos na TV.

A *ignorância pode se tornar uma grande virtude.*

Então o pastor pôs a mão sobre a cabeça do rapaz e, quase lhe arrancando os cabelos, se ajoelhou ao lado dele e expulsou seus demônios, para depois abraçá-lo com uma suposta fraternidade que para mim mais pareceu repulsa. Ninguém deve ter percebido a cara de pânico do pastor quando ele sentiu o cheiro nauseabundo do viciado.

Ele levantou na hora, e, mais que rápido, a cantoria começou. Todos também se levantaram e começaram a bater palmas, acompanhando a canção completamente fora do ritmo, inclusive eu, dentro do meu terno bege claro cor de cocô de cachorro, fora de moda e apertado que comprei num brechó perto dali.

A algaravia era tamanha que o gordo sorridente que tocava

o teclado errou a harmonia várias vezes sem que ninguém percebesse. Com certeza aquele sujeito era repetente do conservatório. Mas eu não ligava. Eu odeio piano.

E só então chegou a hora derradeira de dar as mãos no momento final do culto. Do meu lado direito estava um homem de meia-idade que parecia emocionado, mas eu talvez confundisse lágrimas com o suor que escorria em abundância da sua calvície disfarçada pela peruca tosca de manequim de loja. Do outro lado estava a viúva.

Nesse período em que frequentei o culto, fiquei de olho nela o tempo todo. O saiote comprido e a blusa preta que lhe cobria todo o colo até o pescoço não impediam que eu percebesse o detalhe sinuoso do seu corpo jovem e rijo. Ela devia ter um pouco mais de trinta anos, mas tinha o rosto de menina, ao contrário de mim que era mais jovem, mas parecia mais velho.

Sem alternativa, ela então me deu sua mão, mas evitou olhar diretamente para mim. Percebi sua aflição através dos dedos frios. Eu a segurei com delicadeza, porém firme, e, em alguns momentos, apenas durante os segundos em que o refrão pegajoso da canção emocionou a todos, apertei-a e lhe acariciei as costas da mão com o polegar. Ela não recuou, não puxou a mão contra si, e eu entendi que a viúva, enfim, havia aberto a guarda.

Quando o culto termina, sempre há o momento de confraternização final, quando todos se cumprimentam e se abraçam. É muito estranho ser abraçado por alguém que você não conhece, mas eles abraçavam mesmo assim, com força, gratidão e alguma compreensão que só eles podiam dizer.

Fui abraçado por uma senhora negra empapada de suor e perfume da promoção, pelo homem da peruca, pelo magricela sem os dentes laterais, pela criancinha que acompanhava os pais e não entendia nada do que acontecia ali, pelo idoso forte com cara de perigoso que devia ter matado alguém no passado e por tantos outros. Mas não pela viúva, que escapuliu quando acabou a música.

Depois da sessão de abraços, que parecia revigorar a todos os fiéis do culto, eu me aproximei de onde estava o pastor e disse que havia ficado emocionado com o sermão pelo fato de já ter vivido situação semelhante. Era uma mentira da grossa, pois eu nunca usei drogas em toda a minha vida. Na verdade, só me aproximei do pastor com essa conversa mole porque a viúva estava do lado dele falando sobre algo que não consegui ouvir. E quando ela escutou aquilo, ficou meio sem graça, mas me disse: "força, irmão", no que eu rapidamente respondi: "obrigado, irmã".

Depois que o pastor me abençoou, na caminhada até a saída do lugar perguntei a ela se poderia acompanhá-la até sua casa. Sem jeito, ela negou, mas eu insisti e disse que precisava me abrir para uma alma irmã. Ela, então, não falou mais nada, mas deu o sorriso da concessão.

Ainda que tenha me interessado sexualmente pela viúva, o essencial para mim era compreender os motivos que levavam pessoas como ela a serem fiéis a qualquer tipo de religião, ainda mais a dela, que não parava de ser perseguida pelos católicos radicais mexicanos. Perguntei isso a ela, que logo começou a falar sobre alguns problemas que a família enfrentou. Marido morto pelo cartel, filho problemático. Nada sério, na verdade. Todo mundo tem problemas.

A viúva me fez entender que as pessoas precisam de uma âncora, de uma segurança, de um lugar onde podem expurgar seus problemas cotidianos. Imaginei na hora que, como não tinham dinheiro ou discernimento para fazer terapia ou análise, escolhiam uma igreja, ou um templo, de preferência perto de casa para não gastar dinheiro com o ônibus. Como a Igreja católica, com toda sua idiossincrasia moral, a cada ano perdia uma pequena parcela de seu séquito, os templos proliferaram, principalmente nas regiões mais pobres e periféricas do país.

Finalmente perguntei seu nome.
"Maria, como a mãe do Salvador", disse.
As pessoas gostam de dar nomes bíblicos aos filhos, mas têm pudor em colocar o nome do Salvador. Ela, então, perguntou meu nome e eu disse logo, sem hesitar:
"Jesus."
Disse só de brincadeira, mas aquilo pareceu ter surtido o efeito contrário, pois seus olhos chegaram a brilhar de emoção a ponto de ela quase desabar em lágrimas.
Arrisquei o convite para o cafezinho, já tirando o paletó, arregaçando as mangas da camisa amarfanhada e mostrando a potência dos antebraços poderosos que tenho de tanto que puxei ferro na academia.
Percebi que ela deu uma espiada de rabo de olho, antes de seguir até a cozinha, num gesto consensual.

A fé é cega, mas enxerga no escuro.

Tentei esquecer os atributos da viúva e me concentrar na espécie de peregrinação que me propus a fazer. Disse a ela que estava à procura de algo, mas não sabia exatamente o que era nem tinha certeza se a religião ajudaria nessa busca. Queria algumas respostas e, se pretendia entender algo, tinha que ser sincero.
Naquele momento, porém, a porta se abriu e entrou um rapaz que não devia ter mais que dezesseis anos, forte, com tatuagens esverdeadas de péssima qualidade nos braços brancos como cera, todo vestido de preto e com piercings ridículos nas sobrancelhas e nos lábios. Ele deu um sorriso com uma dose de sarcasmo evidente.
Pressenti que ele devia mesmo era querer que a mãe arrumasse logo um novo marido, somente para não sentir a culpa cristã na hora de cair fora daquela vida que ele detestava e aban-

donar a mãe ao deus-dará. Ele perguntou meu nome e eu disse novamente:

"Jesus."

O garoto não evitou uma risada assombrosa, o que fez sua mãe aparecer e o reprimir.

"Pode terminar o café, Maria. Estamos nos conhecendo."

O garoto parou num segundo e, atento, perguntou onde eu malhava. Menti ao dizer que tinha alguns pesos em casa, que fazia sessões diárias, que levantava cem quilos, e, depois da reflexão acerca dos halteres, elogiei seu físico definido que se deixava antever pela camisa apertada que usava.

Na mesma hora ele me observou com soberba e nojo, os olhos passeando de cima a baixo, provavelmente pensando que eu era gay. Por isso, para quebrar a falsa impressão, disse:

"Eu e a sua mãe estamos nos conhecendo. Frequentamos o mesmo templo. Mas ela ainda não me disse seu nome. Aposto que tem nome bíblico também."

Ele só assentiu com a cabeça afirmativamente.

Arrisquei os apóstolos, um por um, até onde podia me lembrar do estudo da Bíblia que fiz ainda adolescente.

"Pedro, André, João, Tiago, Mateus, Felipe..."

Ele só balançava a cabeça.

"Judas?"

E ele deu risada e cortou meu raciocínio.

"Jesus", disse finalmente.

A vida na casa dos meus pais era bastante boa.

Pensava nisso e em muitas outras coisas enquanto ficava com as pernas entrelaçadas como um Buda na esteira à beira da piscina em formato curvo, bebendo um suco de tomate condimentado com pimenta que a criada havia acabado de me trazer numa bandeja pomposa. Dali via Marisa dar um daqueles mergulhos espalhafatosos que ela gostava de dar e que, quando emergia, quase sempre deixava à mostra parte dos seus grandes seios.

A casa dos meus pais era bastante grande, agradável e moderna.

Minha mãe tinha feito um curso de decoração de interiores e estavam na moda os espaços de tons sóbrios preenchidos com parafernálias eletrônicas, enfeites minimalistas, almofadões, livros intocados aos montes em prateleiras coloridas para dar um aspecto cool ao lugar e vasos transparentes de plantas e flores em cada canto. E espelhos. Muitos espelhos.

Uma vez, um negro de dois metros de altura, ex-jogador de basquete, estudante de antropologia nas horas vagas e viciado em maconha e barbitúricos, me disse que a casa dos ricos era como o sexo que eles faziam: limpo, cheiroso e sem graça.

Ele jogou essa ideia gozada sem mais nem menos, enquanto estava em mais uma das suas viagens na espelunca onde morava no Harlem. Mas isso ficou na minha cabeça para sempre. Eu gostava das ideias de Brooke. Algumas, inclusive, adaptei às minhas próprias ideias mais tarde.

Meu amigo norte-americano seria um ótimo antropólogo não tivessem as drogas acabado com ele. Meu amigo poderia estar ao meu lado agora, criando as maiores e mais loucas intervenções que jamais faríamos. Ele sim era um libertário na sua essência, assim como Bola. Pensava nele a cada momento. Sentia saudades.

Lembrei desses meses que passei em sua companhia de forma cristalina. Brooke não parava de falar, acendia um cigarro de maconha atrás do outro, e, enquanto sua mente deslizava como uma serpente ensandecida por todos os cantos, ele fazia um verdadeiro tratado filosófico sobre a vida.

Entre outras coisas, Brooke afirmava que a escravidão dos negros africanos foi a grande responsável pela libertação do mundo ocidental. Enquanto falava, soltava a fumaça dos pulmões com arte e franzia a testa de um jeito sofrido.

Muitos podiam não gostar de Brooke, mas uma coisa ninguém podia negar: Brooke tinha estilo.

"Você sabe, *man*, quando chegamos à América a aristocracia e os donos das terras alardeavam a construção de um país e toda aquela lenga-lenga, mas quem metia a mão na massa mesmo eram os irmãos que vieram naqueles porões como se fossem macacos, e todos aqueles branquelos evitavam que nos encontrássemos com as mulheres deles nas varandas das fazendas ou quando iam fazer compras na cidade porque elas poderiam descobrir que existiam músculos de verdade e paus maiores e de outra cor e isso se chama desconhecer o sentido da vida, *man*, e quando uma ou outra sentiu o calor subindo pelo corpo e tomou a iniciativa dentro de algum celeiro ou no meio de uma plantação de milho ou na construção de alguma daquelas mansões que existem até hoje, é sobre isso que estamos falando, a casa dos barões e todo tipo de submissão a que elas estavam acostumadas, mas não a que elas queriam de verdade, que era uma submissão sexual próxima da liberdade e que muitos anos mais tarde iria se transformar na revolução feminista, *man*. Sacou?"

Eu entendia suas ideias e achava-as bastante interessantes e fundamentadas, mas a maneira como Brooke as contava me fazia prestar atenção mais nele que nas próprias palavras.

"Elas realmente necessitavam dessa liberdade e a conheceram através de nós, *man*, isso porque aqueles malditos caubóis e seus chapéus de couro só queriam saber da grana, dos bancos, das plantações, das estradas de ferro, e quando elas compreenderam isso vieram para o nosso lado, escondidas durante décadas, e todas aquelas coisas que aconteceram dos anos trinta até os sessenta, com todo aquele cenário do jazz, depois do rock, das drogas e de todo mundo querendo se liberar, foram a consequência de muitos anos de fragilidade e a bomba explodiu aqui e na Europa quando aquelas pensadoras e filósofas queimaram os sutiãs e falaram umas abobrinhas sobre o mundo e os escritores e todos os tipos de artistas gostaram porque as mulheres queriam deixar claro para o mundo que queriam a liberdade de poder gozar sem compromisso e ao mesmo tempo assumir compromissos importantes e é por isso que hoje as mulheres querem o poder, para poderem ir à forra, *man*, e também é por isso que os homens hoje, apesar de admirarem a beleza, a atitude e o comportamento atual, têm medo delas, porque elas se transformaram numa caricatura da mulher a que estamos acostumados, tomaram nossos empregos e não precisam mais aguentar a rotina doída de ter que escutar o choro dos nenês ou limpar o nariz catarrento do filho ou ficar cheirando a gordura da batata frita ou ficar com a mão enrugada da água fria ao lavar a roupa, porque elas ou deixam as tarefas com seus homens desempregados ou simplesmente podem contratar outras mulheres para isso, *man*, e a submissão que elas passaram por séculos volta a se reproduzir, só que com a própria espécie, e daí o mundo começa a entrar em parafuso, numa contradição maluca, porque a verdade que ninguém quer ouvir é que estamos oprimindo uns aos outros para nos salvar, sacou?"

Conheci Brooke quando passei uma temporada nos Estados Unidos. Eu tinha dezoito anos e fui para Nova York aprimorar o inglês numa universidade da cidade. Brooke estudava por lá havia muitos anos e era um pensador nato, embora ganhasse a vida vendendo maconha, anfetaminas, cocaína e todo o tipo de coisa para os estudantes do lugar.

Brooke era uma personalidade tão querida por ali que traficante não era uma denominação muito precisa para defini-lo. Eu era muito jovem na época, e, ainda que não comprasse nada dele, caí nas graças de Brooke, que conhecia todo mundo e me levava para festas em toda a cidade. Foi ele também que me apresentou ao dr. Bill, um médico mais velho e maluco que atendia em hospitais públicos da cidade. Bill me ensinou um bocado sobre doenças venéreas, apesar de eu não estar interessado em nenhuma delas.

No entanto, Bill era muito mais que as doenças que falava e tinha alguns velhos amigos filósofos que haviam inclusive feito com que o franco-marroquino Andrè Serrot, autor do consagrado *Le Moral du tourniquet*, numa das suas viagens aos Estados Unidos, experimentasse algum tipo de alucinógeno e desatasse a dizer coisas como: a razão é o grande mal da humanidade, enquanto se enfiava debaixo dos lençóis com duas loiras universitárias e um cigarro aceso na boca que quase botou fogo na brincadeira, mas tudo não passava de uma boa história que eles contavam sempre que se embebedavam, principalmente meu compatriota Jorgito "Lucho" Martínez, poeta e discípulo de Nietzsche e Villa, que bebia muita tequila e chamava a todos de ianques de merda enquanto dedilhava seu violão com canções mexicanas de protesto e interrompia a melodia para falar das revoluções e apontar seus erros dizendo, bêbedo e tropeçando na retórica, que a força suprimiu a poesia e que por esse motivo trocamos a metafísica pela matéria.

Dessa temporada de três anos nos Estados Unidos aprendi muita coisa.

A insatisfação não tem bandeira. É como uma úlcera no coração do mundo.

Mas isso já faz muito tempo e tenho me sentido um pouco emotivo demais, pensei enquanto via a aréola rosada do peito de Marisa se deslocar para fora do biquíni de estampa de onça.

Conheci Marisa seis meses atrás, quando decidi largar o curso de diplomacia que estava prestes a terminar. Na verdade, abandonei a futura carreira porque conheci Marisa.

Ela pertencia a um desses jovens grupos político-estudantis radicais que adoram fazer protestos em regiões onde a burguesia é quem dá as cartas. Foram nesses instantes que antecederam a chegada do pelotão uniformizado que vi Marisa pela primeira vez. E eu achei engraçado vê-la com uma sacola barata de feira atirando tomates e ovos podres e bombas artesanais de fezes e de urina na direção da entrada da instituição em que eu estudava.

Com um rabo de cavalo à moda antiga, Marisa se vestia de maneira desleixada com seu jeans apertado e o camisão quadriculado com as pontas amarradas pouco acima da cintura, revelando a barriga branca e o pequeno umbigo. Acho que me apaixonei por ela naquele primeiro momento. Quando paguei a fiança na delegacia onde Marisa foi parar, eu disse a ela que ela me fez deixar de acreditar na diplomacia. Na verdade, foi mesmo um flerte. No fundo, eu nunca acreditei mesmo.

Sempre fiz muitas coisas, entre elas a diplomacia, porque sou de família abastada, podre de rica. Com os anos, meu pai se transformou num dos maiores empresários do México, desses que investem em setores privilegiados da economia e que almoçam com senadores, ministros e presidentes. Aproveitou sua influência e reputação, se aliou ao governo e não largou mais o osso suculento. Já minha mãe começou seu papel secundário e seguiu a linha da benfeitora das causas sociais, sempre metida em jantares beneficentes e em saraus da alta sociedade.

Eu, ao contrário, sempre dividi meu tempo muito melhor que eles, ainda que antigamente eu aproveitasse mais as benesses da vida: jogava tênis, ia para a academia, frequentava boates, fazia aula de saxofone, luta marcial, entre outras variações de passatempos dos ricos. Depois de um tempo enjoei de tudo isso e logo passei a trabalhar com o meu pai, a investigar as publicidades da TV e a frequentar templos suburbanos. E, por causa de Marisa, também passei a ir eventualmente a reuniões de grupos estudantis políticos radicais.

A primeira vez em que fui a uma reunião do grupo Militância: é Tudo Verdade, um nome um tanto ridículo e constrangedor, Marisa foi me descrevendo durante o caminho do que se tratava. O grupo era formado por jovens intelectuais universitários politizados que se reuniam semanalmente para debater os assuntos que mais causavam indignação. A partir disso, entravam em acordo para estabelecer que ações fariam, onde e contra quem.

Só então descobri que o protesto contra a instituição onde eu estudava aconteceu porque um diplomata formado ali havia feito uma declaração subserviente em relação a um episódio envolvendo a fronteira com nosso gigante vizinho.

Quando entrei no lugar, a garagem de um sobrado de bairro classe média alta, lá estavam umas dez pessoas em meio a prateleiras espalhadas com muitos livros, uma mesa de sinuca, muitos discos, cinzeiros por toda a parte e cerveja na geladeira. Era quase uma festa.

Quem morava ali era Joaquín, que, além de dono do lugar, parecia ser o líder. A primeira vez que abri a boca foi para perguntar a ele de quem era a merda que eles utilizavam nas ações.

"De cachorro. Mas às vezes eu mesmo providencio quando estou cansado para procurar na rua."

Todos riram, mas eu não achei a menor graça. Na primeira oportunidade disse a ele que o alvo estava errado, mas Joaquín parecia mais preocupado em abraçar Marisa do que na minha teoria, por isso naquele momento parei de falar.

Logo surgiu uma cerveja na minha mão e, então, percebi que era a cerveja nova do comercial que passava todos os dias no intervalo da novela. Disse isso a eles, mas ninguém prestou atenção.

Olhei ao redor e vi que todos eles não deviam ter mais que minha idade e acreditavam realmente que faziam algo importante na vida. Pensei logo em cair fora, mas esperei. Eu não podia deixar Marisa com aqueles perdedores.

Eu tinha um emprego garantido em alguma das embaixadas do México espalhadas pelo mundo. Talvez em Roma, Madri ou mesmo em Washington.

Afinal, além de filho de um dos maiores empresários do país, eu também era um aluno exemplar, com a melhor média da instituição em vinte anos, um ótimo interlocutor, poliglota fluente e de aparência impecável. Para os padrões da diplomacia, eu era um pote de ouro dos grandes.

Por todos esses motivos, por muito pouco meu pai não teve um acesso de fúria seguido de um ataque cardíaco quando comuniquei que havia desistido do curso. Trincou os dentes e falou:

"O que você disse?"

Vinte segundos. Esse é o tempo médio para que as pessoas comecem a entender um comunicado dito de forma abrupta. Ele já devia estar acostumado. Esse era o terceiro curso que eu abandonava em sete ou oito anos.

Repeti o que dissera. Ele perguntou se era uma brincadeira. Dez segundos.

Eu apelei, mas foi de caso pensado. Tive que ser rápido.

"Decidi porque pensei muito durante o último ano e entendi que o melhor seria sucedê-lo nos negócios."

A verdade é que, de certa maneira, desisti porque me apaixonei por Marisa, mas não podia dizer isso ao meu pai.

Seus olhos, então, brilharam. Sobretudo porque desde sempre eu fui contra a sucessão e durante anos ele insistira veementemente a cada oportunidade. Afinal, eu era seu filho único. Ele me encarou e fingiu ceticismo quanto à decisão, mas disse que respeitava minha posição, contanto que eu passasse a trabalhar imediatamente na holding.

O problema é que eu não tinha a menor ideia em qual setor poderia trabalhar, muito menos em qual das empresas do grupo. Mas eu sabia que o cargo seria de diretoria e que algum pobre-diabo seria rebaixado assim que eu botasse os pés ali. Não demorou muito e não poderia ser mais óbvio.

Em duas semanas virei o sr. Relações-Públicas, o gerente geral do departamento da holding do meu pai. Provavelmente, a diplomacia me levou a isso. A ideia do meu pai, segundo ele mesmo, era me fazer conhecer todos os personagens políticos e empresariais importantes do seu meio para que eu, progressivamente, me transformasse no interlocutor máximo dos nossos negócios. Genial.

Não obstante, sem ainda ter muito o que fazer, como uma forma de adaptação, minha primeira atitude foi pedir à nova secretária, Manuela, a compra e a instalação de uma TV na minha própria sala. Fiquei muito feliz quando o aparelho chegou no dia seguinte.

Zap. O garoto-propaganda se mexe como um macaco, balança os braços e exibe os produtos da liquidação, TV, máquina de lavar, geladeira, computador, armário de cozinha, aspirador de pó, tudo o que é possível mostrar num intervalo de um minuto e meio. O pior de tudo, pior até que os trejeitos afetados do garoto-propaganda, é saber que milhares de pessoas farão filas quilométricas para comprar aquilo tudo pela manhã bem cedo como se fosse uma liquidação de água no deserto ou de comida na Etiópia.

Zap.

Duas batidas leves e a porta se abriu. Desliguei a TV. Meu pai entrou, foi ao meu encontro e observou as cotações de investimentos que piscavam numa tabela na tela do laptop e perguntou se estava tudo bem. Repliquei que sim, afinal não havia outra coisa a dizer. Fiquei olhando para ele, esperando uma ordem ou uma reclamação, dessas ditas com jeito, cheia de reticências, para não me ofender. Afinal, eu estava ali fazia quinze dias e não havia feito praticamente nada de concreto. Como meu pai estava no exterior a negócios, imaginava que eu pudesse me adaptar no meu próprio tempo.

Talvez ele até compreendesse isso, ou fingisse, pois começou devagar, perguntando como iam as coisas, e, em seguida, me passou algumas atribuições simples, que tive dificuldades em compreender, pois a imagem do garoto-propaganda ficava pululando para lá e para cá na minha mente. Não demorou muito e ele me deu um tapinha nas costas, desses de pai compreensivo, e caminhou até a porta.

Peguei o controle de novo. Zap.

Eu estava bastante confuso. Escutava muitas coisas nas minhas idas ao templo, no relacionamento que mantinha com Maria e Jesus, nas idas às reuniões da MTV, nas conversas que tinha com Marisa e os outros, nas coisas que via na TV e, naquele momento específico, nas experiências corporativas e diplomáticas que passei a ter.

Foi a partir daí que as coisas efetivamente começaram a mudar e a tomar corpo. Tudo começou na holding, na minha sala, nos intervalos que eu conseguia em meio aos milhares de reuniões inúteis a que era obrigado a comparecer.

Num desses dias, simplesmente aconteceu. Não foi premeditado.

Subi numa cadeira, mirei bem nos pequenos vãos da caixa plástica traseira e mijei com vontade nos circuitos eletrônicos da minha TV. Foi rápido e indolor. Demorou somente alguns segundos até que acontecesse o curto-circuito e depois a breve explosão, o som seco e o cheiro de queimado, que fez desaparecer de uma vez por todas a família feliz do comercial.

Nesse dia, me baseando nas volumosas e muitas delas ridículas anotações que fiz durante anos nos meus muitos cadernos, comecei a escrever um livro meio autobiográfico, mas misterioso e um pouco soturno recheado de aforismos que intitulei de *A confissão do parasita*. Fiquei trabalhando nisso em torno de três meses, tempo que me manteve afastado de quase tudo.

Abria exceções apenas para meus encontros com Maria e Marisa. Maria me fazia entender o sentido da paciência, enquanto Marisa me perturbava pela urgência, depois que se afastou de Joaquín e da MTV.

Marisa e eu íamos a festas da alta sociedade e fazíamos pequenas picardias sem que nos notassem, como soltar baratas e ratos pelo salão ou adulterar comidas e bebidas. Também transávamos toda vez que nos víamos, onde quer que fosse.

Maria e eu andávamos de mãos dadas, íamos ao cinema e nos beijamos pela primeira vez durante a cena de um filme romântico que, contra todas as previsões e sem que houvesse motivos, me fez chorar.

A partir desse fato, passei a ser uma visita mais assídua e aos poucos ganhei a confiança de Jesus Júnior, que parecia gostar de mim. Dei presentes a ele, alguns livros, mas ele gostou mesmo dos halteres, porque com o tempo passou a ficar cada vez mais forte.

Logo, porém, junto com toda aquela serenidade, vieram os questionamentos. Eu não entrava em detalhes, mas dizia a ele que vivia do outro lado da cidade e trabalhava como vendedor representante de uma empresa de cosméticos, o que me fazia viajar com muita frequência. Uma desculpa pra lá de ruim que justificava minhas ausências.

Um dia, Jesus Júnior me encostou contra a parede, perguntando se eu era casado. Disse que não. Ele afirmou que não se importava e que também era homem, por isso entenderia.

Subitamente, então, eu disse que era muito rico, vivia num casarão cuidado por seis empregados, tinha um carro conversível na garagem, namorava uma menina amalucada muito gostosa e que, inclusive, tinha jantado com o presidente da República no mês passado. Finalizei dizendo que frequentava templos religiosos da periferia como um analista da fé popular e que naquele exato momento estava me dedicando a escrever um livro.

A verdade é menos assimilável que a mentira.

Jesus Júnior riu muito quando terminei.

Marisa convivia bem com todas as regalias que minha vida permitia. E como ela adorava aquela piscina, aqueles martínis e aqueles jantares de cinema. Apesar de tudo, volta e meia Marisa se fechava numa melancolia arrasa-quarteirão e desandava a vociferar contra a sociedade e contra todo o sistema no qual ela estava sendo inserida. Admito que era bastante chato ouvi-la falar.

Era como uma síndrome da ideologia perdida.

Sumia por dias. Depois telefonava aos prantos e, chorando, dizia que voltaria às ações mais contundentes, que não estava satisfeita em pôr excrementos na comida dos ricos, que precisava fazer algo maior, que precisava daquilo como precisava de oxigênio. Eu dizia a ela que a tática estava errada, que a formação de um grupo, em algum momento, nos faria ser exatamente iguais a todos os outros.

Acontece que Marisa e eu pertencíamos a uma geração em transição que teve o privilégio de crescer em liberdade. Entretanto e paradoxalmente, sofríamos por isso. O preço era justamente não ter um inimigo declarado contra quem lutar. Nossa rebeldia fora amputada na adolescência, o que elevava a frustração a patamares cada vez mais altos.

Dessa forma, aproveitei os sumiços de Marisa e a compreensão desmedida de Maria para em poucos meses acabar meu livro. Fiquei intimamente satisfeito com o resultado e, por isso, não demorei muito para fazer alguns telefonemas e agendar uma reunião com o dono de uma poderosa editora.

Chamava-se Raúl Manzini, um tipo italiano metrossexual que usava calças risca de giz apertadas nos órgãos genitais e nas nádegas, camisa framboesa sem gravata, blazer e sapato de couro de jacaré de bico fino. Apresentei a ele o material.

"Título estranho, mas interessante. Do que se trata seu livro, afinal? Do mundo dos negócios?"

"Longe disso."

Ele ficou me encarando com seus olhos vagos de paisagem, esperando uma explanação. Tive a impressão de que bufou pelo nariz.

"Fala sobre a vida, sobre pessoas e conflitos, como todo livro."

"Sim, entendo."

Ele não estava entendendo nada. Aquela caricatura de editor de sucesso queria me despachar o quanto antes, mas sabia que eu tinha sido recomendado por terceiros poderosos. Alguns telefonemas específicos conseguem isso.

Ele passou a folhear o original com alguma displicência, do final para o início, como se quisesse verificar o número de páginas. Parou de súbito, fez uma careta horrível e, em seguida, uma exclamação poderosa.

"Bola Preta???!!! Quem é esse???!!!"

Ele tinha parado os olhos na dedicatória, na página três. Estava espantado. As pessoas normalmente gostam de dedicatórias bonitas e comoventes aos seus familiares ou mestres. Eu havia escrito:

Para Bola Preta,
bom amigo, má companhia.

"É um amigo de infância."
"Surpreendente!"
Honestamente, não entendi por que ele dissera aquilo. Perguntei, mas ele disfarçou o tom, pensativo.
"Bola Preta... Esse sujeito tem nome próprio?"
Foi uma conversa bastante estranha. Aquele editor parecia mais um daqueles idiotas que trabalhavam com meu pai, mas dias depois recebi o telefonema que selou a publicação. Manzini era um outro homem. Estava completamente excitado, era só elogios ao livro. Classificou-o como uma espécie de fábula de autoajuda universal, vigorosa e rebelde, uma paródia do mundo moderno, seja lá o que isso signifique.
As pessoas gostam de classificações, gêneros ou rótulos.
"Será um estouro! Já imagino até uma possível trilogia, algo como O *desdobramento do parasita* seguido de A *morte do parasita*, o que acha?"
Editores gostam de trilogias.
Fingi que não o escutei e dei um bocejo. Ele percebeu.
Após acelerar o processo, poucos meses depois o livro ficou pronto.
Decidi não fazer lançamento. Expliquei a Manzini que queria manter uma imagem mais reservada no início e que aguardaria as críticas do livro para falar sobre ele eventualmente. Ele concordou, mas disse que a editora investiria prontamente na sua divulgação, o que acabou acontecendo semanas depois, com algumas matérias publicadas nos principais veículos de comunicação do país.
A crítica se dividiu, mas quem se importava com isso? Nesses dias meu pai irrompeu na minha sala com um jornal numa mão e o livro na outra.

"O que isso significa? Posso saber?"

A única pessoa que sabia do meu livro era Marisa. Isso porque ela mexeu nas minhas coisas por ciúme. Ela andava desconfiada de mim e eu aproveitei para usar o livro como artifício para justificar as minhas ausências quando ia à casa de Maria.

"É algo que tenho escrito há algum tempo. É só um capricho, pai. Não leve tão a sério. Não contei antes por timidez e insegurança."

"Mas nem a sua mãe sabia! Ela está muito chateada."

"Tudo bem. Ela é assim mesmo. Quer uma dedicatória?"

Ele me olhou com um misto de desconfiança e surpresa. Deu o livro a mim e eu rabisquei umas palavras bonitas. Meu pai é desses que subiu na vida com a ajuda da retórica, mas nunca gostou de ler. Mas achou atraente o fato novo de ter um filho escritor. Saiu falando aos quatro ventos que iria ler. Eu quase disse para ele não se incomodar com isso.

O fato é que um desses fenômenos que acontecem uma vez na vida se deu. O livro se propagou além de qualquer expectativa, inclusive a de Manzini. Além da divulgação, aconteceu um boca a boca imensurável que fez o livro chegar ao topo da lista dos mais vendidos e logo ter sua primeira edição esgotada.

A coisa não parou por aí. Choveram pedidos de entrevistas e participações em eventos, que selecionei a dedo. Desde o início evitei exposições desnecessárias. Entrevistas só em veículo impresso, sem fotografias. Eventos, neguei todos inicialmente.

Em pouco tempo, porém, me tornei um homem conhecido nacionalmente e até no exterior, onde no ano seguinte o livro ganhou edições numa infinidade de países e foi traduzido para muitos idiomas. Ao mesmo tempo, comecei a ser convidado para diversos congressos no mundo todo, o que, algum tempo depois e inevitavelmente, justificou a minha saída da holding e da casa onde vivi por toda a vida.

Meus pais, claro, odiaram o livro, mas acataram minha decisão, meio a contragosto.

Marisa achava fabuloso tudo o que acontecia comigo e volta e meia ia junto nessas viagens. Só não permiti, apesar das insinuações, que ela fosse efetivamente morar comigo no duplex onde vivo hoje.

Já Maria, bem, Maria era outra história.

Nesse meio-tempo, entretanto, Jesus Júnior novamente me encostou na parede.

"Você não estava mentindo, estava?"

"Não."

"E agora? O que vai ser daqui pra frente?"

"Você contou pra sua mãe?"

"Não. E acho difícil ela descobrir, levando a vida que leva."

"Então as coisas ficarão do jeito que estão. Eu preciso levar essa vida aqui com ela."

"Por quê? Você pode ter a mulher que quiser. Minha mãe é uma estúpida."

Fiquei sem reação quando ouvi aquilo.

Eu achava ela inocente.

Mas Jesus Júnior tinha um pouco de razão.

E de alguma forma eu me sentia responsável por ela ser assim.

Quando vi aquele tremendo barril de carne humana sentado no hall do meu prédio, reconheci ele de imediato. Quase tive um enfarto.

Bola Preta também me encarou e sorriu com aquelas bochechas que quase engoliam o próprio sorriso.

Ele era uma versão de si mesmo multiplicada por três.

Bola, então, se levantou e se aproximou de mim com certa timidez. Parecia um boneco de marshmallow, só que preto.

Esticou a mão para me cumprimentar, mas eu fiquei tão emocionado ao vê-lo que não me contive em abraçá-lo com toda a força que eu tinha, enfiando minha cara no meio daquelas tetas.

Eu não podia acreditar que depois de tantos anos Bola Preta, o mito, estava bem à minha frente.

Quase tive uma síncope. Senti o nó subindo na garganta como um elevador desgovernado e precisei engolir o choro.

Subimos ao apartamento em silêncio no elevador. Imediatamente apanhei cervejas na geladeira e brindamos com uma força de quase lascar as garrafinhas. Depois ficamos nos olhando sem saber bem o que dizer. Tentei quebrar o gelo.

"Não é estranho bebermos uma cerveja juntos pela primeira vez?"

Ele assentiu com a cabeça. Estava pensativo. Sobretudo porque depois daqueles três anos no colégio interno nunca mais tínhamos nos visto. Nem nas férias nos encontrávamos. Pertencíamos a mundos opostos, embora tivéssemos criado uma amizade marcante naquela época.

"Quase não te reconheço. Éramos adolescentes. Você ficou bonito."

"Você não virou gay, Bola, virou?"

Gargalhamos.

Ele olhou ao redor e fez um assobio agudo com seus lábios rechonchudos.

"As coisas continuam de vento em popa pra você, hein?!"

"Dei sorte, Bola. Nasci em berço esplêndido, você sabe."

"Não acredito em sorte, Müller. Acredito em causa e efeito."

"Tem razão. Mas me fala de você. O que tem feito?"

"Nada demais. Lendo, engordando, filosofando..."

Rimos os dois. Ele prosseguiu.

"Eu continuei com os negócios do meu pai, os postos de gasolina. Mas a crise acabou com a gente. No fim das contas só sobrou um, quando chegamos a ter sete. Enfim, coisas da vida. Causa e efeito, como eu disse."

Olhei para ele com desconfiança. É muito estranho ver um amigo depois de tanto tempo. É como estar numa dimensão paralela, querendo aproximar o passado da realidade atual, o que causa um desbotamento do pensamento.

"Você cuidou de postos de gasolina esses anos todos e só?"

Ele riu.

"O que mais eu poderia ter feito?"

"Qualquer coisa que fosse não tomar conta de postos de gasolina. Você tem um dom, Bola, um grande talento..."

"Digamos que eu aprendi umas coisinhas, Müller, mas não estou entendendo aonde você quer chegar."

Eu estava ansioso. Precisei pensar um pouco antes de continuar.

"Até hoje penso naqueles tempos, Bola. Foram tempos reveladores e libertários. Acho até que foi por isso que escrevi o livro."

Ele olhou para os sapatos. Estava visivelmente comovido. Ficou com a voz embargada.

"Obrigado pela dedicatória, Müller. Jamais imaginei me ver marcado pra sempre num livro. Fiquei muito emocionado."

Os olhos do meu amigo brilharam como dois pequenos diamantes no fundo de um buraco negro. Ele quase chorou. Fiquei muito constrangido e com vontade de chorar também.

"O que achou do livro?"

"Gostei muito..."

"Não é isso o que estou perguntando, Bola..."

"Não sei, senti algo ali, Müller..."

Ele me olhou com prudência. Queria investigar algo que ainda não sabia.

"Como assim?"

"Nas famosas entrelinhas. O que está pretendendo com aqueles aforismos sinistros?"

De repente compreendi aquele olhar infantil e logo avaliei que Bola estava ali com algum propósito. Talvez ele nunca houvesse aparecido se não tivesse algo em mente. Era exatamente o mesmo jeito que ele ficava quando arquitetava seus planos no colégio interno.

Eu abri a guarda. Confiava cem por cento no meu amigo.

"Lembra do padre Aurélio?"

"Se me lembro..."

"O que quero te contar é que conheci um movimento de

jovens de vanguarda metidos a querer mudar o mundo, mas que fazem tudo errado, de um amadorismo fora do normal. A partir dali comecei a pensar muito nas coisas que fizemos com onze, doze anos e entendi que aquele poderia ser o verdadeiro caminho da mudança."

Bola me olhou desconfiado e pegou outra cerveja na geladeira. Bebia uma garrafa em dois goles.

"Continua."

"Eu não sei bem o que me levou a isso, mas a primeira coisa que me passou pela cabeça foi ir atrás do paradeiro do padre Aurélio. Você não vai acreditar no que eu vou te contar."

"Continua."

"Bom, você sabe, ele foi expulso, processado e preso. Foi um escândalo. A imprensa caiu em cima. Pegou quatro anos de cadeia, mas uma hora ele tinha que sair. Descobri que agora ele é pastor de um templo mequetrefe na periferia da cidade. Está sempre ali, todas as semanas, pregando a palavra, de um jeito mais popular, falando errado, todo maltrapilho, faltando alguns dentes, mas sempre ali, convencendo os outros sobre as coisas."

"Pilantra."

"A questão é: fizemos a coisa certa, mas o diabo se levantou..."

"Entendi errado ou você quer terminar o que começamos?"

"Esse não vale o esforço, Bola. Ele ressuscitou, mas vive como um zumbi. Estou pensando em algo maior, algo realmente consistente."

"Como o quê?"

"Pegar quem realmente merece..."

Gerei a expectativa no Bola, que se aprumou na cadeira de um jeito que a qualquer momento parecia que iria quebrá-la ao meio.

"Estou falando de apresentador de TV, banqueiro, jornalista, publicitário, político, empresário, jogador de futebol, formador de opinião e quem mais for necessário."

Bola abriu um sorriso ainda maior. Parecia que eu tinha acabado de oferecer a ele o elixir da vida.

"Eu odeio formadores de opinião. São o câncer da sociedade. Tenho vontade de defecar na boca de todos eles."

Bola devia sentir um ódio mortal da sociedade que o humilhou a vida toda. Entretanto, eu tinha que tirar essa ideia da cabeça dele. Seria muito mais interessante se divertir com isso que alimentar o ódio.

"Bola, de certa forma hoje eu sou um formador de opinião."

Ele riu, um pouco constrangido. Algum tempo depois, pareceu ter um estalo e falou sério.

"Müller, se um dia acontecer, se você passar para o outro lado, não precisa ser agora, pode ser daqui a vinte anos, você sabe, se seguirmos com isso, você vai ter que entrar para a lista..."

Olhei para ele pensativo e não precisei demorar muito para ter certeza de que Bola faria tudo o que estava dizendo, caso eu mudasse de lado.

"Bola, vamos fazer do nosso jeito."

"Como quando éramos crianças?", ele perguntou.

"Sim, como quando éramos crianças."

E então rimos sem pudor, exatamente como duas crianças, e depois nos abraçamos afetivamente como eu jamais abraçara alguém.

Durante semanas, ficamos trancafiados no meu duplex comendo pizza e bebendo cerveja enquanto elaborávamos detalhadamente um documento gigantesco e com alto grau de complexidade que abordava uma série de regras, listas, probabilidades, objetivos, consequências, repercussões, prioridades, entre outras tantas minúcias estratégicas que ninguém acreditaria se contássemos.

Também compramos grandes lousas brancas e as espalhamos pela maior parede da grande sala onde traçamos todas aquelas ideias, estruturando-as a partir de uma logística adequada de execução. Fazíamos aquilo de forma clara e profissional, como se fôssemos policiais, investigando o esqueleto da máfia ou grandes empresários, traçando metas e objetivos de como alcançar o sucesso. Usávamos nomes fictícios e códigos que só nós dois entenderíamos.

Bola continuava afiado nas suas considerações, com uma imaginação bastante fértil e às vezes um pouco volátil, mas sempre focada no objetivo. Tinha ideias ainda mais espetaculares de como ferrar alguém anonimamente, sem violências como nos propúnhamos, apenas de maneira filosófica, psicológica e moral, exatamente da mesma forma como fizéramos com o padre anos antes.

Sem dúvida ele havia nascido para aquilo. Nos anos que se passaram até o nosso reencontro, além das banhas, Bola parecia ter multiplicado também a matéria cinzenta do seu cérebro. Ele, enfim, me contou sobre as coisas que aprendera.

"Sou um pirata, Müller. Faço coisas com um computador que você nem imagina."

Dei um sorriso enorme de satisfação. Se o Bola tinha se transformado num desses hackers anônimos sobre os quais eventualmente ouvíamos falar, eu tinha absoluta certeza de que ele era um dos melhores. Ou o melhor.

"Que tipo de coisas?"

"Informações, Müller. Posso ter todo tipo de informações sobre qualquer pessoa. Basta que eu consiga o acesso. Mas tem gente que não confia em computadores. Então precisamos também de outros meios."

Bola também tinha em mãos ótimos contatos, mesmo que aparentasse ser mais um zé-ninguém que arruinou os negócios da família. A culpa não era exatamente dele. Muitas vezes o sujeito não nasce com o dom para a multiplicação, mas sim para a destruição. Tudo faz parte de um equilíbrio da natureza humana. Bola devia ter entrado para as Forças Armadas e se tornaria um general cheio de medalhas. Em vez disso, ele continuou com os postos de gasolina.

E durante todos esses anos, Bola fez muitos amigos donos de posto de gasolina. E esses mesmos donos de postos de gasolina espalhados por toda a cidade tinham obviamente muitos outros amigos donos de posto de gasolina. Havia também, é claro, os funcionários desses mesmos postos de gasolina, personagens centrais dentro da nossa estrutura, que precisavam ser agregados quando iniciássemos tudo.

Acontece que ninguém tem um posto de gasolina particular no jardim da sua casa, por mais excêntrico, milionário e esnobe que seja. Essas pessoas que parecem inalcançáveis, que têm no seu cotidiano um mundo cheio de particularidades e regalias, vivem dando um jeito de não ter que ir aos mesmos lugares nos quais todos, de uma forma ou de outra, vão.

Por isso mandam os empregados ao supermercado, à padaria e às escolas dos filhos. Também constroem quintais maravilhosos com piscinas e playgrounds e video games e salas de musculação e de cinema particulares com TVs ultramodernas para que não tenham que sair muito dos seus lares. Quando muito, esticam até praias particulares ou de acesso limitado, fazem compras rápidas em lojas sofisticadas com hora marcada, assim como no salão de beleza e outros lugares relacionados à aparência. Quando querem parecer mais humanos, vão para o exterior, que é onde eles se sentem bem, longe de qualquer contato mais íntimo com pessoas que não são do seu meio.

Uma coisa, porém, eles não podem deixar de fazer nunca: pôr gasolina no carro. O petróleo move o mundo. Só por isso ainda não lançaram uma bomba atômica na cabeça de todos aqueles árabes.

Embora alguns ainda não abram mão de terem motoristas particulares, como minha mãe, hoje isso é algo completamente fora de moda. Ninguém quer mais agir assim, não por vontade própria, mas por extrema vaidade. Mesmo com a película negra colada às janelas, a maioria gosta de exibir o modelo importado do ano. Principalmente jogadores de futebol. Não todos, claro. Só os exibicionistas. Um deles, o principal, estava quase no topo da lista. O que era dele estava guardado.

Bola me contou algumas histórias do que acontecia nos

postos de gasolina, principalmente quando era adolescente e ele mesmo tinha que encher os tanques. No começo fazia coisas óbvias e insignificantes, mas que lhe davam uma satisfação enorme, como urinar no balde da água que jogava no para-brisa depois de passar a esponja com o sabão. Fazia isso com os carros dos policiais ou de autoridades ou simplesmente com os carrões dos ricos, que muitas vezes nem uma gorjeta davam, achando que, além de encher o tanque deles, era sua obrigação limpar a sujeira dos pombos no para-brisa. Quando eles deixavam olhar o motor, a urina também ia junto com o óleo, ou cola ou qualquer coisa que passasse pela cabeça dele àquele dia. Até as próprias fezes diluídas em água e armazenadas num recipiente ele chegou a descarregar no radiador de muitos dos carros.

Mas isso foi antes de tudo. As pequenas vinganças eram para amadores. Assim como Marisa e eu também fomos incrivelmente amadores aprontando nas festas da alta sociedade. Fiz o Bola entender isso. O ódio o fez recuar no objetivo central. Precisávamos atingir o cerne do sujeito, e não seus troféus.

Eles ainda não sabiam, mas muito em breve estariam aptos a ser vigiados, flagrados, ridicularizados e expostos publicamente.

O Sistema de Posicionamento Global, ou, no inglês, Global Positioning System, é um programa de navegação por satélite que fornece a um aparelho receptor móvel a sua posição, assim como a informação horária, sob todas as condições atmosféricas, a qualquer momento e em qualquer lugar do planeta Terra.

Quero dar um beijo em quem quer que tenha sido o inventor dessa geringonça.

E também no inventor das microcâmeras e, sobretudo, em todos que fizeram da rede a maior ferramenta de libertação da história.

Começou assim.

Como um teste.

Coloquei o GPS escondido no carro estilo 007 do meu pai e descobri que ele gosta de ir a festas secretas em mansões secretas em lugares secretos onde só se entra com senhas secretas uma vez ao mês.

Coloquei o GPS escondido na SUV da minha mãe e descobri que ela costumeiramente sai com michês e em seguida vai à igreja do nosso bairro, onde permanece durante horas no confessionário.

Coloquei o GPS escondido no popular de Marisa e descobri que, em vez de ir à academia como me diz, ela vai ao psiquiatra e ao psicólogo, cinco vezes por semana, e todas as vezes sai dos consultórios aos prantos.

Coloquei o GPS escondido no Fusca preto de colecionador do Bola Preta e descobri que ele sobe todos os dias no prédio mais alto da cidade provavelmente pensando em se matar ou talvez em explodi-lo e matar a todos.

Coloquei o GPS na moto que emprestei a Jesus Júnior para ele se exibir às garotas do bairro e descobri que eventualmente ele vai até uma famosa avenida da cidade, exibe os músculos forjados com os halteres que lhe dei e vende o corpo para mulheres como a minha mãe.

Maria não tinha carro e mal saía de casa. Eu não a segui nem uma vez sequer.

Testes.

Malditos testes.

O fato é que foi por meio de um aparelhinho GPS desses, escondido embaixo da lataria do modelo esporte vermelho pelo mecânico Carlos (nome fictício), um dos nossos primeiros agregados, que conseguimos apanhar nosso primeiro homem: o Apresentador de TV.

O.k., eu fiz questão de que ele fosse o primeiro.

Não porque o Apresentador de TV valesse grande coisa, ao contrário, porque ele era o símbolo máximo do mau-caratismo a ponto de eu mesmo ficar dias e semanas semiacordado monitorando-o. Essas coisas muitas vezes demoram.

Os monitorados evitam dar qualquer tipo de furo nas suas vidas coerentes. Um dia, porém, podem ter certeza: alguma besteira eles vão fazer. É inevitável. E, como o Bola profetizara semanas antes, alguns deles não confiam em computadores. O sujeito parecia um santo na rede.

O Apresentador de TV era mais um teste para analisarmos se o nosso modus operandi estava correto ou se precisávamos aperfeiçoá-lo ou mesmo modificá-lo. De todo modo, de uma coisa tínhamos certeza: necessitávamos agregar mais.

Tínhamos o meio de chegar a eles, mas ainda não os recursos suficientes para atingir o fim.

Por isso, quando descobrimos que ele eventualmente frequentava um flat sem a esposa que exibia nas revistas de fofoca, tivemos que agregar uma das faxineiras do lugar, seduzida durante semanas por um dos nossos agregados mais bonitos, para que pudéssemos conseguir a prova necessária.

Eu estava bastante desanimado e desapontado com a simples infidelidade do sujeito, que, bem ou mal, com o passar do tempo acaba sendo perdoada e esquecida pelas pessoas.

Entretanto, quando Tomaz e Cléo (nomes fictícios) apareceram com as imagens gravadas, dei pulos de alegria ao constatar a tremenda bizarrice que era promovida ali entre quatro paredes.

Todos, sem exceção, têm segredos comprometedores.

Esse foi apenas o início.

Com os agregados que fizemos nas empresas de telefonia, conseguimos os números dos Personal Life Phone's de meio mundo.

Bola, então, passou a monitorar as mensagens de texto e as fotos de todos os que nos interessavam.

Ele também conseguiu acessar o e-mail de muitos deles.

Até acesso a algumas contas e extratos bancários ele conseguiu.

A *vida de algumas pessoas é mais descartável que um desses copos de beber água em sala de espera.*

Com essas informações em mãos, levantávamos outras que geravam mais uma camada de dados. Quando percebíamos, estávamos de posse da vida da pessoa. No entanto, sabíamos de muita coisa na mesma medida que boa parte dessas informações era amplamente desinteressante.

O fato é que a maioria dos cérebros das pessoas do mundo todo entende hoje em dia, mais que um milhão de palavras, apenas uma coisa: imagem.

Pensem então numa imagem que se move num vídeo e faz coisas esquisitas que toda a sociedade condenaria?

A realidade é que não estaríamos fazendo nada além do que os governos e as corporações fazem conosco desde muito tempo. A própria TV nos propiciou os *reality shows* por duas décadas consecutivas. Demos altíssimos índices de audiência e uma avalanche de dinheiro a eles.

Nós mesmos, indiscriminadamente, não nos cansamos do exibicionismo avassalador na rede.

Click. Click. Click.
Rec. Rec. Rec.
Play. Play. Play.
Like. Like. Like.

A *exibição é a bússola do mundo contemporâneo.*

Enfim tínhamos um vídeo em alta resolução do nosso primeiro monitorado.

Só o que tínhamos a fazer era ir até uma *lan house* nos confins da cidade, quebrar alguns paradigmas da rede e despejar o material.

Sabíamos que em algum momento ele seria retirado do ar, mas então milhares de pessoas já o teriam visto e compartilhado para outros milhares de pessoas. Era disso que se tratava.

O imediatismo move o mundo.

Meia hora depois você estava acabado.
Daí o Bola veio com a ideia.
"Vamos chantageá-lo."
Olhei com indignação para ele. Eu lhe disse com rispidez que não era aquele o plano.
"É uma chantagem para um bem maior, Müller. Veja bem, é um vídeo bizarro. Destruirá sua imagem de bom moço, mas ele pode ser ainda mais útil."

"Como assim?"

"Podemos dar uma chance a ele. Uma chance de pensar, de reavaliar sua vida medíocre. Podemos fazê-lo, por exemplo, falar coisas sobre o seu universo, sobre a TV onde trabalha ou sobre o banco que faz propaganda."

"Entendo, mas perderemos o foco. Ele pode tentar nos encontrar e nos desmascarar."

"Ele não conseguirá, Müller. Eu garanto."

Ele botou um daqueles sorrisos na cara gorda.

"Ainda assim é uma chantagem. Não sei se concordo."

Foi um erro, mas deixei essa decisão com o Bola. Ele então passou a contatar o Apresentador de TV todas as semanas de um telefone público diferente em cada canto da cidade para passar as orientações do que ele deveria fazer.

Nas semanas seguintes, deu resultado. Ele simplesmente evaporou dos comerciais e deve ter perdido muito, mas muito dinheiro com isso. No seu programa televisivo ele também evitou fazer os comentários jocosos que odiávamos, mas demorava muito para atender a nossa principal solicitação.

O Apresentador de TV estava emagrecendo, tinha os olhos fundos e as maçãs do rosto deixavam entrever sua caveira. Na imprensa marrom já apareciam as primeiras fofocas de que ele estaria gravemente doente. Cogitaram câncer e até aids. Bola dava muita risada com isso. O sujeito estava mesmo se borrando de medo.

Demos o prazo de duas semanas e deixamos ele em paz durante esse tempo para ver o que aconteceria. Quase no fim, porém, conseguimos a informação de que a emissora o tiraria do ar por motivos de força maior. Ele quis aproveitar a onda dos boatos de que estava doente para nos ferrar. E ainda sairia de maneira triunfal, com comoção nacional.

Eu mesmo lhe telefonei daquela vez, do telefone público

da esquina do templo onde o culto tinha terminado recentemente. Cada vez ligávamos de um lugar diferente, o que o deixava em prantos.

"Escute aqui, seu merdinha. Se não falar amanhã ao vivo tudo o que queremos, na mesma hora todo mundo vai ficar sabendo das suas esquisitices. Temos um vídeo em alta resolução prontinho pra cair na rede."

"Pelo amor de Deus. Eu não posso. Eu tenho um contrato. Por favor, eu tenho filhos..."

Ele tinha filhos e falava em nome de Deus, mas havia mandado alguns homens fortes e esquisitos torturarem meia dúzia de funcionários do flat onde tinha sido flagrado. Entretanto, Cléo, que agora já não era mais Cléo, havia compreendido nossa missão e agora era a mulher de Tomaz e vivia bem longe dali, provavelmente exercendo ou mesmo liderando outra das nossas intervenções em terras distantes.

No começo tínhamos o controle de todas elas, pois ainda eram poucas e se concentravam apenas na Cidade do México. Depois de um ano, porém, as intervenções espalharam-se, os agregados multiplicaram-se como células cancerígenas e tempos depois ninguém mais sabia quem havia começado aquilo tudo e muito menos quem fazia parte daquilo.

A Ridicularização se tornara algo autômato, um organismo vivo independente de lideranças, de um núcleo organizacional. Ao contrário de uma corporação ou de um órgão governamental, com bases delineadas, funções estabelecidas, prognósticos de resultados, nossa criação se elevava à categoria de obra de arte: abstrata, indefinida, inconstante.

Me lembrei do artista chileno que ridicularizara seu torturador ao fazer uma exposição com o próprio ainda vivo no começo dos anos noventa. Antes de desaparecer, ele documentara tudo, e o militar, cuja fotografia que o expunha na casa do artista havia vazado para os jornais do mundo todo, acabou preso, julgado e condenado. Foi um escândalo internacional. Aquilo sim tinha sido uma atitude marcante e corajosa, à altura de um homem que, sem sombra de dúvida, inspirara o nosso movimento.

Pensava nisso tudo enquanto terminava de ver o programa, abraçado à Maria no sofá da sua casa.

A distração é o meio para a obstrução do pensamento.

Lá estava ele, o Apresentador de TV, desculpando-se com o público e dizendo que iria aos Estados Unidos tratar de uma doença em meio às lágrimas de toda a plateia. Não preciso nem dizer que ele não cumprira o combinado. A verdade é que não deveríamos ter feito tudo aquilo.

Imediatamente fui pegar um cafezinho na cozinha e telefonei para o Bola.

Quando voltei, Maria chorava um pouco no sofá e Jesus Júnior, que levantava pesos no canto da sala, mandava que ela parasse.

"Coitado dele. Tão moço."

"Coitado de mim", disse Jesus Júnior.

Eu apazigüei os dois.

"Parem com isso. Temos uma vida boa. Não temos do que reclamar."

Jesus Júnior continuou com os pesos e eu fui até ele. Peguei os dois halteres mais pesados.

"Escuta, por que não dá uma espiada lá fora? Acho que o Papai Noel estava te devendo uma coisa mais legal que camisetas e correntes."

Foi nesse Natal em que o desacreditado Jesus Júnior saiu pilotando sua nova e potente motocicleta preta pelas ruas do bairro que o Apresentador de TV teve sua vida devassada e exposta na rede a milhões de pessoas que adoravam ver o circo pegar fogo, mesmo que fosse o circo de alguém querido do grande público como o Apresentador de TV.

Naquele momento, apesar dos erros que cometemos, tive a convicção de que estávamos no caminho certo e de que as pessoas eram completamente sádicas e queriam mais, muito mais.

Ele foi só o primeiro.

Na lista que eu e o Bola fizemos meses antes ainda havia muitos nomes. A maioria estava sendo monitorada pelo GPS instalado nos seus automóveis e pelos computadores de meia dúzia de piratas cooptados pelo Bola.

Além de tudo, empregadas domésticas, porteiros, instaladores de TV a cabo, encanadores, cozinheiros, motoristas, babás, mecânicos, assessores e assistentes, todos eles aos poucos começaram a ser observados pelos seus patrões com grande desconfiança e, sobretudo, com muito medo. Muitos foram demitidos. Muitos foram contratados.

Eles eram os principais responsáveis pelas instalações das microcâmeras. Mas não os únicos. Havia também os inimigos íntimos, os que frequentavam as casas dos monitorados, que assumiram o ódio por meio do qual faziam parte e que passaram a contribuir de forma valiosa com muitas das intervenções.

Com esse arsenal de informações, Bola e seus amigos tiveram que elaborar uma maneira segura de receber anonimamente esses documentos, fotos e vídeos constrangedores. No início, cabia a mim e ao Bola filtrar o que nos interessava, e a eles, dar um jeito de o material ser despejado na rede sem que fosse rastreado pela polícia.

Os agregados que tentavam fazê-lo por conta própria, de maneira bastante amadora, acabaram investigados e presos. Para nós, porém, não fazia diferença. Baixas certamente aconteceriam, de acordo com a previsão que havíamos feito.

No primeiro ano eu ainda tentava acompanhar o que era possível, mas uma hora deixei o Bola como o chefe máximo das operações. Eu precisava de um tempo para mim mesmo. Por isso, fiquei trancado num quarto de hotel por quase quatro meses.

Marisa veio me ver no momento que eu terminava meu segundo livro.

"Que loucura essa coisa toda que está acontecendo, não é? Primeiro aquele boçal da TV, depois o jogador de futebol pego em flagrante com duas bonecas, agora o respeitado jornalista brasileiro viciado em cocaína que disse ter sido enganado por atores. Você viu o vídeo que despejaram sobre ele? É incrível!"

Uma derivação da ideia original. Bola e eu jamais havíamos pensado nisso. Até onde tivemos notícia, essa foi a primeira das simulações. Um trabalho limpo e honesto. Na verdade, muito mais que isso: uma ridicularização executada com maestria.

Os agregados tinham entendido o recado. Aprenderam, inclusive, a despejar o conteúdo na rede sem serem rastreados, provavelmente com a ajuda de outros piratas. Estávamos expandindo a fórmula.

"Superficialmente. Ando ocupado com o livro. Aliás, temos convites para ir a Paris, Londres e Budapeste na semana que vem…"

"Paris, Londres, que nada. As coisas estão acontecendo aqui, você não percebe? Tudo o que pensávamos e queríamos fazer está acontecendo. Estão chamando isso tudo de Ridicularização na imprensa. Falam em movimento, mas, mesmo que não seja algo organizado, de agora em diante vai ser. Quem gostou do que aconteceu vai querer ver mais ou fazer igual."

Marisa tinha razão. Quando a imprensa resolve se envolver, muita coisa não tem volta. É o tal quarto poder. O poder da manipulação.

Só que agora havia um novo patamar do poder.

O poder do compartilhamento imediato, desenfreado e incondicional de informações. Sejam elas quais forem.

E nós estávamos começando tudo aquilo.

"Pode ser, Marisa. Mas por que essa conversa?"

Jamais falei sobre nossos planos para Marisa. Eu não queria envolvê-la nas intervenções. Isso porque sempre a achei muito instável e potencialmente perigosa. Ela não tinha a virtude da paciência e da elaboração meticulosa que os planos exigiam. Certamente, em algum momento de fragilidade, iria meter os pés pelas mãos e pôr o radicalismo em primeiro lugar, o que não fazia parte dos nossos objetivos.

Se ela e o Bola trabalhassem juntos, seriam os fios vermelhos de uma bomba prestes a explodir.

Marisa, porém, não era idiota.

"Porque eu estou com vontade de fazer alguma coisa. Como nos velhos tempos."

"Como jogar ovos e tomates podres e sacos de bosta em políticos e instituições?"

"Pensei em ratos."

E deu uma risada daquelas de criança que iria fazer algo errado.

"Ah, como fazíamos nas festas do jet set?"

Ela fez uma careta e me chamou de idiota.

"Eu acho que as pessoas que estão fazendo isso só se preocupam em atacar os indivíduos, se esquecendo do prato principal. Eles estão errados, mas não perceberam ainda porque estão se divertindo com tudo isso."

Eu não quis esticar a conversa. Nem Marisa, que me fez um afago na cabeça e beijou minha boca. Depois montou as pernas sobre mim, tirou a camisa com um puxão de cinema e exibiu os grandes seios sob o sutiã preto de renda.

"Acho que vou passar essa viagem dessa vez, meu amor. Não quero ser a mulher chata que te segue em todo canto."

Aquela era Marisa.

Marisa era o diabo a soprar no meu ouvido.

Ao contrário de Maria.

Por isso eu precisava das duas. E acho que as duas compreendiam que algo estranho acontecia.

E, talvez por essa compreensão, aceitavam o que eu podia lhes dar.

Enquanto eu estava em meio aos meus compromissos na Europa, fiquei sabendo dos ratos.

Até então não havia entendido o motivo de Marisa se recusar a viajar comigo.

Depois também não compreendia como ela havia conseguido fazer aquilo, mas a verdade é que ela provocou um tremendo rebuliço.

Durante aquelas semanas foram divulgados na rede muitos casos de ratos encontrados dentro de latas e garrafas de bebidas em muitas cidades geograficamente distantes umas das outras.

Quando digo muitos ratos não estou falando de seis ou sete ou quinze. Estou falando de dezenas, que poderiam ser centenas. Isso obviamente causou um pânico generalizado.

Estávamos em pleno verão, um calor acachapante de quase quarenta graus, e, de repente, de uma semana para outra, depois de centenas de milhares de fotos publicadas e compartilhadas na rede, centenas de milhares de pessoas efetivamente pararam de consumir a cerveja e o refrigerante do comercial.

Isso era algo impensável.

A *abstinência do mundo é a sua destruição.*

E teve um efeito devastador em que possivelmente ninguém havia parado para pensar.

As ações dessas corporações despencaram, suas assessorias jurídicas surtaram, quiseram comprar a imprensa, tentaram aliviar as denúncias, desmentir as informações.

De nada adiantou. Marisa havia atirado um lago de merda do tamanho do Titicaca em ventiladores do tamanho de moinhos de vento.

Senti uma inveja branca, como dizem por aí. A intervenção que ela promoveu obteve infinitamente muito mais repercussão que todas as minhas juntas.

Curioso, só para confirmar o que eu já supunha, eu havia telefonado ao Bola para saber se aquilo era nosso. Ele gaguejou como uma criança antes de dizer que Marisa o enganara.

Dois dias depois, quando cheguei ao duplex vindo direto do aeroporto, fiquei atônito.

Bola Preta e Marisa me esperavam com um balde prateado recheado com duas garrafas de Don Perignon.

Os malditos fios vermelhos haviam, enfim, se encontrado.

"Descobri o seu segredinho!"

Marisa gritou e correu em minha direção, pulando como uma louca no meu colo.

Eu não a via tão feliz desde que conseguira, com o auxílio de uma seringa, injetar ampolas de água de esgoto podre e fétida em bombons de licor de uma festa de casamento de grã-finos e ainda passar um vídeo no telão com o passo a passo da ação, momentos depois que os garçons serviram os doces, o café e o licor aos convidados. Nunca vi tanta gente vomitando ao mesmo tempo num salão de festas.

Bola Preta ficou parado com um sorriso no canto da boca e uma das garrafas na mão prestes a fazê-la explodir.

"Desculpe, Müller. Ela é a sua garota. Você nunca me disse que ela não sabia de nada. Daí ela veio com essa história dos ratos, dizendo que a ideia era sua, e, enfim, deu no que deu. Só depois Marisa me contou a verdade."

Foi uma das poucas vezes que vi o Bola fragilizado daquela forma. Ele sabia que havia feito uma grande besteira. Nossa máxima era manter o anonimato.

Agora Marisa, ele e eu tínhamos um elo, uma algema tripla. Pensando bem, talvez ele tenha feito de propósito.

Bola Preta, o ídolo, a lenda, podia ser qualquer coisa menos um idiota. Tudo o que ele queria era uma família onde poderia se aconchegar de vez em quando. Por isso a ajudou.

Tive vontade de enfiar minha cara nas suas tetas e abraçar com toda a força as banhas do Bola. Tenho profunda admiração e respeito por ele.

Bebemos os três. Fiquei tentando analisar como aquilo havia sido feito, mas resolvi perguntar.

"Como vocês conseguiram invadir as fábricas? Conseguimos mais agregados no controle de qualidade desses lugares?"

"Pergunte à Marisa", disse Bola, "a ideia foi toda dela."

Marisa deu uma risada enquanto uma bolha do Perignon ficou presa no seu buço.

"Não fizemos nada."

"Como assim?"

"É uma farsa. Espalhamos a ideia para os agregados mais próximos que espalharam para outros e assim foi. Quando vimos, gente do país todo estava tirando fotos de ratos que eles próprios enfiavam dentro das garrafas e das latas e despejavam na rede. Ninguém consegue parar uma avalanche dessas, mesmo que ela seja apenas uma grande e bem contada mentira."

"É quase impossível imaginar centenas de pessoas em dezenas de lugares diferentes fazendo simulações sobre o mesmo assunto. Mas aconteceu, Müller…"

Bola continuou o raciocínio de Marisa. E ainda veio com mais novidades.

"E tem mais. Em algumas cidades latino-americanas como Medellín, Porto Alegre, Asunción, Havana, Buenos Aires, Recife e Manágua estão acontecendo muitas coisas. Há intervenções em todos os setores que você possa imaginar. No Uruguai, por exemplo, esta semana ridicularizam um general reformado acusado de tortura. Em La Paz, um missionário americano pedófilo foi desmascarado com arquivos de pornografia infantil no seu computador, mas as coisas fugiram do controle e ele foi linchado em praça pública. Em São Paulo, filmaram cinco policiais matando três garotos desarmados num beco. Até nos Estados Unidos, no Texas, despejaram um vídeo no qual dois políticos conhecidos, bêbados no isolamento do escritório da casa de um deles, fazem discursos homofóbicos e fascistas. Os ratos foram parar por lá também. Nos Estados Unidos, na Europa e até na Índia e na China. É como uma grande e louca epidemia..."

Uma epidemia da revolta.

Algo que parece não ter mais fim e que ainda está por aí com toda força depois desses anos todos que se passaram.

Houve tempos mais silenciosos, outros nem tanto.

E quando encaixamos a coisa toda de jeito, aconteceram as consequências, claro.

Sobretudo porque mexemos com as corporações, com a política, com as instituições religiosas, com a polícia, com a imprensa, com o judiciário.

Os regentes do poder.

Os donos do mundo.

Os potencialmente ridicularizáveis.

E eles contra-atacaram com investigações, prisões, torturas e mortes.

É o preço a se pagar.

A ideia é que, se continuarmos com essas intervenções pontuais, poderemos derrubar impérios econômicos com mais de um século de vigência, poderemos derrubar governos e destituir celebridades, donos da informação e oradores da fé das nossas vidas para sempre.

Será que as pessoas, enfim, descobriram a força que têm?

A mesma força que diariamente atrofiavam à medida que serviam mesas, lavavam banheiros, estacionavam carros, cozinhavam pratos requintados, enchiam tanques, preparavam drinques, calçavam os sapatos nos clientes?

Aqui sozinho, pilotando este avião rumo a Paramaribo e aos confins da selva, penso que vivemos um novo momento no mundo.

Sobretudo porque se estou aqui sobrevoando o coração desse continente que se sobressaiu nos últimos anos refazendo um caminho próprio interrompido e restabelecendo a chama das revoluções, ainda que silenciosas e sem lideranças, sem pátrias e sem patriotismos, se estou aqui é porque ainda acredito que algo vá acontecer.

Sabemos que movimentos similares ao nosso surgem em cada canto do planeta.

Eles denunciam escândalos governamentais.

Eles anarquizam instituições e corporações.

Eles organizam manifestações maciças nas ruas.

O nosso, ao contrário, é mais silencioso e viral.

Ainda assim nós barbarizamos.

Talvez essa revolta toda seja apenas um prelúdio para o que virá depois.

Não digo que está certo.

Nem errado.

Apenas é.

É disso que se trata.

Afinal, somos todos ridículos.

Agradecimentos

Agradeço, antes de tudo, à minha mulher e parceira Maevi e às minhas filhas Alice e Sofia pelo apoio e amor incondicional no nosso dia a dia;

Aos meus pais e irmãos, por tudo;

À minha agente Marianna Teixeira Soares, pela confiança;

Ao meu amigo e escritor Estevão Azevedo, pelas leituras e palpites;

À minha editora Vanessa Ferrari e a todos da equipe da Companhia das Letras, pelo profissionalismo.

ESTA OBRA FOI COMPOSTA PELO GRUPO DE CRIAÇÃO EM ELECTRA E
IMPRESSA PELA LIS GRÁFICA EM OFSETE SOBRE PAPEL PÓLEN SOFT
DA SUZANO PAPEL E CELULOSE PARA A EDITORA SCHWARCZ
EM AGOSTO DE 2016

A marca FSC® é a garantia de que a madeira utilizada na fabricação do papel deste livro provém de florestas que foram gerenciadas de maneira ambientalmente correta, socialmente justa e economicamente viável, além de outras fontes de origem controlada.